陆春祥笔记新说系列

太平里的广记

陆春祥 著

广西师范大学出版社
·桂林·

太平里的广记
TAIPING LI DE GUANGJI

图书在版编目（CIP）数据

太平里的广记 / 陆春祥著. --桂林：广西师范大学出版社，2020.11
（陆春祥笔记新说系列）
ISBN 978-7-5598-3264-1

Ⅰ.①太… Ⅱ.①陆… Ⅲ.①随笔－作品集－中国－当代 Ⅳ.①I267.1

中国版本图书馆 CIP 数据核字（2020）第 176955 号

广西师范大学出版社出版发行
（广西桂林市五里店路 9 号　邮政编码：541004）
　网址：http://www.bbtpress.com
出版人：黄轩庄
全国新华书店经销
广西广大印务有限责任公司印刷
（桂林市临桂区秧塘工业园西城大道北侧广西师范大学出版社集团有限公司创意产业园内　邮政编码：541199）
开本：889 mm × 1 194 mm　1/32
印张：13.375　　　　字数：400 千
2020 年 11 月第 1 版　　2020 年 11 月第 1 次印刷
定价：66.00 元

如发现印装质量问题，影响阅读，请与出版社发行部门联系调换。

如在

——《论语·八佾》

序言:坚瓠里的思想

1

从公元977年开始,开国不久的大宋王朝,开始了一项伟大的图书出版工程,编辑出版四部大书。四部大书中,有两部冠以"太平"字样。太平,是宋太宗改元的年号,因太宗之命,李昉等人牵头编辑了《太平广记》《太平御览》,前一部500卷,是宋以前历代笔记的大型集成;后一部1000卷,是百家集成。另两部《册府元龟》《文苑英华》,也是各1000卷,前者载史事,后者载文章。

只说《太平广记》。

全书引书400多种,按主题分92大类,大类下又分成150多小类。

大部分读者不可能细读,而我在通读两遍的基础上,发觉又特别好玩,我详细列举一下它的一些分卷,通过目录,你也可大概知晓:

神仙55卷;

女仙15卷;

道术5卷;

方士5卷;

异人6卷;

异僧12卷;

释证3卷;

报应33卷,其中,金刚经7卷,法华经1卷,观音经2卷,崇经像5卷,阴德1卷,异类1卷,冤报7卷,婢妾2卷,杀生3卷,宿业畜生1卷,其他报应3卷;

征应11卷,分帝王、人臣、邦国等;

定数15数,其中婚姻2卷;

诙谐 8 卷；

梦 7 卷；

神 25 卷；

鬼 40 卷；

妖怪 9 卷；

精怪 6 卷；

再生 12 卷；

草木 12 卷；

龙 8 卷；

虎 6 卷；

狐 9 卷；

水族 9 卷；

昆虫 7 卷；

杂传记 9 卷；

杂录 8 卷；

蛮夷 4 卷。

再简单展开一下。

在古人眼里，我们居住的空间，大致分两个层次，一个是人的世界，一个是神的世界。两个世界里，都有天堂和地狱。人的世界，富人贵人生活在天堂，穷人下贱者生活在地狱，人间地狱，什么都没有保障，连生命权都没有；神的世界，天堂就是玉皇大帝以及众神仙居住的地方，地狱则是鬼的世界，阎王为领导者——其实是天堂派下来的管理者，只是名声不太好听而已，职级待遇都挺不错。道教的产生，佛教的引进，几乎都按着这样的世界去划分。

于是，古人笔记中，神仙鬼怪报应就要占极大的篇幅。比如报应，这也是一种惩戒方式。传经人很聪明，他不说这个经有什么好，只用故事说明，你不尊重这个经，或者，你尊重这个经，都会得到什么样的报应，哪个县哪个村，有鼻子有眼，不由得你不信。《金刚经》《观音经》《法华经》的集中出现，充分说明，那个时代，这几部经就是人们学佛尊行的最重要经典。

连苏轼的《东坡志林》里，也有这样的记载：

一个叫蒋仲甫的人和孙景修说：近年有人凿山取银矿，挖到深处的时候，突然听到有人念经的声音，挖到眼前，发现有一个人。那人对挖矿的人说，我以前也是挖矿的，因为洞塌了，出不去，我也不知道在这里待了几年了。幸好平时是随身带着《金刚经》的，所以每每饥渴的时候，我就念经，念着念着，就好像有人从腋下送给我饼吃，大概这是念经的功劳吧。

采矿者困在洞里几年没有饿死，这应该是个奇迹，不过，这个奇迹的创造是因为佛经的功能，可能吗？肯定不可能。但为什么苏东坡相信了？因为东坡本身就是个很虔诚的佛教徒呢。其实，东坡这样的高级知识分子，他未必不知道事情的真假，但他相信精神力量的无限。人有了一种精神追求，于是就有了精神力量，而这种力量，会让人产生意想不到的强大动力，从这个层面讲，精神力量的确无限。

2

数十年来，我一直在历代的笔记中穿梭。从汉魏六朝，一直到清代，数不清的笔记，我逐字逐句读过百来部，如果按笔记的卷数算算，也有上千卷了。

见我在读笔记，写笔记，有人常问我，笔记是什么？或者，什么是笔记？我常玩笑说：笔记嘛，就是拿笔记下来啊。什么东西需要记下来？那就是一些杂事、异闻、琐语。笔记是古人书面表达的一种常见文体。对于好奇心强的，我会用明代胡应麟的小说分类说再解释下去：志怪、传奇、杂录、丛谈、辨订、箴规。如果再简单一点，那么，历代留下的无数笔记，基本上可以分为三类：小说故事类、历史琐闻类、考据辩证类。

这么多的笔记，它的特点，用两个字基本就可以概括：

杂。这说的是笔记的内容。笔记几乎无所不包，胡应麟的分类表明，古代文化人，有闻即录。有的时候，也不去考证此闻是真是假，有时根本无法考证。现代人阅读笔记，会感到古人很聪明，也很无知，很大胆，也很胆小——胆小是指，那些所谓的禁忌，一点也不敢逾越，怕死，怕惩罚，于是造出很多故事来训诫别人。

散。这说的是笔记的形式。长长短短，长的也不过数千，短的几百字，几十字，记一件事情，就事论事，极少评论，也极少有兴致岔开去。估计当时视野有限，消息渠道狭窄，也只能记录如此了。

3

重点说一下本书篇幅比较大的清代笔记作家褚人获的《坚瓠集》。

公元1635年，明崇祯八年，江苏苏州，褚人获出生。他的祖父辈，皆为饱学之士，叔祖褚九皋，万历八年进士。

褚人获，字学稼，又字稼轩，号石农、没世农夫。

从褚的字和号看，一辈子都和农打交道。其实，含义在字外，他是在文字的田园里驰骋纵横。作家写作和农夫耕耘，道理是一样的，都要辛勤，才有收获。获，是想要"树谷树人"，用意就很明显了。

在一个书香文化之家，褚人获从小就和书打交道。他博闻广识，尤其对稗官野史感兴趣，又喜欢写文章，历时9年，"钩索古今诸说部不下千百家，心织笔耕，积岁书成"，终于编写成了66卷本116万字的《坚瓠集》。

褚的卒年不详，康熙四十二年（1703），他编完《坚瓠集》，差不多快70岁了，还算寿高。

褚人获喜欢读书，他的博学，在当时应该比较有名气，否则不会有那么多名人给他作序。毛宗岗、毛际可、顾贞观、洪昇、尤侗、张潮，都是一时名士，而这些名人，纷纷给他写序。

被顺治皇帝赞为"真才子"的尤侗，给《坚瓠秘集》写的序言中，高度肯定褚人获的取材："夫天地间瑰异之观，古今来奥渺之迹，无不散见之于书。"

那么，褚花十余年时间编写成的书，都有些什么内容呢？上至经史子集、天文地理，下至俚谣杂说、志怪风俗，无所不包。而且，他在写作时，常常引申类延，加上自己的独到见解。从内容看，明清轶事特别多，这应该和他生活的年代有极大的关系。整部笔记，文笔生动，叙事脉络清晰。

剧作家洪昇给《坚瓠补集》写的序，里面有他的真实阅读感受："余览其书，不终卷而奋袂长叹以起，复继之以怒然惧、怃然悲焉。"真是好书啊，让大剧作家一读放不下，提衣长叹，忧愁悲伤。我想，是褚人获的书，掀动了洪作家心底的波澜吧。

坚瓠，什么意思？坚硬的大葫芦嘛。褚拿《庄子·逍遥游》中的"五石瓠"作喻，这个葫芦够大的，可容五石东西呢，而他写的书，只在大葫芦里占有很小的一点地方，大葫芦太可惜了，空廓无用。

是的，甜葫芦可以当菜吃，空葫芦可以当物品用，只有老而坚的硬葫芦没什么用处。不过可以装酒。枪尖上挑只葫芦，雪下得紧，狂风呼啸，林冲心情仍然不错。

但，褚人获言外有意。人们只知道有用之用，不知道无用之用，其实，无用之用，方为大用，坚硬的葫芦，虽于物件无用，但里面纵横数千年的杂碎，却可作史鉴，有警示，是社会的惊木石。

自然，也有人这样评论，褚的这部大笔记，最精彩的应该是各类民俗轶事，论诗词、文艺，并没有多少高见，还有不少碎屑无聊之事，价值并不高，只是文抄而已。

客观地说，不仅褚人获，古代笔记，几乎都有这样那样的毛病，不能苛求。

4

　　我的历代笔记阅读,虽想披沙拣金,却极有可能挂一漏万(可见后记《且待小僧伸伸脚》)。全文粗分36卷,南北宋,元明清,上下千年,人物事件,旧闻旧事,传奇附会,千年笔记长河中,实属零星细碎。以《太平广记》为由头,褚人获的《坚瓠集》为表达内核,发我之碎思杂思。

　　太平里的广记,大葫芦里的思想,绝对高不到哪儿去,坐壶观天而已。一哂。

目 录

卷一

金搭膝   2

元宝苔   3

卷二

视官如废纸   6

小题大作   7

烧公家账本   8

翻旧案升官   11

卷三

满城风雨   14

和尚扶贫   16

有文化的和尚　　　　　　17

钱如蜜　　　　　　　　　19

茶毗一个僧　　　　　　　20

卷四

秘密手册　　　　　　　　22

挑粪养母　　　　　　　　24

刘琯寻母　　　　　　　　26

卷五

酒杯要洗　　　　　　　　30

斩秦桧以谢天下　　　　　31

"坐鱼"三斤　　　　　　32

樊恼自取　　　　　　　　34

卷六

改名的好处　　　　　　　38

宋朝名牌　　　　　　　　40

卷七

贫贱的年纪　　　　　　　44

宋代洒水车	46
皇帝要吃生菜	47
卖书的子孙	48
吃的学问	49
"池鱼"不是鱼	50
屋下面有宝	52
衣上有小虫	53

卷八

马惊了	56
富之贼	57
两义士	58
死甚好	61
看命司	62
唐大汉	63
马屁鸟	64
猫牛盗	66

卷九

苏轼办公	70
文章立意如金钱	72

苏轼退房	73
张九成读书	75
求闲适	76
好记性	78
少年之死（Ａ）	81

卷十

麻槌相公	84
金朝的状元	85
也算沽名钓誉	87
文字的力量	88

卷十一

早离了	92
舞之谱	93
犯人回家过节	95
狗鼻怕冷	96
口头派	97
大车司机	98
律师培训班	99
卖官簿指南	100

倒塌的石洞　　　　　102

黄王不辨　　　　　　103

长途运鱼苗　　　　　105

看轻所有　　　　　　107

卷十二
云间酒太淡　　　　　110

装鬼偷葡萄　　　　　111

卷十三
被潮声吓倒　　　　　114

认错祖宗　　　　　　116

卷十四
官员听讲座　　　　　120

批发卖文　　　　　　121

倪云林的洁癖　　　　122

你太胖了　　　　　　124

卷十五
山歌外　　　　　　　126

冬春米　　　　　　　127

"舜哥麦"　　　　　　128

"狗静坐"　　　　　　130

皇帝邻　　　　　　　132

毒媳妇　　　　　　　133

拜年忙　　　　　　　134

养狮官　　　　　　　135

两字得尚书　　　　　136

官员日记本　　　　　137

言不慎　　　　　　　138

烧神像　　　　　　　140

破冤案　　　　　　　141

卷十六

不做驸马爷　　　　　144

皇帝现场考人才　　　146

不替长官捡扇子　　　148

喜剧的力量　　　　　149

卷十七

父救子　　　　　　　152

技术大师蒯木匠　　　　　　153

卷十八

儿子原是讨债鬼　　　　　　156

老　蚌　　　　　　　　　　158

半面镜　　　　　　　　　　160

卷十九

读雕版　　　　　　　　　　162

伤泉脉　　　　　　　　　　163

卷二十

县尉下乡　　　　　　　　　166

于谦妾　　　　　　　　　　167

誓俭草　　　　　　　　　　168

词诔和诗诔　　　　　　　　170

养蜂与治国　　　　　　　　171

瓜皮搭李皮　　　　　　　　173

第二杯酒　　　　　　　　　174

程松寿拍马　　　　　　　　175

卷二十一

涨价的米商	178
豆腐的品德	179
金陵世相	180
唯贫贱可依	181
"不借"	182
钱神论	183
奴婢跑了	184
田家乐	185
人心难足	187
反意读书	189
没有雨披	190
喂猪的民妇	191
敲钟的数字	192
学道的狱吏	193
直言获罪	195
留　余	196
错了敲你头	197
蛙的动力	198
我求和人求	200

卷二十二

宋朝朦胧诗　　　　　202

吃墨水　　　　　　　204

草青与九白　　　　　206

要打官司明日来　　　208

里程计数器　　　　　209

卷二十三

高媳妇和矮媳妇　　　212

自责与责人　　　　　213

另外角度看蚊子　　　214

晋惠帝的另一桩糗事　215

淡　饭　　　　　　　217

必然和偶然　　　　　218

荔枝快递　　　　　　220

想当然　　　　　　　223

万物一个圆字　　　　224

外国进士　　　　　　225

卷二十四

鼻端的墨迹　　　　　228

9

百亿生灵今何处?	230
赌天气	231
洗眼睛	232
钱伤了脚指头	233

卷二十五

老绝户	236
少年之死（B）	238
跟风写作	240
吹泡泡	242

卷二十六

脱裤赠人	244
恶舟子	245
审筐审小牛	247
两个蛋	249
戒指的含义	251
不带一钱归	252
莼菜官	254
董其昌妒忌	255

卷二十七

穷　根	258
笞杖减数	259
抄书的好处	261
帝王别号	263
贫"厌"和富"恋"	264
三个守财奴	265
强记和连读	267
水浒叶子牌	269
凿井和塑像	270
名人遗物	271
讲卫生的马	272
因误升官	273

卷二十八

康熙南巡二三事	276
清官陆稼书	278
父母坟前树成荫	280
生前福与死后福	281
三教都围着利字转	282
富贵如花看三日	283

一官骗得头全白　　　　　284

小官见大官　　　　　　　285

凡事回头看　　　　　　　286

烧菜也如读书　　　　　　287

扫"黄"专家　　　　　　　288

狐中娼妓　　　　　　　　289

将竹板磨细的差役　　　　291

活吃驴肉　　　　　　　　293

数文章圈圈　　　　　　　296

者者居　　　　　　　　　297

小棺材　　　　　　　　　298

卷二十九

"贼开花"　　　　　　　302

贼　马　　　　　　　　　303

卷三十

读书和看戏　　　　　　　306

突然兴盛的尼庵　　　　　308

为何称物为"东西"　　　310

杭州地名雅对　　　　　　312

乌合和蝇聚	315
物入肺管	317
读书如领亲兵死士	319

卷三十一

活在监督中	322
乳花香	324
灰尘落在衣袖上	325
线量美人	326
上朝死	327
人品与文品	328
煤驼御史	331

卷三十二

秘　方	334
文字的理解	335
者番新试	336
打败年老	337
倒穿着鞋子	339
烧宝而贺	340
被"煮"者回家了	341

毛大可写作	344
彭泽的父亲	345
一刻千金	346

卷三十三

驴鞍式下巴	348
葫芦里的骨灰	350
不要脸的书生	352
圣物琵琶	355
宋代运筹学	357
破案的证据	358
一针救两命	360
苏轼的"日课"	362
著名小偷"我来也"	364
独睡丸	367

卷三十四

九字评海瑞	370
"杜甫阿姨"来了	371
动物犯事这样判	372
塔顶的鱼	374

状元十年放不下 375

卷三十五

柳枝折不得 378

汝与秦桧通奸吗？ 379

种　珠 380

"水尽源通塔平" 381

猫有五德 382

光福地 384

倭房公 385

柳跰告状 386

毒虫咬的后果 388

卷三十六

吃烟高手 390

"仁慈"的庸官 392

道德考验 393

聪明的乞丐 395

意尽了 397

后记：且待小僧伸伸脚 399

卷一

金搭膝
元宝苔

金搭膝

温韬年轻的时候，品行不好，差点打人致死。管理市场的衙吏，要将他送官处理。温跪在衙吏面前，拜了上百次，衙吏于是放了他。

温每每以为耻辱。

温富贵发达以后，专门为膝盖打了两条金子搭膝，每天戴着它，有人问起，他则笑着说：我要好好慰劳慰劳我的膝盖。

（宋　陶穀《清异录》卷上，《金搭膝》）

小温也算有志气，这种志气，一直激励着他成长。

在人的成长过程中，激励其前行的动机，多种多样。常见不起眼的细节，让人终生难忘，韩信的胯下之辱，就是励志典型。

在小温看来，男儿膝下有黄金，罚跪是一种极大的耻辱。让两只跟他受了耻辱的膝盖戴上金搭膝，也算雪耻。

对各类艺人和运动员来说，有好多要靠脸靠脚靠手靠嘴靠身体的某个部位吃饭，于是，他们就会为非常值钱的此部位上保险。保险公司接这笔生意，其实也有极大的风险，一不小心，毁容了，一不小心，骨折了，再不小心，手指变粗了。

影视上常见这样的镜头，动乱年代，某名家被绑到台上，罚跪，有时还要跪在尖锐的瓦砾上、碎玻璃上，跪久了，吃不消，就在膝盖上垫上棉布什么的。这时，如果要有个"金搭膝"就好了，可以免受好多罪。

元宝苔

苔，就是地钱，也叫绿衣元宝。

王彦章修园亭，垒坛种花，急着想要苔藓生长，以助野意，却终年生长不起来，他回头对弟子说：这绿拗怎么不来呢？

（宋　陶穀《清异录》卷上，《绿衣元宝》）

苔和藓，大都生长在潮湿的地方。

如果有潮湿的生长环境，过一段时间，它就会慢慢长起来。即便没有花草，湿滑的石壁上，泉流细滴，也会有新鲜的苔藓茁壮生长。

可以将苔藓之类称为杂草，它们种类繁多，但大多叫不出名，生命力却极其旺盛，你无法想象它靠什么生长。

没有苔藓的春天，是极其不完整的。

难怪，王彦章，一直在期待他的苔藓。他以为，美丽的园子，苔藓之类的，一定会率先迎接，但他不知道的是，他的园亭，还不具备苔藓生长的环境，苔藓并不比其他花草好伺候，它也会摆架子。

映阶有碧草，但"草色遥看近却无"（韩愈），那看不见的或许就有苔藓之类。

小草也有春天，我们很多人也如同苔藓。

换一种理解。

清代褚人获的笔记《坚瓠秘集》，卷之六有《为园》，由树木花草的培养，讲到了人的修身养性，树木花草如同人的名节。

长兴卢仲甫，常去拜访蒋堂。有一次，蒋正在造花园，他对卢说：我园子里，亭台池塘都弄好了，只是，这树啊花啊还没长好。卢回答：这亭台和池塘，如同做官的爵位，机遇到了，就可以到手，而那些树木花草，如果不加精心培育，是不会长起来的，这就如同士大夫的名节一样。

如今，园中大树，各色花草，都可以花钱移植，似乎人成名后，德靠边了，不需要常修，其实不然。人的名节，始终如花树的成长，是一辈子的事情，要经年累月，渐进，累进。许多明星突然犯事，就如移植来的大树艳花，少修德，根基浅，指不定哪一天就枯萎了。

卷二

视官如废纸
小题大作
烧公家账本
翻旧案升官

视官如废纸

邢惇是雍丘人，以学术闻名。他居住在家，不想出来做官。

宋真宗末年，以布衣召对，问以治国之道，邢却不回答。皇帝问他为什么不回答，他答：陛下东封西祀，都已完毕，我还有什么话好讲呢？皇帝就封他个四门助教的职位，让他回家。

邢回乡后，仍然和平常一样生活，乡人也没有发现他是有官职的。邢去世，人们发现，皇帝的任命文件，和几张废纸一同捆在屋子的梁柱上面。

（宋　司马光《涑水记闻》卷第五）

据《续资治通鉴长编》记载，邢惇因为学术成就高，宋真宗去亳州视察时，经人推荐，谨见授官。

这个官，是个文职，应该在七品左右，对于读书人，也算功成名就了。

我不知道，授官后的邢惇，是不是俸禄照旧，如果一切待遇都有，估计乡亲们也会发现，只怕是一纸空头文件。

按一般常人思维，有了官职，总是件好事，至少，在他生活的那个地方，同级官员或者低级别官员会尊重他，节假日互相走访，有些事出个面，替人办些事，等等，如果邢惇想做这些事，很简单。

对邢惇来说，学问是自己的，并不因为有了一个官职，学问就长了，相反，如果处理不得当，官位和学问就是敌人，不可调和。

索性将它和废纸捆在梁柱上，再也不去想它，没有多少人能做到这么淡定。

小题大作

　　王化基为人宽厚。他曾经做某地的知州。有次,他和下属一起坐着讨论事情,有卒从堂下经过,化基就责怪了那卒一句。

　　会议结束,下属立即将卒召来,要用鞭罚打。

　　化基知道后,笑着说:我不知责怪了一句会有这么重的惩罚,早知这样,我就不骂他了。

　　　　　　　　　　　　(宋　司马光《涑水记闻》卷第八)

　　这个事情可从两方面解读。

　　那工作人员,一定是违反了日常纪律,领导们开会的时候,不能随便闯进来,或许王知州说到兴头上,有人打搅了他的兴致,才顺嘴责怪了一句,实在是有口无心,相当于现在人们轻轻的责怪:哎,你怎么这么不小心呢?

　　重要的是,下属官员的态度。

　　事情发生后,下属认为,主要领导为这个事情不高兴了,一定得有个说法,最简单的做法,将那个工作人员打一顿,并扣掉奖金。下属可能认为,这样做,主要领导一定高兴,他的一个暗示,都能得到很有效的执行。

　　领导是不能随便有态度的,即便不是责骂,即便是语气重了一些,都是态度,特别是批评人。

　　王化基深深吸取了这个教训,以后在工作生活中,一定会更加宽厚,哪怕一个细节,也不放过。

烧公家账本

滕宗谅做泾州知州，因为用起公家的钱来大手大脚，就被台谏盯上并举报了。朝廷要派人来核实审计，滕知州知道消息后，将公家的账本全部烧掉，审计人员无法工作，不能结案，朝廷只好将其贬往岳州做知州。

滕知州到了岳州，修岳阳楼，不用公家的钱，也不向老百姓摊派，他贴出一张榜单：民间有收不回来的死账，献出账本，官府帮助收回。老百姓纷纷将借据献出，所得数十万。这些钱收来后，他亲自掌管，也不记账。岳阳楼修好了，极雄丽，钱也花了不少，他自己的腰包里也落下不少。

岳阳的老百姓，不以为非，皆称其能。

（宋　司马光《涑水记闻》卷第十）

滕宗谅就是那个被范仲淹赞美的滕子京，他和范关系极好，同科进士。

现在，我们来还原一下事实：

滕做泾州知州，长达四年时间，主要是防御西夏东侵，其间立下大功劳。战争结束，他大设牛酒宴，犒劳羌族首领和士兵，又按当时少数民族的风俗，替战争中死亡的将士做佛事，他的良苦用心，是笼络少数民族的人心，求得边疆稳定。

这件事情，被人举报，说是滥用公钱16万贯，其实，这些钱都是军队的月供费用，办酒只不过花了3000贯。为了不牵连到更多的人，他将被宴请、安抚者的姓名及职务等材料一并烧光。

至于讨账修楼，没有说他是用什么方法讨回的账，但一定有他独特的方法。无论用哪种方法，前提都是官府的牌子、官府的资源、官府的优势，反正人家也不指望这个钱能讨回，并且用在公益上，说过多的闲话，似乎不应该。

在宋神宗眼里，范仲淹和司马光这一类老臣，都是保守派，但范主持过庆历新政，司马光虽然没有和范同朝为官，但他对改革派范的好朋友滕子京，没有什么好态度也属正常。

从司马光的记载看，滕是一个很圆滑的官员，乱用公家钱，设账外账，既做公家事，也发私家财。

立场决定写作的态度，自古皆然。

烧公家账本

翻旧案升官

刑房堂后官周清，本来是江宁法司，后做兵司大将。

王安石在中书省任职的时候，定了条规矩：如果刑房能驳正大理寺及刑部断狱违法得当者，一事升一官。也就是说，你能有本事将案子翻过来，就可以升官。所以，那些刑房吏，每天找出旧的案子，仔细检查，寻找其中过失。周清，靠翻旧案有功，四年就升到了供备库史使、行堂后官事。

（宋　司马光《涑水记闻》卷十六）

人非圣贤，孰能无过？

原告被告各自的立场，使得本来就难还原的事实离真相越来越远，双方都会拿出自己有利的证据和对方较劲，即便没有司法人员以正义化身的公平介入，也会使案子的判断出现偏差。

无论哪一方，都希望自己能赢官司，因此，因金钱和财物积聚起来的情感因素，就完全可能使案子逆转。

况且，还有多道关口的审案人员，因学识及对法律条文的理解、引用等因素，一定会有错案。

这样做的好处是，尽管不能杜绝错案，但那些相关的司法人员，会拼命钻研法律条文，至少会在未来调查审理的过程中，更加认真对待，人命关天，马虎不得。翻了旧案，一个官员升上去，就会有一个或几个官员降下来。

一个案子翻过来，如果因为水平原因，那也太没面子了，至少是不合格的司法官员。

卷三

满城风雨
和尚扶贫
有文化的和尚
钱如蜜
荼毗一个僧

满城风雨

临州人潘大临,写得一手好诗。苏东坡、黄庭坚,都很喜欢他的诗。

但他家贫,正因为这个,他有一句诗流传得很广。

临川的谢无逸写信问他:老潘,近日有什么新作吗?

潘的回信是这样的:

秋来景物,件件是佳句,只是痛恨世俗,弄得我常要为生计所愁。昨日闲卧,听到窗外风雨吹打树林的声音,灵感忽来,立即起床,在墙壁上写下:满城风雨近重阳。刚写完这一句,收租金的人突然上门,唉,真是败兴。只有这一句寄给你了。

听到这件事的人,都笑老潘迂腐。

(宋　惠洪《冷斋夜话》卷四,《满城风雨近重阳》)

贫困出诗人,贫困也打击诗人。他没说上门收的是什么租,有可能是房租,也有可能是田租,他要居住,要生活,当他的收入和他的生活发生严重的矛盾时,他就只有碰运气了,这不,才来了一句,就断了思路。

诗只一句,却因场景毕现,成为千古名句。后来好多人根据潘诗的意境,纷纷续诗。

比如韩淲写的:

满城风雨近重阳,独上吴山看大江。
老眼昏花忘远近,壮心轩豁任行藏。
从来野色供吟兴,是处秋光合断肠。
今古骚人乃如许,暮潮声卷入苍茫。

比如方岳写的：

满城风雨近重阳，城脚谁家菊自黄？
又是江南离别处，寒烟吹雁不成行。

一律诗一绝句，各有千秋。虽借潘诗起句，却浑然天成，写景和抒情，诗意横生。

有诗也有词。

元代诗人倪瓒的《江城子·满城风雨近重阳》，也是佳作：

满城风雨近重阳。湿秋光。暗横塘。萧瑟汀蒲，岸柳送凄凉。亲旧登高前日梦，松菊径，也应荒。　堪将何物比愁长。绿泱泱。绕秋江。流到天涯，盘屈九回肠。烟外青萍飞白鸟，归路阻，思微茫。

重阳前后，秋风秋雨，离乡，思乡，悲苦，这些情感的抒发和潘大临的心情，一起满城风雨，如若在乡野，这种肃杀感更强烈。

汉字就是奇特，每个字都像一个战士，这七个字，组成了一个尖刀班，在愁人的悲秋中，活活杀出一条生路来。

和尚扶贫

云庵住在洞山时，有次去信徒家，经过一片茂密的大森林，稍事休息，听到深谷里流水声中夹杂着哭声。他朝深谷仔细察看，有个人蹲在潭水中间。

云庵让两个跟随的脚夫，下去扶人。他们像猴子那样，背着人，攀壁而上。

背上来一看，是个年轻的瞎女子，年纪十七八岁。

问原因，女子答：我母亲去世了，父亲在远方打工，哥哥家也贫困得很，他把我带到这里，一把将我推到山谷的水潭里。

云庵很同情这女子，难过得眼泪都流下来了，他回头对其中的一个脚夫说：你正好没有老婆，你将她带回家吧，我会为你们提供资助的，一辈子提供！

那脚夫向云庵拜谢，就将女子背下山。

这个瞎女子，后来生了三个儿子，都在云庵所在的寺庙做杂事。云庵有时外出游方，也每年让人带来衣食，就如他的子侄一样。

（宋　惠洪《冷斋夜话》卷八，《云庵活盲女》）

在作者惠洪眼里，云庵是一个德行高尚的前辈。

云庵对瞎女子的安排，周到实际。如果没有定心丸，脚夫也不一定答应，在贫困的年代，自己都养不活，怎么可能养活一家老小？如果不是极度贫困，女子的哥哥，断不会将亲妹妹推下悬崖。

云庵是大和尚，有地位，也就有一定的能力，否则，他不会承诺脚夫，一辈子资助。

而有能力帮助别人的人，多的是，为什么云庵会毫不犹豫地做了呢？他知道，一件事，一做就是一辈子，是需要一些毅力的。况且，这样的事，几乎没有什么回报。

对一个修行者来说，眼前修和心中修，互相结合，修得实在，心中充实。

云庵德行高尚，一件事，足见他的风格。

有文化的和尚

1. 智觉禅师住在雪窦山的中岩寺，曾经作诗一首："孤猿叫落中岩月，野客吟残半夜灯。此境此时谁得意，白云深处坐禅僧。"

我曾经到新吴的车轮峰下，凌晨起来，爬上高高的阁楼，窥见残月，听到猿啼，朗诵此句，大笑，栖鸟惊飞。我又曾从朱崖下琼山，渡藤桥，千万峰之间，听到的声音，类似车轮峰听到的一样，但再也笑不出来，只觉得字字是愁了。

2. 东吴僧人惠诠，颠狂污垢，但诗句清婉。他曾经在西湖边一山寺壁上题诗："落日寒蝉鸣，独归林下寺。柴扉夜未掩，片月随行屦。唯闻犬吠声，又入青萝去。"东坡一见，在他的诗后和诗："唯闻烟外钟，不见烟中寺。幽人夜未寝，草露湿芒屦。唯应山头月，夜夜照来去。"惠诠的诗，随着东坡的名气，也在史上留名了。

3. 无可上人的诗："听雨寒更尽，开门落叶深。"

4. 西湖僧清顺，怡然清苦，写诗多有佳句。他曾赋《十竹》诗云："城中寸土如寸金，幽轩种竹只十个。春风慎勿长儿孙，穿我阶前绿苔破。"苏东坡晚年也曾与他游玩，多有酬唱。王安石对他的诗，称赞不绝。

5. 东吴僧道潜，是个美男子。他曾从苏州回杭州，经临平，写下一首诗："风蒲猎猎弄轻柔，欲立蜻蜓不自出。五月临平山下路，藕花无数满汀洲。"东坡一见如故。

后来，东坡到东徐做太守，道潜去拜访他，住在逍遥堂，士大夫争着去见他。东坡请客结束，和道潜一起，左右都有粉丝跟着。东坡让一妓前来讨诗，道潜拿过笔就写："寄语巫山窈窕娘，好将魂梦恼襄王。禅心已作沾泥絮，不逐春风上下狂。"一座大惊，自此，道潜名闻海内。

（宋　惠洪《冷斋夜话》卷六，《诵智觉禅师诗》等）

有文化的和尚，历朝历代，太多了。对有文化的和尚来说，和尚只是他们所选择的一种信仰职业，而内心的追求，似乎除了佛以外，更多的是诗文。

或者说，他们内心的不羁追求，通过诗，表达得更为纯粹，心无旁骛，诗才喷涌，往往也会有好诗出现。

历代的名人，好多与文化僧有交往，有的感情还非常深厚。苏东坡就是其中之一，苏以诗会友，他才不管么多呢，从和尚处或许能学到更多的东西。

清顺的《十竹》，不仅调皮，更写出了当时杭州城的繁荣，这座城市，数千年前，早就是寸土寸金了。

道潜写的临平，藕花洲，至今成为余杭的著名大道。

中年李叔同，有天突然出家了。也许，在他心中，诗和文已经不足以抚慰他那空旷的心灵，他需要用佛法来填充内心，这种结合，迅速让他成为行业领袖。

本书的作者惠洪，也是见多识广，与不少名诗人的关系也相当不错，他的书中，十分之七八，都写到了诗。

有文化一定比没有文化好，如果能知行合一，那一定更好。

钱如蜜

仲殊和尚初游吴中,自背着一只罐子,看见有卖糖饼的,就向他讨一文钱,钱到手,就用钱再买卖糖人的糖饼,吃了离开。

他曾到某古寺做客,有和尚朋友来看望,就问他们要钱。看望的人互相看了看,很难为情地摊手:身上钱不多,怎么办呢?仲殊笑答:钱如蜜,一滴也甜。

(宋　惠洪《冷斋夜话》卷八,《钱如蜜》)

仲殊的两个简单行为,就可以看出他和别人不同的性格。

他也是北宋的词人,与苏轼交情不浅,曾参加进士科考试。年轻时游荡不羁,差点被妻子毒死,后才弃家做和尚。他有个嗜好,就是喜欢甜食,常食蜜以解毒,人又称蜜殊。

一般的乞讨者,如果想吃甜食,索性直接乞讨。问题是,做小买卖的,总希望他的产品能多卖钱,而不是直接用来施舍。仲殊这是在替别人考虑,先讨一文钱——游方僧,吃百家饭,乞讨是他的权利,一文钱,起步价,施舍者给了钱,积了小德,德要日日累进的。拿到钱后,迅速买糖,对施舍者来说,哈哈,既做了好事,又有生意上门。而仲殊,在日常行为中,则保持了一种尊严。

仲殊向朋友讨钱,更是理所当然,他倒没有更多要求,一文也是好的。在他眼里,只有蜜,太喜欢蜜了。

其实,不只是仲殊喜欢钱,普通人都喜欢钱,只是仲殊直说罢了。仲殊和一般喜欢钱的人最大的不同是,他只以肚饱为宜(我猜测,事实上他也不可能弄到很多钱的),他喜欢甜食,将钱看作蜜,是极其自然的比方,自然得如同山间的流水,清澈而亮眼,大大方方。

钱如蜜,一滴也好。细细究考,似乎还有更多的题外话,涉及经济、社会、人性、道德、人伦等诸多话题,这里就不一一讨论了。

荼毗一个僧

苏东坡夜宿曹溪，读《传灯录》，灯花掉书卷上，烧掉一个"僧"字。看到这样的情景，他立即在窗子的空棂上写了几句诗：山堂夜岑寂，灯下读传灯。不觉灯花落，荼毗一个僧。

梵志诗曰：城外土馒头，馅草在城里。一人吃一个，莫嫌没滋味。

（宋　惠洪《冷斋夜话》卷十，《读传灯录》）

苏轼的才气，灵光随时乍现。

荼毗，是梵语，就是焚烧，但这里的焚烧，指的是僧人死后的火葬。

如果是读别的书，灯花烧掉一个僧字，也算好诗，但不够奇，奇的是，苏轼读的正是佛教的《传灯录》。唉，僧字烧掉，就如同僧人去世，火葬了。

说到死，还有很多的说法。

城外那些土馒头，就是土坟，你可知道，馒头的馅在哪里呢？就在城里，人人都是馒头馅，人人都要死的。不要嫌这个馒头没滋味噢，馅在城里呢！

由此死，到彼死，实在让人思想连连。

另外，从阅读角度看，苏轼为我们提供了一个良好的读书方法，有感而记，随感随记，他的《东坡志林》，就是随手记下的传世作品。

这几年，我也随手记。

2016年6月7日夜10:40，我正读《元代衣食住行》，恰好看到元朝皇帝贪杯为历代帝王望尘莫及。看到这里，抬头望夜空，突然听到对面一幢楼里，有间厨房，高压锅嗞嗞响，一直响，半夜三更，不知炖什么，后来猜：今日高考，极可能的是，这家有考生，在炖补脑汤什么的。

卷四

秘密手册
挑粪养母
刘瑄寻母

秘密手册

范景仁的父亲范文度，跟着张乖崖（张咏），负责蜀地的档案管理工作。他发现，当地经常有人因隐秘的事，莫名其妙被杀，但不知道原因究竟是什么。

经过仔细观察，范文度似乎找到了线索：张乖崖常会默默地看一本小手册，每每有隐秘的事，他一定记到手册上，记完后，就装入箱子，封存得很严密。范文度每天在张身边，也不知道手册上记的是什么。然而，张每看一次手册，就会杀人或者行法。

有一天，张乖崖正在看手册，突然内急，他急忙跑出去上厕所，来不及将手册藏好。范文度迅速拿起小手册看，上面都记着人的各种隐秘事，有已行者，就用红笔勾掉，未行者还有很多。范看完，立即想到，张乖崖平日里所杀的那些人，都是眼线和耳目所报告的，他立即将小手册撕掉烧毁。

张乖崖返回，见桌子上箱子盖被打开，一脸不高兴，一查，小手册不在了，大怒。范文度立即上前请命：是我将大人的小手册毁掉的，今天愿用我一人的性命，代替众人死，您杀我吧！

张乖崖有些不解：为什么要烧掉我的手册？

范文度答：您为政过猛，而又暗地里搜集人的隐秘事，也不查明事实真相，一律杀掉，如果不毁掉这个小手册，恐怕您还会杀更多的人！

张乖崖听后，慢慢答道：饶你一死，我相信，你的子孙，一定会兴旺。

从此以后，张更加重用范文度了。

（宋　王铚《默记》）

张咏是北宋名人，关于他，有很多故事。

他发明了钞票（交子），他做杭州知府巧断案（兄弟俩换房），他带头娶小老婆（假的，安抚官心，其实是洁身自好），他杀偷一钱的兵卒

（认为会越偷越多）。

这里写他的为政过于苛刻。

他得报的那些隐秘事，手段和方法都不太正当。喜欢打人小报告的，往往会利用这种手段，实施打击报复。

而对揪人隐私，几乎人神共愤，在宋代也不允许。

沈括《梦溪笔记》卷十一"官政一"有著名案子：

曹州人赵谏尝为小官，以罪废，唯以录人阴事控制闾里，无敢迕其意者。人畏之甚于寇盗，官司亦为其羁绁，俯仰取容而已。兵部员外郎谢涛知曹州，尽得其凶迹，逮系有司，具前后巨蠹状奏列，章下御史府按治。奸赃狼藉，遂论弃市，曹人皆相贺。因此有"告不干己事法"著于敕律。

凭赵谏的本事，他一定会把官府弄得服服帖帖，要么和我坐一条船，要么你就滚蛋，就这么简单。谢涛为人正直，又是京官下派，能力和水平都有，自己身上很干净，我才不怕你呢！于是办得了赵谏。

"告不干己事法"，我的通俗理解就是：如果你状告人家的事，没有和自己有利益冲突的话，那就是不容许的。这样朝廷就省却了许多麻烦事，如果有人一天到晚，告这个，告那个，那大家还要不要过日子了？

话说回来。

其实，很多史料说张咏还是很通情达理的。

王小波李顺农民起义失败后，因为太监王继恩统军无方，扰乱民间，于是宋太宗派张咏去管理蜀地。王故意捉来许多乱党，让张咏办罪，张将他们全放了。王大怒，张咏则道：前日李顺胁民为贼，今日咏与公化贼为民，有何不可？

所以，不妨这样理解，搜人隐秘事，只是张的一种工作方法，他认为这种方法有效，可以震慑人，便于他短期树立威信，管理好蜀地。

正因为他的通情达理，当他发现杀人小手册被毁掉后，也能幡然悔悟：缺德的事，咱还是少干吧。范文度，你一定有好的报应！

挑粪养母

光州，有户姓毕的人家，兄弟两人，靠打短工养活母亲。

他们的工作，主要就是替人淘粪。有一天，到了吃饭时间，仍然没有人来雇他们，兄弟俩很担心，没有工钱，今晚母亲要饿肚子了。想了想，他们还是挑着空担，走村串户，边走边吆喝。

到了下午，还是找不到活，他们茫然四顾，忧心如焚，走得也有些累了，就枕着担子，在杏山观前休息一下。

忽然，一道士从观中招呼兄弟俩，问他们为什么在这里休息，兄弟俩一五一十讲了前因后果。道士说：我正要淘厕所，你们能帮我吗？

到了观中，按照道士指的方位，兄弟俩开始淘粪。淘着淘着，发现了好多器皿，仔细查看，都是金子打造的，共有两担。兄弟俩装好金器，急忙找方才的道士，找来找去，不见踪影。他们就问观中其他道士，都说没有这样的人。他们将粪担报告给观主，观主报官。

太守问明此事说：这是你们应得的东西，官府不能要。太守将这两担金器，全部判给了兄弟俩。

兄弟将金器卖了，用来置田买地，成了富人。他们教子读书，儿子都考中进士，孙子都做了郡守。

（宋·王铚《默记》）

这显然是好人好报的典型。

好人好报，可以分很多类型，这里讲的是孝。

兄弟俩卖体力，且是担粪，干的是脏活累活，却有一颗金子般的心，没有活干，他们的母亲就会饿肚子。

发现金器的情节，也并不是完全胡扯。道观的厕所里的，说不定就是盗贼们偷来存放在那的不义之财。

从古到今，人类一直将人粪当作宝贝，不仅粪本身可以卖钱，厕池中也会有各种各样的遗失物，这些遗失物，就是对淘粪工最好的回报。

另一个角度，宋代就有淘粪工人在村子里转，卫生保洁工作，还是相当不错的。

细细分析，那个虚构的道士，也不觉得别扭，上天对善行孝顺的报答，总要通过一种方式来实现。

英雄莫问出身，或许，你的先祖，就是这样起家的。

刘琯寻母

刘琯是河中人，枢密学士刘综的孙子。他是庶出，母亲姓王，生下他后，外嫁。他服侍嫡母任氏30年。嫡母死，他就去寻找自己的生母，一直没找到。于是弃官，布衣蔬食，赤脚行天下，但他并不知道母亲的生死。

数年过去，刘琯找母的意志愈加坚定，他发誓，不见母亲不复为人。

有年除夕，他行走到汝洛之间的彭坡。旅店住下，满身疲惫，又一年了，母亲还是没消息。他在村中的酒馆里，一边哭泣，一边喝闷酒。

突然，来了一个天官（古代观察天象的人），刘琯在忧郁中，对那天官也不太客气，要求他为自己算卦。天官挂着策杖一算：此坤卦乘乾卦，父母爻动，你一定是寻访父母的。今坤卦为主，那么，你一定是寻找母亲的。

刘琯一听，高兴地说：是呀，我一直在寻母，却一直未见。

天官道：你不要跑来跑去了，你今天就可以见到母亲，就在今天，一个时辰以内，你就有大喜了！

刘琯很高兴，但一想，这不过是天官糊弄人的常用把戏罢了，哄你高兴呗，也就不搭腔了。

天官临走，对刘琯说：马上就会应验，你不要忘记噢。

刘琯愈加疑惑。

过了一会，村中箫鼓喧闹，有人在除夕嫁女，整个酒馆的人都跑去看热闹。刘琯独自坐着，无聊得很。过了一会，看热闹的人陆续返回，各自说着见闻。一老兵在自言自语：这是本县富人嫁女，嫁的是本村的富家，刚刚那个送女儿的，就是她母亲，她女婿家离这里才十步距离。这个妇人，先嫁在一大官家，听说生的儿子现在也在做官。后嫁的这一家，是侧室，生儿女三人，今天嫁的，就是最小的女儿，所以亲自送嫁。这家的大夫人已经去世，她在主事，家里很富有，今天的嫁妆很丰厚。

刘瑄听了很好奇，稍稍移近身子，靠近老兵问：您知道这老妇人姓什么、先前嫁的那家又姓什么吗？

老兵答：这妇人姓王，听说前嫁的人家姓刘，他儿子的小名叫瑄。

刘瑄一惊：您怎么知道得这么详细呢？

老兵：我是放停兵，曾经替他们家服务过，老妇人经常和我说起此事，所以我记得很清楚，已将她儿子的姓名写了数千遍。

说完这个，老兵就从腰间拿出一张小纸条给刘瑄看。

刘瑄和老兵正投入地交谈，有耳尖的小孩，听见刘瑄寻母，已经跑去向王夫人通报情况了。

老兵说完这些，对刘瑄说：我马上就替你去验证。

然而，此时的刘瑄，心里反而平静下来，他找母亲这么久，也多次被人骗，他认为，或者事情和名字都相同，但不一定就是他母亲。

老兵跟着小孩的脚步，也去向王夫人汇报去了。

王夫人听说情况后，立即派人迎接刘瑄。这时候的刘瑄，还是不敢相信，他漫不经心地前往。见到了王夫人，各个细节一一验证，果然就是他的母亲，朝思夜想的亲生母亲。

见面的场景，让很多人唏嘘不已，母子相抱，号啕大哭，悲痛欲绝，声音久久回响在村庄的上空。

认完母亲后，刘瑄转身去找天官，再也找不着。问遍村中人，都说，没有见过这样的人。

后来，刘瑄将母亲迎回一起居住，长久服侍，母亲寿终正寝。

刘瑄被宋神宗看重，不断加官，成为一代名臣。刘瑄的两个儿子，都考中进士。他的家族光显贵盛。

（宋　王铚《默记》）

刘琯的母亲是妾，妾的地位就这样，生下儿子，也极有可能以一个莫须有的理由，与儿子生生隔离。

服侍嫡母是儿子的职责，刘琯也做到了。

但是，自己毕竟有亲生的母亲，就如宋高宗一样，自己做了皇帝，更要对母亲好，虽然母亲不是皇后。

刘琯找母，艰辛程度无法想象，既有体力上的劳损，更有精神上的折磨，日复一日地失望，那种煎熬，不是常人所能承受的。

希望来自不经意间，这个叫彭坡的乡村，让刘琯圆了寻母梦。

刘琯寻母的另一面，是刘琯母亲王夫人，她也对儿子日思夜想，这些都可以从老兵言语中得到印证。这个老兵的安排，比小说还生动，没有老兵的热心，没有刘琯生母平时对刘琯的惦念，刘琯很可能会在一个平常的山村，喝了一顿闷酒，然后，听闻了一场普通的嫁女故事，大年初一，他又行进在寻母的征途中了。

孝可以感天，人们对各种各样的孝，总是寄予最大的褒扬和嘉奖，担粪兄弟也是，刘琯寻母也是，尽管天官和那道士都是不明人物，但，无妨我们对孝的敬仰。

卷五

酒杯要洗
斩秦桧以谢天下
"坐鱼"三斤
烦恼自取

酒杯要洗

皇帝赐酒给群臣喝,酒喝完,不洗杯子。

有一次,宋孝宗在内廷赐宴,丞相王淮,拿着酒杯喝,鼻涕流进酒杯,过一会,又将鼻涕缩进鼻腔。吴琚兄弟也在朝堂上,皇帝看他喝酒面有难色,拿着杯子慢腾腾,就转头轻轻地问了问左右。皇帝知道原因后,立即下令清洗杯子。

赐酒的杯子要洗,就从王淮这里开始。

(宋 叶绍翁《四朝闻见录》卷一甲集,《赐燕涤爵》)

皇帝赐酒,是一种荣耀,如果不是毒酒,大都喝得很爽快,但有人却不想喝。关键场景是,鼻涕流进酒杯,别人是清楚看见的。

这里没有交代,是共用一个酒杯,还是一人一杯酒?看情形,更像是一个酒杯。

赐酒以前为什么不洗赐酒杯?估计也是因为皇恩浩荡,你一个被赐的对象,是没挑剔资格的。

这些并不影响主旨的细节,如果和时代不合拍,应该立即改掉。

上面的王淮,作者同时还写到,因为他,改变了一个礼节。

大臣见百官,主宾都要穿朝服。当时,正是盛夏,酷热难挡,王淮体弱,闷晕了,倒在朝堂上。皇帝立即召来御医,查原因。皇帝明白原因后下诏,百官可以穿着衱衣(衣服旁边开口)见丞相,这个礼节,也是从王淮开始的。

大热天,穿着透气的衣服,总比一点也不透气的厚笨朝服来得舒服些。

洗酒杯,改衱衣,事情虽小,却也是莫大的人文关怀。

斩秦桧以谢天下

王蘋被皇帝看中，以布衣入馆。他的侄子王谊，年方14岁，有一天，他在书塾，用纸仿作御批，写下了一句话：可斩秦桧以谢天下。

这张批折，被王家仆人拿到，他索要千金。孩子父亲不答应。同族兄弟对王父说：给他钱，折批就拿回来了，拿到折批，再以敲诈罪追究仆人的罪，千金可返。这个建议，王父还是不答应。仆人就拿着折批告到有关部门。接到这样的报告，有关部门也害怕秦桧，不敢隐瞒，于是派人向朝廷报告。王谊自然立即被抓了起来，证据确凿，事实清楚，打入大牢，准备砍头。

秦桧看到这个案子，一了解，王谊才14岁，第二天，就向皇帝报告。皇帝看小王年少无知，赦免了他。

（宋　叶绍翁《四朝闻见录》卷一甲集，《布衣入馆》）

这一段，可以延伸出好多信息。

秦桧的坏名声，似乎孩子也对他恨之入骨，随便写，就想到了这样的内容。所以，人人都想咬秦桧一口，并得而诛之。

秦桧也有人性的一面，当他看到这个案子的主角其实就是个熊孩子时，他马上产生了怜悯之情，否则，他绝对不会向皇帝报告。我秦桧也是有原则的，我并不滥杀无辜。

仆人的丧心病狂。这样的仆人，真要十分小心，他见不得主人的好，羡慕嫉妒恨，总想改变自己的现状，好了，把柄有了，大把柄，于是产生了一连串的事。

终究因为是孩子，未成年人，一切都可以原谅，当事人秦桧原谅了，当事人皇帝原谅了，学他的御批，那真是要杀头的。

权当是一条反动标语吧，言者无心，你们大人大量噢。

"坐鱼"三斤

杭州人将田鸡当美味，田鸡就是青蛙。官府以前也禁止吃青蛙，因为它能清除田间的害虫。后来，宪圣（赵构夫人宪圣慈烈皇后吴氏）南渡，看着青蛙很像人形，极力向高宗主张，严禁吃青蛙。

现在，杭州人吃青蛙的习惯还是改不了。卖青蛙的将冬瓜剖开，青蛙放进去，再送到需要的买主家门口，称"送冬瓜"。

黄公度做福建地方的长官，有天，他吩咐炊事兵，去市场上买"坐鱼"三斤。炊事兵不知道是什么鱼，问了很多读书人，也都不知道。当时，林执善做州学校的校长，有人告诉炊事兵，林校长博学，他或许知道。炊事兵找到林校长，校长告诉他，你去市场上买三斤田鸡就可以了。

田鸡买来，黄公度笑着问炊事兵：谁教你的呀？炊事兵答：那个州学校的林校长。黄于是将林请来做好朋友。

（宋　叶绍翁《四朝闻见录》卷三丙集，《田鸡》）

中国人的吃，是有悠久历史的。

纵然，像宪圣皇后那样，因为仁慈，看着青蛙像人形，大大的眼睛，那么明亮的眼光，它希望和你交流呢，能忍心吃它吗？

也有很多人不吃田鸡，并且将它尊为神。

广西壮族有个蚂𧊅节，蚂𧊅就是青蛙。他们祭祀青蛙，祈求来年的稻谷丰收。节日里，场面盛大，青年男女戴上青蛙的面具，学着青蛙跳跃的样子，奋力比赛。还会将一只用于祭祀的青蛙神，隆重地装进棺木里，一路巡游，蛙棺到谁家门口，谁家就会将最好的稻米献出，一直将蛙棺送到墓地，寨老虔诚打开上一年度的蛙棺，取出蛙的遗骨，以此占卜当年农事的丰歉。

权当南宋的杭州人吃青蛙是一种习惯，不过，习惯中也有不少是陋习。

淡漠农事，不谙农事，真以为长在田里的、肉质鲜嫩、胖乎乎的，就是田鸡啦。

"坐鱼"三斤

樊恼自取

韩侂胄打了败仗，头发胡须都白了，困闷不知怎么办。

皇帝还是派人来安慰他，并在宴会上安排喜剧表演，设法让他开心。

喜剧演员们表演的，自然是一场喜剧。台上有三个人，一个叫樊迟，一个叫樊哙，旁边还有一个叫樊恼。又有一个演员，只管作揖设问。

问樊迟：迟，谁给你取的名啊？

樊迟答：夫子所取。

作揖者拜了又拜：噢，是孔圣人的高徒啊！

问樊哙：哙，你的名字谁取的呀？

哙答：汉高祖取的。

作揖者拜了又拜：噢，真是汉朝的名将啊！

问樊恼：恼，你的名字，又是谁取的呀？

恼答：樊恼自取！

（宋　叶绍翁《四朝闻见录》卷五戊集，《伶优戏语》）

优，俳优，常指男；伶，乐工，也指女。伶优，往往泛指演员。伶优表演，一直可以追溯到汉代的东方朔，他似乎是滑稽的祖宗。

再举一例笑一下。

汉武帝游上林苑，看见一棵好树，问东方朔树名，东方朔说：此树叫善哉。武帝暗中让人标记这棵树。数年后，再问东方朔此树名，东方朔答：此树叫瞿所。武帝立即反问：东方朔，你欺骗我好多年啊，此树的名字，为何不一样呢？东方朔答：大为马，小为驹，长为鸡，小为雏；大为牛，小为犊；人生幼为儿，长为老；昨日的善哉，今日已长成瞿所。生老病死，万物成败，哪里有定数？汉武帝于是大笑。

杜甫有四句名诗：岐王宅里寻常见，崔九堂前几度闻。正是江南好风景，落花时节又逢君。这个君，就是唐代著名音乐人李龟年，大诗人和音乐人，都一起流落到江南，《江南逢李龟年》讲的是安史之乱，说的也是伶优的生活。

所以，伶优，通常是以机智诙谐的面目出现，插科打诨，缓解气氛。烦恼自取，打一场败仗算什么呢？不是说胜败乃兵家常事吗？

卷六

改名的好处
宋朝名牌

改名的好处

丁谓想巴结讨好寇准,希望得到大的升迁,但没有成功。他生平最喜欢占卜算卦,每天早晨看有没有喜鹊叫,晚上卜灯芯,即便出门,也不顾身份要去偷听别人的谈话,用来卜吉凶。

有个无赖叫于庆,家里极贫困,吃饭都成了问题。有天,于庆去向一位落第老先生求教,老先生说:你想要改变目前这种贫困状况,必须先改姓换名。以后你发达了,不要忘记我。于庆满口答应。老先生将于改为丁,将他改名为宜禄,让丁宜禄去投靠时任参知政事的丁谓。

丁谓见丁宜禄来投靠,大喜,立即重用。门下有人不解,丁谓也不告诉他们原因,只是自我安慰:我得这个人,一定会有大的升迁。

没过一个月,丁谓果然拜相。没过一年,丁宜禄也大发财,身家在十万以上。那替于庆改名的老先生,也通过丁宰相的关系,得到了教授的职务。

这个故事一直在民间传说,但人们都不知道所以然。

我前段时间偶读沈约的《宋书》,里边说:宰相苍头呼为宜禄。原来如此,看来,丁谓也是个有水平的读书人呢。

(宋 袁褧《枫窗小牍》卷上)

历史上,丁谓的名声不太好,笃信道教,喜欢拍马屁。

他为什么还能在位置上待那么久,也是因为当时的领导者宋真宗,本身也是一个道教的虔诚信徒,热衷求卜问卦问天。宋真宗从泰山封禅回来,丁谓送上一只小乌龟,将它当作祥瑞,忽悠皇帝。小乌龟其实是当地极普通的东西,连小孩子都在玩,但丁谓有本事,将它说成大的祥瑞。

从记载看，丁谓这个时候已经和寇准是搭档关系，作为寇准的副手，官也不小了，但他却为寇准拂须。吃饭时领导偶尔沾点东西在胡须上，只要暗示或者提醒一下，用不着去拂须的，拂须这个动作，连寇准自己都觉得不好意思，甚至讨厌，当然不买丁的账了。

有这样的思想基础，当他看到丁宜禄时，眼睛自然一亮，好兆头，吉利相，一定要好好重用这个人。

作为于庆，极贫之人，脑子并没有其他的道德底线，有奶便是娘，管他姓不姓了，姓于贫困，姓丁能带来好运，干吗不姓？改姓，身上又不会少了一块肉，祖宗要骂？可是那些死人有什么好骂的呢，他们能保你吃保你喝吗？

于庆如果不叫丁宜禄，可能依然贫困，丁宜禄给于庆带来了衣食锦绣，改还是不改呢？

于庆改名，引出了名字的好多话题，这里岔开说一下丑名。

清代梁章钜的笔记《浪迹丛谈》，卷六有《丑名》，举的一些历史上的名字，颇具笑点：

古人以形体命名，如头、眼、鼻、齿、牙、手、足、掌、指、臀、腹、脐、脾之类，都有。《庄子》里有祝肾，《列子》里有魏黑卵，《北梦琐言》里有孙卵齐。甚至还有用畜生来命名的：卫国有史狗，与蘧伯玉、史鱼同为君子，卫宣公有个大臣叫司马狗；《辽史》有小将军叫狗儿，是圣宗的第五个儿子，辽西郡有王驴粪；《北梦琐言》有郝牛屎；《元史》里有太尉丑驴。

不知道为什么这么取名，也许认为名贱，反而好养，或者认为，名字只是一个符号而已，叫什么都是叫。

由此说来，于庆必须改名！

宋朝名牌

京城各类名牌甚多，这里仅举一些吃的例子。

王楼梅花包子，曹婆肉饼，梅家鹅鸭，曹家从食，徐家瓠羹，郑家油饼，王家乳酪，段家爊物，不逢巴子南食，这一些都是当时的名牌。

南迁后，西湖边上就有鱼羹宋五嫂、羊肉李七儿、奶房王家、血肚羹宋小巴之类。那个宋五嫂，是我家老管家的嫂子，我每次去游西湖，都要好好地喝几碗。

（宋　袁褧《枫窗小牍》卷上）

宋代是一个令人向往的时代，虽说领土不完整，但百姓衣食还是比较富足的，因此才有这么多的名牌商品出现。

吴自牧的《梦粱录》说："大抵都下买物，多趋名家驰誉者。"所谓"名家驰誉者"，就是现在的名牌商品了，看来，南宋百姓已经认同名牌了。

在南宋，杭州城里这些品牌都很有名：中瓦前皂儿水，杂卖场前甘豆汤，如戈家蜜枣儿，官巷口光家羹，大瓦子水果子，寿慈宫前熟肉，涌金门灌肺，中瓦前职家羊饭，彭家油靴，南瓦宣家台衣，张家圆子，候潮门顾四笛，大瓦子丘家筝篥。有各类小吃，也有日用品，生生构成一幅灵动的清明上河图。

除了吃，当然还有各类药铺，这也算南宋杭州的一大景观了。

潘节干熟药铺，张家生药铺，陈直翁药铺，梁道实药铺，杨将领药铺，仁爱堂熟药铺，三不欺药铺，金药白楼太丞药铺，陈妈妈泥面具风药铺，金马杓小儿药铺，保和大师乌梅药铺，双葫芦眼药铺，郭医产药铺，李官人双行解毒丸，等等，也都是"有名相传者"。

正宗的宋嫂鱼羹，已经没有了，西湖醋鱼，在杭州的大小饭店倒是比较受外地客人青睐，有消息说，节假旺季，楼外楼一天要卖3000多条。

一个品牌，要想流传下去，百年千年，一定还有很多品牌以外的事情要做。

宋朝名牌

卷七

贫贱的年纪
宋代洒水车
皇帝要吃生菜
卖书的子孙
吃的学问
"池鱼"不是鱼
屋下面有宝
衣上有小虫

贫贱的年纪

国家庆寿典礼,一般的老百姓,不管男女,只要年纪活得够长,就会授以相应官职,于是,就有冒充高龄的人出现。

近来,我读到一篇《温阳老人对》的文章,很是切中时弊。文章说:

温阳的山里有位老人,已经120多岁了。淳熙三年,朝廷举行庆寿推恩典礼,有个柴夫问那老人:现今朝廷举行这个加恩典礼,不管你是什么身份,只要高龄,就会授予官职。您为什么不去申报呢?

老人答:我年纪还不到。

柴夫有点不理解:您都已经100多岁了,为什么还不到年纪?

老人答:天有二日,人有二年,有富贵之年,有贫贱之年。富贵之年就可以算活得长,贫贱之年再长也不算长。我从小到老,未尝听说和经历过富贵之事,我没有体验过裘皮的温暖,我也没有品尝过山珍海味,没有听过丝竹之音,更没有看过华丽的色彩,我虽已经历了122个寒暑,但没有离开过贫贱,若以二当一,那么,我今年只有61岁,和皇帝嘉奖的条件不符合,不到年纪而去申报,这不是假冒的行为吗?

柴夫又继续劝老人:就算您说的观点成立,但现在的社会,有好多人,年纪并没有那么大,却也虚报,朝廷也授予官职,为什么呢?

老人答:那些都是富贵之人吧,他们的年纪可以一当二,我们是小老百姓,怎么敢和他们去比呢?

柴夫听了老人一番话,笑笑而告辞了。

(宋　周辉《清波杂志》卷一,《庆寿推恩》)

这一番对话，真是耐人寻味。

朝廷为了体现尊老，都会对年长者优待，人总有一天要老的。刘邦开始，对老人授以鸠杖，这根杖，就是皇恩，人们都会对老人重视并加以优渥的。

乾隆皇帝举办千叟宴，望着上百桌的老人，髯须飘扬，声如洪钟，那是什么心情啊。

授予官职就是一种利益，只要有利益，人们就会想尽办法去钻空子。于是就有冒龄的出现，冒龄是为了荣光，尽管是一种虚荣，毕竟也和利益相连。

百岁老人的贫贱观，令人深省。贫日子苦日子过惯了，没有锦衣玉食，反而更长寿，心态也好，那些声色犬马，都是身外之物。

贫贱以二计一，富贵以一当二，表面上是对富贵的尊重，其实，是反讽，咱们什么也别比，就比谁活得长！

温阳百岁老人，也许真有，但很可能就是虚构，作者看不惯那种奔着利益而去的人，连老人也奔着去，弄个樵夫来对对话，提醒一下。

宋代洒水车

汴京城里,有一种叫细车的快速客车,前面站着好几个人,拿着水罐子,一边行,一边洒水,防止灰尘扬起。

(宋　周辉《清波杂志》卷二,《凉衫》)

严格说来,这并不是专门的洒水车,而是为了防止快速行进的车辆扬起的大量灰尘。

作者在另一部笔记《北辕录》也记载了这样的细车:

他出使金国,路过淮北,见过细车。每车用15匹驴子拉,五六个人把着车,赶车者不用鞭,而用巨梃击打驴子。由于役用驴子较多,赶车者又拼命抽驴,"其震荡如逆风,上下波涛间",可见其速度之快。这样快速行进的车,在土路上,绝对会一路扬灰,所以,在京城,这种车的环保就是一个问题,车上站着几个人,弄些水洒洒,灰尘会少许多。

古代的城市卫生,当政者还是十分重视的,即便没有发达的科学,也是尽一切所能。

《后汉书·张让传》载,汉灵帝中平三年(186),灵帝曾命令当时的掖庭令毕岚,设计制造一种洒水车:"翻车渴乌,施于桥西,用洒南北郊路,以省百姓洒道之费。"后人这样注解"翻车渴乌",翻车:设机车以引水;渴乌:为曲筒以气引水上也。这种洒水车,在长安桥西汲足了水,洒扫于长安之南北大道,以减轻人民洒扫之劳。

无论古今,人们在闲暇之余,携亲带友,行走在洁净的道路上,车来车往,阳光普照,是一幅美好的景象。

然而,这只是解决了灰尘(表面),而更大的问题是垃圾,虽然古代人数不多,但没有科学方法可以解决,即便现代,垃圾依然困扰人们,要是哪一天没有环卫工人,道路不知道会脏到什么程度。

唱着"走进新时代"的洒水车来了,洒水车洒出人们对生活的一片美好向往。

皇帝要吃生菜

绍兴丁巳年（1137），宋高宗从南京视察回杭州。当时，我的前辈在丹徒县做主要领导，他们接到朝廷命令，皇帝的船要经过新丰码头，一切东西都要准备妥当，以备随时之需。

御舟到达，皇帝的命令下来了，只需要两篮子生菜。

很突然，这生菜没有准备啊，幸好新丰这里，大运河贯通南北，是农副产品的集散地，官员迅速采办，不仅没有坏事，还比较圆满地完成了任务。

朝廷随后有文件下来，生菜于是成为珍品。

（宋　周辉《清波杂志》卷三，《生菜》）

物因人而贵，世事着实很难预料。

这一年，没有具体日子，但极有可能是立春，或者接近立春的前后几日。

中国人的习惯，立春要吃咬春（吃甘蔗）、吃春盘，春盘里有春饼、萝卜、生菜，等等。关于生菜，可以泛指萝卜和其他能凉拌的蔬菜，也可以专指类似莴苣的叶菜，李时珍《本草纲目》说："白苣、苦苣、莴苣俱不可煮烹，……通可曰生菜。"高士奇的笔记《北墅抱瓮录》载："生菜，花如苦菜，春秋可再种。略点盐醋，生擩，食之甚美，故名。"

于是，在特殊的日子里，在很多方面都必须先行倡导的皇帝，要两篮生菜就可以理解了，既倡导风俗，又是节俭，倡导风俗也是对大自然的敬畏。当然，如果皇帝需要，下面的每个码头都时刻为皇帝准备着呢，他心里清楚得很。

只要皇帝吃过的东西，即便是普通百姓每天吃的生菜，突然就增值了，身价一下子提高。应该是好事，生菜价格上涨，百姓自然可以多卖些钱，只是自己不一定吃得起了，多可惜啊，一口一口在吃着银子呢！

至于光禄寺的采购价格高，一只鸡蛋十两银子，皇帝也不敢多吃，这一类笑话，是另外的话题，这里不谈。

卖书的子孙

1.唐代的杜暹，家里藏有很多书，他在书房题有这样三句话，用来告诫子孙："清俸买来手自校，子孙读之知圣道，鬻及借人为不孝。"

2.北宋的陈亚，藏书千卷，名画一千余轴，晚年又买到了"华亭双鹤"怪石，还有很多的异花，他写了首诗告诫他的后人："满室图书杂典坟，华亭仙客岱云根。他年若不和根卖，便是吾家好子孙。"陈亚死后，这些好东西都归了他人。

（宋　周辉《清波杂志》卷四，《借书》《藏书》）

杜暹的观点，很多人可能不太赞同。卖书，可以看作不孝，借书，也是不孝，未免自私了些。

但是，可以看作是杜先生的嗜书如命。这些书，来之不易，薪水微薄，完全是从牙缝里挤出来的，而且，还亲自阅读检校过，留下不少读书心得，书是我的全部精神财产，子孙们也要像我一样，从书里学习圣人之道。

陈亚的藏书和名画，自然更值钱，好多是经典，还有那宝贝奇石，子孙们可要好好看住了。

作者周辉，自己也深有体会，他也有不少手抄书，被人借走，或者遗失，这使得他内心一直耿耿。有一天，他读到了唐庚的《失茶具说》，才将内心的疙瘩解开。

唐庚这样告诫他的老婆：家里如果丢失了茶具，你千万不要去找！

老婆问：为什么呀？

唐庚答：那些偷我茶具的，一定是喜欢我的茶具。他心里喜欢，就想得到它，他害怕我吝惜不肯给，所以就偷走。那个人得到他喜欢的东西，一定好好珍藏，而且，他怕人知道，一定藏得好好的，怕茶具损坏，一定放得妥妥，这就是物得其所啊。人得到了他所喜欢的东西，物也找到了可以藏身的地方，这是两全其美的好事，我们还要去找它干什么呢？

老婆答：哈，可以不找，但这样下去，你哪里还藏得住东西呢！

书如果以这样的方式延续它们的生命，也算物有所值了。

吃的学问

吃无所谓精还是粗,饿了都好吃。所以,耐得住贫穷的人,常常有"晚食以当肉"的感觉。

我经常出席我们家族的各种宴席,家家都按时节置办,菜品有选择有调和,总结起来,有"烂、热、少"三字食经。烂,容易咀嚼;热,不失香味;少,吃不厌,吃了还想吃。

我去边疆,渡过淮河后,看见市面上卖的羊极大,小的也有五六十斤,大的超过百斤。官家的招待所里,早晚都供应羊肉,又苦又硬,还配上芫荽酱,臭不可近。王安石解释"美"字,说从羊从大,羊之大才美,我真不知道他是怎么得出这个结论的。

(宋 周辉《清波杂志》卷九,《说食经》)

张鹗有一天拿着纸来请苏东坡写一幅字,苏大笔一挥,写下了《战国策》中的四味药送张:无事以当贵,早寝以当富,安步以当车,晚食以当肉。

我在《字字锦》一书中关于"晚食以当肉"的理解,看来有点欠妥,我纠结于晚点吃还是晚餐必须有肉,其实,这里是表达一种心情,安于贫困的人,吃一顿晚餐,即便粗茶淡饭,也等于吃肉一样。

"烂、热、少"三字经,对很多人,尤其是老年人,极其合适。每一个字都做到,其实并不难,关键是适度,能够很好地控制自己的嘴巴,其实就能很好地达到养生的目的。

根据作者的经验,食材无所谓好坏,只要是时令菜,再遵循三字经原则,想来不会坏到哪里去。他用北方羊来佐证,更加说明加工方法的重要,同一种食材,做法不同,味道大相径庭。我就喜欢吃清水煮手抓羊肉,不用太复杂,鲜嫩腿肉里脊肉腱子肉,热锅捞出,姜蒜泥醋辣椒等调料一蘸,口水不禁流出。

吃的学问有许多,三字经只是其中之一罢了。

"池鱼"不是鱼

张无尽尝作一表云:鲁酒薄而邯郸围,城门火而池鱼祸。

上句出自《庄子》,下句不知所出,以意推之,当是城门失火,以池水救之,池干而鱼死。

《广韵》"池"字注说:池,水沼也,古代有个姓池名仲鱼的人,城门失火不幸被烧死。谚曰:城门失水(火),殃及池鱼。

白居易有诗:火发城头鱼水里,救火竭池鱼失水。这说明,当初池鱼是一个人的说法,并没有流行。但是,《广韵》里这样说,应该是有根据的。

(宋　周辉《清波杂志》卷九,《池鱼》)

张无尽是宋代的丞相。

《广韵》是北宋官修的一部大型韵书。

而白居易的说法,已经代表大众,按这个时间表推算,除非《广韵》编著者在前代的辞书里找到强有力的证据,否则,说服力不强。

然而,池鱼是一个人的说法,从字面上没有破绽。且,《广韵》也是在前人《切韵》《唐韵》的基础上修订,那么,时间上要早于白居易。

其实,比白居易早用的人老早就有了,北齐杜弼《檄梁文》载:"但恐楚国亡猿,祸延林木,城门失火,殃及池鱼。"

比杜弼早的也已经有正确的解释。

东汉,应劭《风俗通义·佚文·辨惑》载:"城门失火,祸及池鱼。俗说司门尉姓池名鱼,城门火,救之,烧死,故云然耳。"

这样说来,《广韵》说池鱼是一个人,是有依据的。只是,后人在流传这一事件时,将名字理解成了"池里的鱼",城门失火,

50　太平里的广记

殃及无辜的池鱼，比喻受到无辜牵连。很切题嘛。

有池氏谱牒称，池仲鱼为池氏第49世孙。

以此类推，以讹传讹的事，不胜枚举。只是，讹到后来，错误的反而变成正确的。

我13岁时，一颗大牙外又紧生了一颗獠牙，医生见獠牙长得好，就将里面的大牙拔掉，将獠牙扶正，几十年来，獠牙表现良好，一直在我的口腔里主持工作。那颗失去的大牙就是司门尉池鱼，獠牙就是没水喝而死的池中鱼。

屋下面有宝

东坡说，他家以前租住在眉山。有一天，两个婢女在熨帛巾，两只脚突然陷进地里，一看，深数尺，有个大瓮，上面用黑木板盖着。苏妈妈急忙让人用土填进，并整理平坦。

后来，苏家要搬房，有人想掘地挖出那个大瓮，崇德君说：假如您妈妈还健在，一定不会去挖的。苏一听，就不去挖瓮。

唐朝，浙西观察使李景逊，他母亲郑夫人早年守寡，家贫子幼，租住在洛阳城，因为古墙塌坏，发现了差不多有一船的铜钱。郑夫人焚香向天祝祷：我听说，没有功劳而获得财物，就是灾难，上天一定是嘉奖我的先夫而赐给我们这些钱的，我只希望两个孩子能学问有成，实现自己的志向，这些钱，我们不敢要。祷告完毕，郑夫人让人将那些钱又全部埋好，并修理好倒塌的墙面。

（宋　周辉《清波杂志》卷十，《东坡僦宅》）

屋里有个洞，要不要继续挖？不挖，一定不是你的；挖了，就有可能是你的。但是，这些钱财，确实不是你的，它们是房屋的原主人留下的。甚至可能是更早的人留下。

而且，苏妈妈对待别人的东西，看也不看，那黑木板下藏着的，十有八九是钱财，否则不会这么费心机，管他什么东西，不是咱的，坚决不要，看也不看。如果意志不坚定，说不定看了一眼后，就有可能转念。

苏妈妈和郑夫人，是中国传统美德的代表，在她们的教育下，孩子都健康成长。

不义之财，很多人不会要，是因为财里有义，钱财上附着隐性的道德。古人很多的财富观，都建立在义的基础上，为此，还延伸出许多的条条框框，试图对人约束，如报应说，如恒定的财富观，这些都和人的道德紧密相连。

那些背着各种精密仪器，整天想盗墓盗洞的，都是不劳而获的典型，吃夜草，发横财，一不小心，就掉进钱眼里，挤个半死。

衣上有小虫

元丰六年冬祀，中书舍人穿着红衣服导引，皇帝的车已经来了，却忘记铺设坐垫。急忙派人去取，皇帝其实已经觉察出来了，但他没发声，借了话题，问边上官员一些事，不一会，坐垫来了，皇帝登车，没有一个官员被免责。

又一天，群臣正在垂拱殿汇报事情，只见皇帝的衣服上有小虫在爬，小虫沿着衣襟一直爬到御巾，皇帝感觉到了，随手拂到地上，一看是一只行虫，这种虫，极容易钻进人的耳朵。但皇帝却打趣：哈，飞虫也来捣乱。

（宋　周辉《清波杂志》卷十二，《行虫飞虫》）

两个细节，表现皇帝宽仁大度。宽宏大量的皇帝，历史上也不少，但也不缺暴戾之徒。

拖了皇帝的时间，也不是小事，皇帝几点几刻，到何处，做什么，都是事先周密安排好的，是要上起居注的，也就是说要进历史，你的准备工作都没做好，相关工作人员，相关的官员，你们在干什么呢？因此，耽误皇帝的时间，罪也不小。

如果那只小虫，对皇帝的耳朵感兴趣，一下子钻进耳朵，那就酿成了事故，边上的侍者，你们在瞌睡吗？你们的职责是什么呢？皇帝已经看到是钻耳小虫，反而打趣为一般飞虫，他考虑的是侍者的责任问题。

宽与严，有时在一念之间。但如果没有一颗宽容之心，碰到此类事情，十有八九会忍不住，他想忍住，可是他的位置和权力，不让他忍，他手下的人，说不定也不让他忍。

卷八

马惊了
富之贼
两义士
死甚好
看命司
唐大汉
马屁鸟
猫牛盗

马惊了

隆兴初年,孝宗决心锐志复古,他骑马射箭,戒酒少娱乐,把心事都用在强身健体上。他模仿陶侃运砖的方法,经常召集各位将领,在殿中打球。即使刮风下雨,他仍然要将帷幕搭好,在地上铺上沙子练球。

群臣以宗庙为重,三番五次劝他,不要这么拼命,危险动作少做,他一概不听。

有一天,他又骑马打球,跑来跑去的,打了好久,连马也疲劳了,这马突然往大殿的廊道中跑来,屋檐比较低,眼看要碰到横梁,大家都惊叫起来,急忙跑过来解救,众人跑到跟前时,马已经穿廊而出,只见孝宗,两手抓住横梁,直着倒垂身体,脸上一点也没有变色,回头还向群臣指着马逃跑的方向,要大家去追马。

见此景,群臣都称万岁,赞孝宗英武天纵,和宋太祖抵城挽鬃的事一样。

(宋 岳珂《桯史》卷第二,《隆兴按鞠》)

孝宗也是蛮拼的,主要还是为了复兴。大多数皇帝,以国为家,都想有所作为,尽管他的理想和现实有距离。

马突然惊逃,且逃入屋内,虽说皇宫的房子高大,但也绝对不适合在屋内骑马。人们见到孝宗处理危机的行为,立即想起了他的祖宗——宋太祖赵匡胤。

这似乎是一个传说,为了神化赵的神武。

赵匡胤极聪明,练骑术,学射箭,长进飞快。一次,他选择了一匹没笼头缰勒的烈马骑,那马不甘役使,当他刚上背欲扬鞭时,烈马猛地狂嘶,四蹄腾空,朝城内疾驰。赵猝不及防,一头撞在城门的横梁上,摔下马来。大家都认为,赵匡胤的头颅一定被撞碎了。谁知,当人们跑上去抢救时,他却立即站起,拔腿追马,飞上马背,抓鬃夹裆,征服了烈马。

马惊了,对常骑马的人来说,是小概率事件,一旦发生,却足见骑行者的勇气和胆量,当然,还要有极好的体力,这是前提。否则,只能摔得鼻青脸肿,败下马来。

富之贼

东阳的陈同父，学问深，为人也放荡不羁。

他常常和人说这样一个故事：昔日有一士人，家边上住着富翁，而他家却十分贫困，对邻居的富有，很羡慕。有天早上，士人着正装，很诚恳地去拜见富翁，请求指点为富的迷津。

富人告诉他：致富，是一件不容易的事，你回家，斋戒三日再来，我就告诉你致富的原因。

三天后，士人又去拜见富翁，富翁先让他待在厅堂上，中间放一张高大的供桌，上面放学费，然后，恭恭敬敬地请出富翁。

富翁开始传授致富的原因了：大凡致富之道，一定要先去除五贼，五贼不除，富就不可致。

士人问：哪五贼呢？

富人答：就是世人所说的仁、义、礼、智、信。

士人听此，笑着退下了。

（宋　岳珂《桯史》卷第二，《富翁五贼》）

陈同父讲的故事，明显带着自己的立场，这样的观点，对当时的读书人来说，应该比较普遍。

为富不仁，这个成语，大约就是对陈同父观点的最好诠释。

如此简单地将儒家为人处世的五字要诀和富裕对立起来，太绝对。

这五个字，也不单单是为人处世，其实还是治理国家的大政方针，是国家秩序的核心精神所在，尊崇儒家，就是遵守规则，整个国家才会正常运转。

将致富过程中所需要的一些计策、计算、方法，一些不法商人的致富实例，简单地理解甚至误解成算计，甚至尔虞我诈，这大约就是士人耻谈财富的前提。其实，真正的大成功生意，远远没有人们想象的那么简单，也是要先做人，将仁义礼智信融入骨髓，才有成功的可能。

每个铜板都带着普通民众的血泪，那是特定环境特定时代的说法。

陈同父将这五个字看成富之贼，实在也是正话反说，言外之意，仍然强调，为富要仁，要义，要礼，要智，要信！

两义士

舒城的望江,有富翁叫陈国瑞,以炼铁起家。他曾经想替母亲找一块风水好的坟地,风水先生一下子涌上门来,但选的地,没有一块中他意的。

建宁的王生,以风水闻名,陈家请他来选地,差不多过了一年,王才在近村找到一块,是张翁家的地。

陈国瑞家里,他从来不管事,一干大小事,全都推给儿子。

王生于是和陈家公子商量,想用什么计谋将地顺利地拿到手。王分析说:你们家替奶奶选坟地,这件事情,方圆百里都知道了,如果我们讲实话,那对方一定会狮子大开口。

他们想了个办法。

他们伪装成炼铁工人的模样,到张翁家,这样游说:我们是炼铁的,需要大量的木炭,我们看到,你们家山林里的木材很适合烧炭,我们想买你家的山,建窑烧炭,您答应吗?

张翁很爽快:可以啊!

过了几天,他们又到张家,送上三万钱,订下买卖合同。

这一切都做好后,陈国瑞来看山,一看很满意,马上动工,造墓建屋,一切准备停当,立即举行迁葬礼。

第二年的清明节,陈国瑞来上坟,风水先生王生和陈家公子,一起陪同。陈忽然问他儿子:这山是什么人的啊?我们买来花了多少钱?陈公子据实相告。陈国瑞又问王生:如果你们不用计谋,那价值多少呢?王生答:以当时的价格计算,即便最便宜,也需要三十万。

陈国瑞立即赶回家,让人备马,去拜见张翁,并邀请他来家做客。每天好酒好菜款待,两人聊东聊西,很投机,一连几个月,陈都没提什么事。张翁想,自己来陈家住了好久,好吃好喝,也没什么事，该回家了。听说张翁要回家，陈就在正堂举行宴会，酒喝到一半，陈又让人准备了三百缗钱，告诉张翁：我葬母亲，买了您的地，人家说您的地值好多钱，我准备了这些钱，给您作为补偿。张翁很惊奇，一头雾水：我如果将山上那些木材砍下来，拿到市场上卖，一千钱也卖不到，而你儿子却给了我三万钱，这都太多了，我还怎么敢要您另外的钱呢？

陈又说：不是这样的，我们选地葬母，是正当行为，但是，却以炼铁需要木炭为由，这就是欺骗了。我儿子一时被利诱，骗了您，人都说您的山不止这个价，我这几个月来的行为，就是想补偿您一下，我实在很惭愧，儿子有点见利忘义了。

张翁一直推托：这桩买卖，我当时就答应了，而你们给的价钱，又大大超过我山林的价值，您想做君子，我虽地位低下，但也是讲道义的，我岂能以不正当的理由再要你们的钱呢，坚决不要！

陈家坚持要给，张翁一直推托，到后来，张翁不高兴了，第二天早上，拂衣离开。

见张翁不肯接受，陈国瑞将儿子叫来，一顿臭骂：看你这件事情做的，陷我于不义之中了。不得已，父子俩想了个办法，他们偷偷找到张翁的儿子，将钱交给他说：这是你父亲的钱。儿子收下这笔钱，张翁一点也不知道。

岳珂评论道：世人大多见利轻义，有时为了一钱之争，甚至弄得头破血流，而陈、张两位义字当头的作风，实在让我们很多人惭愧的。

（宋　岳珂《桯史》卷第二，《望江二翁》）

不得不说，陈、张两翁，确实都好义。

人之常理，买方都想以一个合适的价格买到好东西，而卖方呢，也想以一个好价钱卖出，至少不吃亏。

风水大师王生，积自己的经验，帮助陈家公子完成了好墓地的选择，确实为陈家省下不少钱。这是一个称职的风水师。

陈家公子呢，家里大大小小的事情都要管，为奶奶选墓地，当然也要又好又省钱，无论从什么角度讲，这也是一个称职的儿子。

然而，陈家老先生，并不赞同他们的做法，认为违背了道义。而一个人失义，这是多么重要的事啊，必须坚决纠正。

陈老先生一系列的补救，至少让他心里踏实一点。

地位和品德没有正比关系，所以，当张翁明白事情的原委之后，他也要实现自己的义，不能拿的钱，坚决不要，于情于理都不安。

最后的结果，陈家实现了义，而"陷"张翁于"不义"，不过，大家看了都很舒心，如果人与人之间的关系，都能像陈、张两翁一样，那真是太暖心了。

死甚好

叶衡丞相被罢免，回到了金华老家。他不再过问时事，只和百姓交朋友，每天喝酒消闲。

有一天，他感觉身体状况不太好，就问各位喝酒的朋友：我快要死了，只是不知道死后好不好呢！

一姓金的读书人站起来回答：死甚佳。

叶丞相很惊讶，回头看着金书生：你怎么知道死很好呀？

金慢悠悠答：如果死不好，那些死去的人不是都逃回来了嘛。死而不回，所以我才知道死好！

一起喝酒人都大笑。

第二年，叶丞相生病了，一病不起。

（宋　岳珂《桯史》卷第二，《金华士人滑稽》）

显然，这是一个笑话。

不过，逻辑上仍然说得通，只是有点诡辩，死的"回"和一般的"归"，不是同一意义，金书生偷换概念。

但我觉得，这则笑话还是有些哲理的。

泰戈尔有诗：死亡不是油尽灯枯，它只是熄灭灯光，因为黎明已经到来！

因为害怕和忌讳，人们一般极少谈论死，但不知死，焉知生？中国古典哲学中，这个问题其实已经谈透，只是一般人不愿意接受。庄子的老婆死了，他在敲盆子庆祝，惠施认为有些不妥，庄子却大笑：老婆平静地仰睡在天地之间，我反而在旁边哭哭啼啼，这样实在太不懂生命自然的道理了，太阳和大地都将是她的棺材，她只是一种存在形式转向另一种存在形式而已，所以我应该欢庆她的死去。

佛教中构想的另一个极乐世界，一切都如人间样，甚至比人间更美好，但必须经过一道死的关口，活人是到不了那里的，而且，你在天堂的生活待遇，一切都取决于你的现实世界，所以，佛教徒就会千方百计约束自己，做好事做善事，以营造来世的好生活。

叶丞相死了，亲人们会悲痛一阵子，但他提的问题，只有自己去体验了，谁也没法帮他回答，因为谁也不知道！

看命司

京城有个靠嘴巴子吃饭的人，居住在观桥的东面，他在家门口设了个铺面，上面打着旗号：看命司。

他的行为，连他的徒弟都看不下去：司者，官府才可以称的，他就会耍点嘴皮子，也敢以有司称？真是岂有此理！

大家商量，要不要联合起来起诉他，滥用名称。

一人说：这个不难的，我能让他扯下那个旗号。

第二天，那出主意的人，就迁到"看命司"对面的街道居住，也在门前开了个铺子，铺子上的旗号为：看命西司。

经过的人都看懂了，捂着嘴，一边笑，一边走。

"看命司"也知道了，觉得很难为情，就将旗号悄悄撤掉了。

（宋　岳珂《桯史》卷第五，《看命司》）

在一个有序的社会里，容不得一点点无序的事情，一个旗号，充其量是广告牌，但也要合乎规范，名副其实，不能忽悠人。

这种反击的方法常常见到，不说它不好，却将这种荒诞无限延伸，让荒诞自动消除。

清代刘廷玑的笔记《在园杂志》卷一也有类似方法：

"李笠翁渔一代词客也，著述甚夥，有传奇十种……但所至携红牙一部，尽选秦女吴娃，未免放诞风流。昔寓京师，颜其旅馆之额曰'贱者居'。有好事者戏颜其对门曰'良者居'。盖笠翁所题本自谦，而谑者则讥所携也。"

"贱者居"，表示自谦，我们都是戏班子，没有地位的演艺人员。而好事者的"良者居"，显然是讽刺李渔的戏班子。

现代好多街头广告，也有"看命司"的遗风。你说他两三个人的小公司，却号称环球宇宙托拉斯。想一夜暴富，往往竹篮打水，呵呵，这样其实连竹篮也没有的。

唐大汉

堂兄周伯，淳熙丙申被召为太府簿。当时，苏州有家姓唐的百姓，一兄一妹，身高都有一丈二尺，乡亲们都喊他们为"唐大汉"。

这兄妹俩，个子太高，哥娶不到媳妇，妹妹也嫁不出去。他们出行，每当走累了，就坐在街市边上人家的屋檐下休息，远远看去，样子像一堵墙。他们一走出家门，满大街的人都会上来围观。

他们胃口很大，每天要吃一斗多粮食，只好出去替大户人家看仓库。他们站在仓库外，用手一伸，就可以将东西递送上去，根本不需要梯子，所以，他们走路，背都有点佝着。

有太监看到了这一对"唐大汉"，向有关部门报告后，将哥哥招到了警卫营。当时郭隶做警卫营的将领，周伯兄有时会去那玩，"唐大汉"见了，神态毕恭毕敬，但声如洪钟。

宋高宗，也想要看看这个大汉哥，又怕他走出来被老百姓围观，就先让他从河里游泳到望仙桥边的船上，皇帝在那儿等他。

（宋　岳珂《桯史》卷第六，《苏衢人妖》）

长得高，鹤立鸡群，古今都当稀奇事。围观，除了围观还是围观。说话声音响，走路背不直，坐下来像堵墙，饭量大，生存都是件麻烦事。

当然，也有好处。因为高，所以仓库递送东西，轻而易举。做警卫，也是优势明显，一堵墙立在那儿，谁敢乱说乱动，轻轻一抓就起来！

赵构也想看稀奇，看的过程有点儿滑稽，安保工作别出心裁，不知道是保自己呢，还是保"唐大汉"？

比较悲伤的是，这样高的"唐大汉"，竟然娶不到媳妇，他一切正常，就是背有点佝嘛。

马屁鸟

艮岳初建成，好多官员都别出心裁，营造各式各样的新奇，拍宋徽宗马屁。整个工程，已经宏伟富丽了，只有园内各地上贡来的珍稀动物，尚不够听人的指令。

有个姓薛的老头，擅长训练各式动物。他到童贯那里自荐，他愿意来训练这些珍禽。

童贯就让他全权负责珍禽的训练工作。

薛老头将那些相关的皇家工作人员召集起来，弄一辆和皇帝平时出行坐的同样的车，上面全部饰以金黄色的布帘，大叫一声"起驾"，车子就开始出游了。行了一些路程，车则停下来，车前面放一个大盆子，里面装满了煮熟的肉粒及高粱小米，薛老头就模仿禽鸟的叫声，招呼那些鸟的同类。那些鸟随即飞来，吃饱喝足，来来去去，很自由的样子。

薛老头每天都重复着这些动作，过了一个多月，他的车一出行，不需要装鸟叫，四周就聚集起很多的鸟，他拿着鞭子，站在马车边上，那些鸟也不怕他。他将这样的方式叫"来仪"。

有一天，宋徽宗来视察艮园。皇帝的车巡游，自然一切都按照仪式来，听到有清道的声音，天空中立即飞来数万只鸟。薛老头手上拿着块牙牌，嘴里高叫：万岁山瑞禽迎驾！皇帝回头一看，大喜，立即封薛一个官职，并赏了他好多钱财。

靖康围城之际，因为食物匮乏，皇帝下命令允许抓那些鸟，那些鸟都不跑，百姓徒手就可以捉到，用来充作食物。

（宋　岳珂《桯史》卷第九，《万岁山瑞禽》）

鸟不会拍马，是童贯们在拍。

皇帝随便出行到哪里，道路两旁都不缺民众的围观，习以为常，不会有什么兴趣。但是，假如来了一群鸟，一大群鸟，数也数不清的鸟，而这些鸟，都是来朝拜他的，那么，情形就不一样了，兴奋得毛孔迅速张大，血脉偾张，两个字：好玩！

果然"来仪"！在这放松的时刻，行进在富丽堂皇的园林中，再来无数珍禽，那心情，还要怎么形容呢？

而童贯们却是搭准了宋徽宗的脉。

宋徽宗年轻时就喜欢驯养禽兽，当上皇帝后，各路马屁高手，自然是不惜一切代价，要满足他的爱好。有个叫江公望的谏官不高兴了：皇上，这个爱好发展下去有点危险，要改呀。好，改！他的朝堂中，有一只白鹇，养了很久了，极有感情。这不要改嘛，就将它放走吧。宋徽宗用驼鹿毛做的拂尘赶它走，它就是不走，还在他左右打转。宋徽宗于是就让人将江公望的姓名刻在拂尘的柄上，说：我用这个表彰江公的忠心！等到江离开了，宋徽宗又老方一帖，该怎么玩还怎么玩。所以，在北宋的都城，秋风夜静的时候，禽兽之声四起，宛如郊野，好多人都认为不吉利，也更加认可江公望的忠心啦。（见《桯史》卷第十《殿中鹇》）

如此看来，皇帝未必不清楚薛老头的训练过程，那些鸟只是习惯动作，是千百次动作中的一次，它们只认声音，它们只看颜色。它们的目标，就是奔着鸟食去的，有食便是娘。但他还是喜欢，上瘾了，改不掉。

所以，在整个北宋王朝即将崩溃时，那些鸟的命运，可想而知了。

鸟的命运，很像宋徽宗的命运，可怜徽宗被金人捉去，落得个点油灯的结局，比那些鸟惨多了。

猫牛盗

辛未年（1211），我在临安做官，居住在旌忠观前。

家里养了一只青色的猫，很会捉老鼠，家里人都很喜欢它。有一天中午，它一出门就不见了，找来找去都找不着。

我又想起一件事。我还年幼的时候，先夫人治理家政，我们住在城南的别墅，一头公牛很肥壮，也被人偷走。先夫人不想惊扰邻居，就没有报案。后来听说，湖中老百姓分肉不均，群起斗殴，还打起了官司，我们也没有仔细打听这件事，但后来推断日期，和我们家丢牛是同一个晚上，可这件事发生在百里以外，且牛行动缓慢，我实在弄不明白，它是怎么跑那么远去的。

有天，我将这些疑问，告诉一位朋友，他将这些事串起来分析，告诉了我真相。

临安城北有和宁门，那里有一家店铺，号称"鬻野味"，价低肉多，老百姓经常跑那买野味。这间所谓的野味店，主要卖猫肉狗肉，这些肉是怎么来的呢？都是偷来的。偷狗，夜里用布袋套着狗背着跑，偷猫，则白天偷。临安人居住密集，活动空间少，狗啊猫啊，一会就从家里跑出来了，跑出门来，就很容易丢失，那些人一看见猫，立即将它捉住，再将它放到门口的消防桶中全身浸湿。猫身上一湿，它就会不断地舔，一定要到干燥才停，所以，它不会叫。失猫人找上门来追问，一定先问毛的颜色，一看，都不是哎，一连看了十几只，没有一只和丢失的猫颜色相符，即便知道对方是小偷，也拿不出证据，只好不了了之。小偷们晚上就将猫送到野味店，猫不可能活着出来。

上面是偷猫。偷牛，则更专业。

牛喜欢吃盐，偷牛者拿着一把钩子，一根竹竿，一根绳子，竿是用来赶牛的，钩子和绳子都捆在腰间，这身打扮，看见的人，都不会怀疑。偷牛者，晚上进入牛栏，用盐喂牛，牛伸出舌头，就迅速用钩子钩住，绳子串进竹竿，急忙跑到树的高处躲起来，牛舌痛，想要用角抵小偷，但隔着竿子，想号叫，嘴里却有锋利的钩子。做完这一切，牛就乖乖地听话了，偷牛者在前面跑，牛在后面跟着跑，一路狂奔，一夜狂奔。所以，一夜跑出百里外，也就不奇怪了。

后来，我又专门咨询了好几位有经验的办案人员，他们也都这样说。

(宋　岳珂《桯史》卷第十二，《猫牛盗》)

猫狗没错，全在人的错。

居住空间的狭小，使得小偷们很猖狂，他们用水将猫浸湿，这个简单的行为，竟然使大部分人没有办法认自己的猫。

野味市场的存在，是偷狗猫行为屡禁不绝的最主要源头。许多人其实明明知道，却偏偏要去买，贫民阶层虽为生计所迫，却也纵容助长了偷窃行为。

偷牛者，当然也是人的错，可是，牛也贪嘴。牛贪嘴，更多的是一种隐喻。盐虽好，却是诱饵，嘴贪了，舌伸了，就给钩子一个机会，钩子就是那些形形色色的行贿者，他们千方百计要想钩住各个舌头，为己所用。而一旦被钩住，就由不得你了，跳跃腾挪，都没有用，只有乖乖跟着钩子跑，钩子跑多快，你就得跑多快，不然，你就死定了！

作者也感叹，这些小偷，智商不低，如果将这些心思，用在做人做事的正道上，那该多好啊。

卷九

苏轼办公
文章立意如金钱
苏轼退房
张九成读书
求闲适
好记性
少年之死（A）

苏轼办公

苏轼镇守杭州。他游西湖,多命令掌旗的从钱塘门出发,自己则带一两个老兵,从涌金门坐条小船,泛湖而来。在普安院吃完饭,在灵隐和天竺一带徜徉。

苏轼的公务人员,随身带着办公用具,到了冷泉亭,苏坐下来办公。他批文速度很快,如果恰好有进呈状案的,纷争辩讼,他谈笑而办。

一切工作都结束,苏就和同僚一起痛快喝酒,到了傍晚才回。回程时,街道两边都已上灯,许多百姓站着看这个苏太守。

上面这些情节,是一个老僧说给我听的,绍兴末年,他已经90多岁了,他小时候就在普安院当差,听到很多苏轼的事。

(宋 费衮《梁溪漫志》卷四,《东坡西湖了官事》)

苏轼的个性在这里充分显现,既不耽误公事,也时刻不忘杭州的山水。

作为杭州的最高行政长官,一定有很多的事情要办理,他的能力摆在那儿,做起事情来,三下五除二,既快又好。且,苏轼已经是名人,名人办案,自然也有名人效应,如果不是十分特别的案子,控辩双方,应该很快能找到和解的办法。

作为著名文人,宣传推广杭州,自然也责无旁贷。所以,他纵情杭州山水,其实是在体验,既了解民风民情,又身心舒畅。

苏轼的诗文中,几十次写到喝酒,似乎是个酒徒。把酒问青天,喝得想乘风归去,到高处不胜寒的月宫中去。其实,他的酒量,一点也不好,他也烦酒,拿现今的话说,只能喝一瓶啤酒,或者几两黄酒,但是,在他的笔下,往往显得醉醺醺的样子。他在《和渊明饮酒诗序》这样说:"吾饮酒至少,尝以把盏为乐,往往颓然坐睡，人见其醉，而吾中了然，盖莫能名其为醉其为醒也。在扬州时，饮酒过午辄罢，客去，解衣盘礴终日，欢不足而适有余。"

所以，苏轼的每次喝酒，基本上都是点到为止，那些带着醉意的诗词，只是文学创作。他虽不能多喝，但深识酒中之妙！

一天的公务顺利完成，还解决了不少疑难案子，又喝了些酒，还看了不少美景，这一天真是充实，走走走，回府去。杭州的百姓，看着眼前这个父母官，打心眼里喜欢。

文章立意如金钱

葛延之在儋耳,跟苏轼一起游玩。他和苏很熟悉了,苏曾经这样教他写作:

比如集市上的店铺,各种东西无所不有,却只有一样东西可以去换它,那就是钱。容易得到的是物,难得到的是钱。就文章来说,那些辞藻、事实,就是店铺里的东西,文章的立意,就是金钱。做文章,如能有立意,那么古今所有东西都能一并收纳,都能为我所用。你如果知道这个道理,就会做文章啦。

苏轼又教葛延之书法:世人写字,能大不能小,能小不能大。我则不然,胸中有个天来大字,世间纵有极大字,怎么能超过我呢?我胸中天大的字流出,要它大就大,要它小就小,随时而变。你如果知道这个道理,就会写字啦!

(宋 费衮《梁溪漫志》卷四,《东坡教人作文写字》)

关于作文,有方法也没有方法。

古今名作家,常告诉我们,写文章没有方法可言,只有自己体悟。读万卷书,行万里路。半部《论语》治天下,熟读唐诗三百首。

苏轼就近比喻,极通俗,道理也浅显,文章要讲文采,讲思想,讲趣味,但只有文章的立意,才可以统率调动起文字部队,并使它有强大的战斗力,好立意就是好文章,犹如精锐部队。

宋代周辉的笔记《清波杂志》卷七有《坡教作文》,也谈到了钱如文章的意,作文先有意,则经史皆为我用!

至于立意从何来,则是另外一个大话题了。

我对书法没有研究,但感觉苏轼胸中的大字,绝非天来,他也是在临摹学习的基础上生成的,他说的是要灵活,而不应拘泥于一字一帖。

听老苏说作文写字,似乎轻松,其实不然,他数十年每日都背诵抄写《汉书》,三读。他是用轻松掩盖了背后的勤学苦练呢!

苏轼退房

建中靖国元年，苏轼自儋耳归北，卜居阳羡。阳羡士大夫还是不敢和他一起游玩，只有邵民瞻向苏学习，苏也喜欢他。苏拄着杖，两人经常过长桥，以访山水为乐。

邵替苏轼买了一处房子，花了五百缗钱，苏轼将全部的家底都用上了。他们选了好日子，将家安顿好。几天后的一个晚上，苏轼和邵一起散步，偶然走到一个村落，听到老妇人哭声极悲伤，苏轼侧着身子听了一会，和邵说：真奇怪，怎么这么悲痛呢？这种悲痛是从心底里发出来的，她一定是遇到大难了，我得去问一下什么情况。

苏与邵推门进入，见一老婆婆。她看见有人来，哭泣也不停下，苏问老人为什么这么悲伤。老妇人说：我家里有一座房子，相传百年了，我们一直保护得很好，这才传到了我手里。而我的不孝儿子，却将房子卖给了别人，我今天刚刚迁来此地，我的百年旧居啊，和它分离了，怎么不痛心呢？这就是我哭的原因。

苏轼听到这里，也和老妇人一起悲伤。他问妇人房子在哪个地方。一问，就是邵替苏轼刚刚买下的那座。苏轼于是又一次安慰老妇人，慢慢和老妇人说：您的旧居，恰巧是我买下的，您不要悲伤了，我将房子还给您。

苏轼让人取来房契，当着老妇人的面烧掉。他还叫来老妇人的儿子，让他明天就将老妇人迎回旧居，他也没要回买房子的钱。

自此后，苏轼回到毗陵，不再买房，而是借居在顾塘桥孙氏的家里。这一年的七月，苏轼死在借居地。

苏轼退房的事，大多数人不知道，只有我的家乡流传这样的故事。

（宋　费衮《梁溪漫志》卷四,《东坡卜居阳羡》）

苏轼从儋耳被贬回到阳羡（宜兴），还是个问题官员，虽是名人，当地士人也不敢多接触，怕有牵连。同卷有《石屋洞题名》：杭州石屋洞崖石上，有题名二十五字，云："陈襄、苏颂、孙奕、黄灏、曾孝章、苏轼同游。熙宁六年二月二十一日。"内东坡姓名磨去，只隐约可见。这都是崇宁党祸的原因啊！

苏轼是喜欢阳羡的，主要原因是，他认为这里的山水酷似蜀地，和他的家乡很像。他的《菩萨蛮·阳羡作》有这样的句子：买田阳羡吾将老，从来只为溪山好。来往一虚舟，聊从物外游。有书仍懒著，且漫歌归去。

有这个前提，他买房的事情，应该真实。

房子是朋友所寻，当他知道内情后，毫不犹豫地退了房。如果是一个漠不关心民生的官员，他根本不会去访妇，这世上，悲苦的事情多了去，同情没有尽头。但是，他的良心及文人的悲悯情怀，促使他的脚步向悲苦声靠近。

退了房，拿回钱，名正言顺，但他竟然没有拿回。个中原因多多，那不争气的儿子，也许早将房款用作他处，不可能拿出钱来，再在这个问题上纠缠，老妇人可能更加伤心。

作者费衮的家在无锡，毗陵就在常州，阳羡是常州下属的宜兴，那里流传着苏轼的许多故事。

苏轼退房，于情于理，皆合。

张九成读书

张九成侍郎,被贬南安。他的眼睛不好,只能对着光亮的地方,靠着柱子读书,一读就是14年。时间久了,他踩的砖上,双脚印很明显。

张九成北归后,他读书的事情,被后人刻在了柱子上。

(宋　费衮《梁溪漫志》卷六,《张横浦读书》)

张九成,南宋绍兴二年(1132)的状元。他生于杭州,从小被称为"神童"。为官廉洁勤政,著作较多,是宋代儒学名家。

张读书踩出的脚印,很容易让人想到几个成语:持之以恒,恒心将砖踩出深印;滴水石穿,水滴持久的耐力也是一种冲击,终有可能将石滴穿那一天;锲而不舍,金石也可镂。太多了,都是时间和耐力的结果。

张九成这样读书,一定青史留名。

在宋代罗大经的笔记《鹤林玉露》中,记述了同样的事,但没有说他眼睛害病,而是说,每当拂晓时分,他便站在窗下,借着窗子照进来的光线读书,14年坚持不断,窗下的石板上已经被踩出了浅浅的脚印。

不管眼睛有没有毛病,不管踩的是石板还是砖头,我们看见的是一种精神。

这种精神,张九成的老师、著名理学大师杨时也有,杨老师就是学生张的榜样。杨时有次将自己的双肘举给一个年轻后生看:我这双肘子,30年来,就没有离开过案台,看看肘子上的老茧,你们就知道我读了多少书,下了多少苦功。

所以,小时候,老师讲马克思在大英博物馆图书馆读书,水泥地上都踩出了深深的脚印,我深信不疑,伟人嘛,书读得多,用功,踩出脚印是自然的事,不然,他怎么写出厚厚的《资本论》呢?

我信的是一种精神,至于脚印是深深的,还是浅浅的,或者只是一点痕迹而已,已经没有什么多大关系了。

求闲适

某读书人极贫困,但心有不甘。每到夜晚,则在露外点香,虔诚向天祷告,坚持不懈。

某个晚上,刚点上香,突然听到空中有神人在和他说话:天帝被你的诚心感动,派我来问,你想要求什么呢?书生答:我的愿望很小,不敢有大的奢望,愿我此生能衣食充足,在山间水滨逍遥终生,这就足够了。

神仙听完,大笑:这是天上神仙的生活,你怎么能求得到呢?如果你求富贵,那是可以的!

(宋　费衮《梁溪漫志》卷八,《士人祈闲适》)

这显然是杜撰,但不无哲理。

求闲适极难,是因为闲适是有前提的。这个前提是,衣食不愁,百事无忧,物质极大丰富。这种情况下的闲适,人人都想求。

但这是一对矛盾。

物质不丰裕的时候,千方百计争取,有的人还会不计手段,等有了几辈子也吃不完花不完的积累,他就会想到其他,想到人生的目的,人生就是为了挣钱吗?家财就是为子孙积吗?

因此,闲适属于精神层面。但我认为,好的闲适不是一般的游山玩水,那是一种看透世事的领悟,这种闲适,并不是无所事事,而是一种对自身灵魂充实的放松。

和山林同伴,和白云同游,需要一种情怀,有了这样的情怀,世事也就少了许多纷争,安静多了。

清代作家陆以湉的笔记《冷庐杂识》,卷八有《道情》,录了著名中医徐灵胎的打油诗《邱园乐》,农家乐,闲安逸:

"做闲人,身最安,无辱无荣,无恼无烦。朝来不怕晨鸡唤,直睡到红日三竿。起来时篱边草芟，花边土要翻，香疏鲜果寻常馔，鸟语关关，顽儿痴女跟随惯，绿蓑青笠随时扮。也有几个好相知，常来看看。挂一幅轻帆，直到我堂湾，带几句没紧要的闲谈细细扳。买碎鱼一碗，挑野菜几般，暖出三壶白酒，吃到夜静更阑。"

但无论古今的现实都是，即便富贵是低层次的，芸芸众生仍然乐此不疲，不遗余力，真正的隐士不是一般人能当的。

好记性

江阴有个姓葛的读书人，名字记不起来了，他的记忆能力超强。这里说他两件事。

一件事，是说他用好记性让自负的官员下不了台。

他曾经去拜访郡守，到会客厅时，一官人已坐在那儿等，那官人一副自高自大的样子。葛书生呢，穿着粗布衣裳，很寒酸，葛向他问候，那官人看也不看他。葛书生心里很不高兴，坐了好久，还是葛先开了腔：您来拜见太守，也是带文章来请他指教的吗？那官人说：当然。葛很谦虚的样子：能不能让我先欣赏一下啊？那官人向来自负，心里想，给你看看又怎么样，难道你的文章能超过我吗？正好可以显摆一下。葛拿到官人的文章，迅速浏览了一下，立即还给官人，恭维他说：您的文章写得太好了！

过了一会，太守到，那官人和葛书生分别说了自己的事，刚讲完，葛书生就走上前：我的好文章，已经被这个官人窃为己有，就是他刚送给您看的那篇，大人您如果不信，我读给您听！葛书生立即大声朗诵起来，不差一字。在座的很多人听了，都大吃一惊，纷纷嘲笑那官人。

那官人，面对突然发生的情况，一下子蒙了，且没有任何理由可以为自己辩白，狼狈退出。回家后，越想越气，生了病，差点死掉。

另一件事，是说他用好记性将被火烧毁的账单恢复。

葛书生的家旁边，有某百姓开了家印染店，店铺管理规范，账目什么的一应俱全。店家曾经请葛书生喝酒，当时，葛就坐在账单边上，边喝酒，边信手翻阅账单。

第二天晚上，这家店铺失火，所有东西及账单，全部烧毁。

那些染物的物主听说了，纷纷上门，信口说数，要求数倍赔偿，店老板吓坏了，但拿不出账单，没有依据。店老板儿子对父亲说：我听说我们的邻居葛秀才，记性特别好，刚好他昨天来过我们家，曾经翻过账本，或许他能想起来，我们去求他吧。

店铺父子立即拜访葛书生，说了情况后，葛书生笑着说：你家的店铺，我怎么知道账本呢？这对父子又一边作揖，一边哭着请求，葛书生又笑着说：你们去拿壶酒来，就能知道了。

店铺父子立即送上好酒好菜，葛书生喝完酒，叫人拿来纸笔，某月某日某人染某物若干，某月某日某人染某物若干，一共有数百条，所写的月日、姓氏、名色、丈尺，没有一点差错。

店铺老板拿回账本，将那些物主叫来，一一核对，他们都作揖惊呆。

（宋　费衮《梁溪漫志》卷九，《江阴士人强记》）

好记性，古今中外，例子很多。

东汉的祢衡，能记得所有看到过的碑刻和铭文。

三国时的朱桓，不但牢记他属下所有士兵姓名，连他们妻子和孩子的名字，也都记得。

明张岱的《夜航船》中有一个"聪明尉"的故事：

唐代的魏奉古，他去做雍丘的县尉，曾经举办过一场宴会，有位客人写了一篇500字的序文，魏说：这不过是前人的旧作罢了。说完，他便当着众人，大声地背了一遍。写序的人，不知发生了什么情况，默然无语。这时，魏哈哈大笑：您不要生气了，我是开玩笑的，这是我刚才看了一遍背下来的，此文不是旧作！

好记性往往带着传奇，他们能做的是常人做不到的事。我记圆周率，只记3.1415926，40年不会忘，它是在3.1415926和3.1415927之间。我知道，常人都和我差不多。所以，能记100位的就算不错了，这样的记，常人只要花点工夫，应该没问题的，特别是孩子，记性好，很容易的事。有报道说，乌克兰有个医生，已经将圆周率背到3000万位了。看看，这就是常人做不到的。

好记性只是通常的说法，葛书生用的是瞬间记忆，这应该在记忆中更胜一筹。

上面的两件事，第一件很解气，狠狠打击了少数自高自大的人，痛快。第二件则是见义勇为，如果不能恢复账本，那店家父子，就要蒙受比较大的损失，甚至倾家荡产。

江苏卫视节目《最强大脑》，常常让人叹为观止。

好记性用来做善事，万民称道，如果去非法开保险箱，做其他入侵的黑客，则要受到惩罚！

少年之死（A）

江东村落间，有丛祠，开始的时候，生意不好，巫祝假托兴妖，百姓就相信了，巫祝们敛到财后，迅速扩大规模，一时间，寺庙显得很兴盛。

有恶少年不相信神。一个晚上，他喝完酒，进入庙里，大肆辱骂，砸东西损神像。巫祝们制止不了，于是聚在一起想办法：我们建造这个庙，钱花了不少，这小子砸神像的事，一旦传出去，我们敛财的计划就要受大影响，没人会再相信我们了。

当天夜里，巫祝们上门拜访那少年，对他说：我们做寺庙赚钱，你已经知道了，假如你配合我们，我们将用十万钱来感谢你。

少年很高兴，问怎么配合。

巫祝们这样教他：你明天照样进庙，和今天一样辱骂，庙中所有祭祀的酒菜，你都统统拿来吃喝，过一会，则假装像被打一样的痛苦，样子一定要装得惨痛，用来印证我们寺庙的灵验。现在，我们付你一半的钱。

少年答应，并接受了送上的钱。

第二天，少年果然来到寺庙，大声痛骂，难听得很，声音大到庙附近的百姓都听到了，他们跑来看热闹，少年越骂越凶，看的人越来越多。少年看到神像前的各种祭祀品很多，毫不顾忌地拿着吃喝。不久，他就弯着身子蹲下，如被人捆住手脚一样，向着神像叩头谢过。突然间，少年嘴里有大口黑血涌出，七窍都在流血，马上倒地死掉。

老百姓看到这样的场景，更加相信这座庙的灵验了，神仙是骂不得的，少年得罪神仙，不得好死。

附近的百姓，远处的百姓，都赶来了，当天，这座庙人山人海。

香火越来越旺，巫祝们收益不计胜数。

过了几个月，巫祝们之间因为财物的分配，发生了矛盾，认为不公者就到郡守那里告状，七审八审，巫祝毒死少年的事情就暴露了。

所有合谋者一并收捕，领头的处死，其余的发配，寺庙旺盛的香火，立即烟消云散。

（宋　费衮《梁溪漫志》卷十，《江东丛祠》）

少年真不是好少年，跑到庙里撒酒疯，也许，他是有目的的，我就砸，看你灵不灵，烂泥菩萨，想讹一点财物。

少年的无畏，吓坏了那些巫祝，这件事传出去，还有谁来上香呢？如果不加制止，他们敛财的计划就要破产。

少年后来的行为，已经和巫祝们同谋了。假装骂神，假装受罚，假装痛苦，制造庙灵的假象，让更多的人上当。

少年死于贪财，人性的弱点，充分暴露。他认为，前一天的无赖行动已经卓有成效，于是对巫祝们的阴谋，一点也没有怀疑。

古代笔记中，用寺庙敛财的例子不少，那些心术不正的歪徒，打着佛道的旗号，无疑是行中败类。

卷十

麻槌相公
金朝的状元
也算沽名钓誉
文字的力量

麻槌相公

金宣宗很喜欢用刑法来治理国家,所以,他的手下也出了许多酷吏。

右丞单思忠,喜欢用麻槌打人,号称"麻槌相公"。运使李友之,号称"半截剑"。内翰冯叔献,号称"马刘子"。雷希颜做御史,奉命到蔡州,打击贪官污吏豪强,杖杀了500人,号称"雷半千"。

又有完颜麻斤出、蒲察咬住,都以酷闻名。

而蒲察合住、王阿里、李涣之流,都是官吏中以狡猾严酷著名的。

(金 刘祁《归潜志》卷七)

一个少数民族政权,因为文化传承等各方面原因,在治理国家方面,往往经验不足,而这时,武力常常是首选,他们信奉天下是打出来的,人民需要严厉管教,不打不成器,因此,执法往往严酷。

绰号之所以形成,是因为平时的习惯行为。"半截剑",没有细说,估计也是用剑随意杀人;"马刘子",不知怎么回事,但冯叔献是个文化人呢,文化人做起恶毒事有时比一般人更恶毒!

酷吏的思想基础,是为了达到一个目标,不把人当人,无论什么人什么事,只要有碍他的目标达成,他都会不顾一切扫除,更何况,他的最高领导者喜欢酷刑。

用灭绝人性已经很难解释他们的行为,若让他们来做旁观者,他们也未必赞同这种做法。整人专家周兴,临死之前忏悔说,他看过来俊臣的《罗织经》,自叹不如,甘愿受死,哈,请君入瓮,谁让周兴发明这种刑法呢。武女皇也看过《罗织经》:如此机心,朕未必过也。而来俊臣的行为更让人害怕,株连,长幼连坐,一杀就是千家。不过,来俊臣肯定不知道,他被处死后,身上的肉让老百姓割得丝毫不剩。

时代进步,酷吏少见,但酷吏产生的土壤仍然丰厚,一有机会,一有整治人的机会,就如打了鸡血,将整治当作最大的快乐。

金朝的状元

金朝取士，只凭词赋、经义学，士大夫往往以此为限，不肯多读书。而且，考试时，凡得词赋状元的，立即授翰林文字，不问这个人的才能如何，所以，金朝的状元，很多名不副实。

章宗时，王泽状元在翰林，正好宋朝有枇杷送来，皇上要求王状元写诗，王泽报告：小臣不识枇杷子。后来，王庭筠写了首诗，章宗很满意。吕造状元，父子都是头榜，有一次，皇帝要他写一首重阳诗，吕造写诗一向很差，急急忙忙来了两句：佳节近重阳，微臣喜欲狂。皇帝大笑，立即将吕状元外放了。

当时，民间流传两句讽刺诗：王泽不识枇杷子，吕造能吟喜欲狂。

（金　刘祁《归潜志》卷七）

因为地域和文化传承所限，金朝的状元水平还真是有限。

王状元倒也实在，不认识枇杷，于是不写。李老师布置小明作文：足球。小明不想写，或者对足球没有认识，于是借口：昨天下雨，没踢球。

人不能是全知，什么东西都懂，没吃过枇杷，对于北人来说，也很正常，王状元实事求是，皇帝并没有怪他。

吕状元似乎不应该，重阳是中国传统节日，尤其在古代，尊老重孝的大环境中，而皇帝也是量大，他自己不会写，难道还不识好坏吗？这样喜欲狂的诗想来忽悠，这样的状元，不能再待在翰林院啦，外放出去算了，随便给个官做，这样的水平，看着烦！

其实，中国历朝的众多状元，除了文天祥等极少数的，并没有在文学史上留下什么大的踪影，所以，金朝的状元，实在不必太苛求，毕竟也只是一次考试嘛，他只是本次考试发挥得比较好而已，而已！

不仅如此，金朝的丞相，也有极度没文化的，举两例：

宣宗尝责丞相散七斤：近来朝廷纪纲安在？七斤不能对，退谓郎官说：上问纪纲安在，你们只管自己来，为什么不让纪纲来见我？

嘀，话都听不懂，真不知道这个七斤是怎么当上丞相的，不过，拍马和资历一定是有的。

高岩夫丞相，在中书十多年，说是性勤慎密，被皇帝称赞，每次上朝，一定在天亮前早早到达。

有这样的讽刺段子说他：高丞相正举着蜡烛到院中，忽然，一朝士穿着朝服站在他前面，他不认识这个人，立即问：你是谁啊？

那人说：我是欧阳修哎。

那人反问：你是谁啊？

高丞相答：我是丞相哎，难道你不认识我吗？

那人说：修不识丞相，丞相也不识修。

高丞相，真要害羞，连欧阳修也不认识。不要怪编段子的人太刻薄，只怪高丞相水平有限，当这样的大官，只靠勤勉，是万万不行的。

也算沽名钓誉

士大夫做官,应该以公心处之,事自理,民自服,不可因为自身的荣誉而枉法,这是基本常识。

但是,我见到的许多现象,都不是这样的。

比如,有富家和贫家打官司,县令一定向着穷人,认为穷人正确;有权势的人家和百姓家打官司,县令一定向着百姓,认为百姓正确。他们都不问道理如何。

有些官员,甚至在大门上贴着这样的告示:"无亲戚故旧""不见宾客""不接士人"。有一县令,禁止他儿子外出,他儿子犯禁,他就打,儿子跳井自杀。

河南有县令居然还有这样的行为:夜盖纸被,朝服弊衣,以示廉,其意是想让皇上知道,让老百姓夸奖他。

(金　刘祁《归潜志》卷七)

这里讲了两层意思。

第一层,官员执法,不问道理的正确与否,都向着穷人和百姓。

立场也许对,同情弱者,但是,法的公平公正,却被颠倒了。富人和有权势的人,一定都枉法吗?其实,为富和为官,都有基本的准则,如果违背基本准则,基本道德底线,富不会久长,官也做不长。相反,不问青红皂白,整个社会的秩序一定会混乱无比,人人自危,也就谈不上保护弱者了。

亲朋好友,对官员的工作,一定有妨碍吗?显然绝对,至少缺了点人性,只要制度建立并良好执行,人人都有基本权利,不应剥夺。

第二层,典型的沽名钓誉。历朝官员,都有和职级相对应的生活保障,除非出现特殊,纸被子,过分了,上官和百姓,难道这么好糊弄吗?将别人看得太弱智,如果不是十分特殊的社会,人们并不会相信,不相信,还会有什么市场呢?不如盖着丝绸被,暖和软滑,睡足了觉,第二天起来,好好地为国家和百姓工作,这才是正道!

文字的力量

翰林赵献之,年轻时赴举,御试的题目是《王业艰难赋》,文章写完,他在屋子里戏写了首小词:

赵可可,肚里文章可可。三场挨了两场过,只这番解火。恰如合眼跳黄河,知他是过也不过。试官道王业艰难,好交你知我。

皇帝恰好到文明殿,看到了这首小词,让人趣录下来,并指示考官:这个考生,无论中还是不中,都要报告给我!

后来,自然是中了。在世宗朝,他被任命为翰林修撰。

有一次,赵翰林晚上看《太宗神射碑》,上上下下,来来回回,读了四次。第二天,世宗在这里举行宴会,召学士官朗读这个碑文,正好赵翰林也在,他就率先读了,吐字流畅,声音洪亮,世宗认为,这真是个人才,几天后,就升赵为待制。

章宗被册封为皇太孙,正是赵翰林起草的报告,里面有这样的句子:"念天下大器,可不正其本欤?而世嫡皇孙,所谓无以易者。"人们都交口称赞。章宗继位,偶尔问起,以前那个册文是谁写的,左右都答是赵翰林,章宗立即升赵为直学士。

(金　刘祁《归潜志》卷十)

赵翰林,有才,运气也好。

如果第一次考试,像我们现在一样,严禁在试卷上涂抹,那么,他就很可能遭殃。要知道,有很多文才好的考生,脱题往往能做得好文章。所谓好文章,就是要有意思又有趣味嘛,如果无趣,皇帝会关注吗?

第二次升迁,说明他是个有心人,是不断学习的良好回报。这样的碑文,一般说来,都是讲究字句的,不用几个典故,不用一些僻词,编撰者都难为情。你看那些赋,四六相对,纵横捭阖,汪洋恣肆，而没有十足的准备，要读得流利，那是相当有难度。可是，有过准备的赵翰林，显然轻松，因为昨天晚上他仔细研究过了，在皇帝眼里，这样随口而来的，一定有才！

第三次升迁，绝对是职业使然。我相信，赵翰林的主要工作，就是为皇家撰写重要的文章，这不是一般人随随便便可以完成的，它需要功力，长久积累的功力，他不允许失误，只要一次没弄好，麻烦就大。而新的继位者，对他似乎有一种天然的亲切，如果不熟悉，他怎么会写得这么好呢？这样的人，要重用！

赵的三次升迁，看似偶然，也有运气，但一定是持久努力的结果！

卷十一

早离了
舞之谱
犯人回家过节
狗鼻怕冷
口头派
大车司机
律师培训班
卖官簿指南
倒塌的石洞
黄王不辨
长途运鱼苗
看轻所有

早离了

除夕夜,太学生拜神,用枣子、荔枝、蓼花三种果子,取"早离了"的意思。他们去游西湖,一般都不去三贤堂,因为乐天、东坡、和靖,三个人名里有"落酥林"的意思。

(宋　周密《癸辛杂识》后集,《祠神》)

一般读书人都被学习煎熬过。刻板的模式,枯燥的经典,"中举""及第"是诱人的果子,但只有极少部分人才能摘到,大量的都从独木桥上摔下。

不管中不中,都希望"早离了",脱离苦海。学生高考完将书丢掉、烧掉,就是这种情绪的发泄。

除"早离了",还要吃很多东西。吃猪蹄,意为有可能碰到"熟题",细加研究,那些久经沙场的,题目真有可能押中。亲友间赠笔及吃定胜糕、米粽,意为"笔定糕粽"(必定高中)。祈祷之后的祝文,最好这样写着:"伏愿瞌睡瞭高,犯规矩而不捉;糊涂学道,屁文章而乱圈。"监考老师因为前一天聚会,醉得深,眼皮重得很,不由自主地开一只眼闭一只眼;人工批阅,因为学识水平不一样,极有可能公说公有理。

三贤堂还是不去了呗,白乐天、苏东坡、林和靖,即便是偶像,也因为白乐天名字里的谐音,而连累了东坡与和靖,读书人要远离,谁也不想落第!他们要拜孔圣人,给文昌君烧高香,拜佛求签,将影响考试和录取的所有不利因素全部抛除。

明知道这些东西和考试没有关系,他们也都是读了很多书的,为什么还要去拜?有人说,拜了心里踏实,再考不好,不怨天,不怨地,只怨自己。

插一个张岱《夜航船》中的笑话:

柳冕参加考试,有很多忌讳。"乐"和"落"音近,他就称"安乐"为"安康"。考试名单出来后,他让仆人去看上榜没有,仆人回来汇报:秀才康了!

舞之谱

我曾经得到两大本德寿宫的舞谱,好多都是新谱,是各嫔妃向皇帝进献的。

我详细地举一下,这些舞谱的名称有:

左右垂手　双拂　抱肘　合蝉　小转　虚影　横影　称里　大小转串　盘转　叉腰　捧心　叉手　打场　搀手　鼓儿　打鸳鸯场　分颈　回头　海眼　收尾　豁头　舒手　布过　鲍老掇　对窠　方胜　齐收　舞头　舞尾　呈手　关卖

掉袖儿　拂　蹲　绰　觑　掇　蹬　㑳

五花儿　踢　搯　刺　撅　系　搠　捽

雁翅儿　靠　挨　拽　捺　闪　缠　提

龟背儿　踏　攒　木　折　促　当　前

勤步蹄　摆　磨　捧　抛　奔　抬　厌

(宋　周密《癸辛杂识》后集,《舞谱》)

周密漫不经心的罗列,却为后人留下了一份珍贵的遗产。他的《武林旧事》里有两份完整的乐单,对复原南宋以及前代的音乐和舞蹈,都有极大的帮助。

舞谱,我的理解,应该是用文字的方式再现舞蹈。

解析一下"勤步蹄"。

七个汉字,应该是七个主要场景,七个片段有机相连,构成了完整的一曲舞。中国文字,具有无限的想象力。

一个"摆",如树枝迎风。我在湘西,看过摆手舞,它是土家族的民间舞蹈,舞者围成一圈,双手在不超过肩头的部位摆动,膝盖随之屈伸,有单摆、双摆、回旋摆等动作,青年男女,舞姿朴实,青春洋溢,节奏鲜明。

一个"抛"字，让人神思飞扬，这是一个什么样的动作？这个动作所指的言外之意是什么？怎样才能将这个动作完美地表现？这一切，都有特定的修辞环境。长袖善"舞"，这个舞，并不简单。

我去敦煌，看着那些飞天壁画，也有凝思：这些飞天舞是随意的吗？一定是有编排的，唐明皇喜欢打鼓，也喜欢柘枝舞，那都是有教材的，唐代教坊已经非常发达了。

大部分的舞谱，只有简单的名称，并没有如武林秘籍般地画下来，这就有一个大问题，后人只能充分想象了，按字理解；那么，古代舞谱的传承，就要大打折扣，如果理解不当，有些甚至南辕北辙。

类此，古代流传下来的一些药方、菜肴名、食疗方，也就不能准确复原了，且不说人的体质、水质、地质等的差异，即便照得原方，也有可能是羊头和狗肉的关系。

犯人回家过节

梁席阐文做东阳太守,政通人和,冬至那一天,将牢中的囚犯都放回家,这些囚犯在约定的期限内全部回监。

后汉的虞延,做细阳地方的长官,每年到伏腊,就让囚徒各自回家。囚徒感激他的恩德,在约定的期限内全部回监。

何胤在齐做建安太守,为政有恩,每年伏腊,放囚徒回家,也是依期而还。

(宋　周密《癸辛杂识》后集,《纵囚》)

夏至冬至,古代的官员要放假,连官奴都可以放假。

《南史》卷五十五记载,梁席阐文在冬至日,大胆地做出了释囚回家的决定:"帝受禅,除都官尚书,封山阳伯,出为东阳太守。在郡有能名,冬至,悉放狱中囚,依期而至。改封湘西侯。卒官,谥曰威。"

这样的决定,有人继续,竟然没有什么风险:

《梁书》卷二十一《王志传》:"出为宁朔将军、东阳太守。郡狱有重囚十余人,冬至日悉遣还家,过节皆返,惟一人失期,狱司以为言。志曰:此自太守事,主者勿忧。明旦,果自诣狱,辞以妇孕,吏民益叹服之。"

那个迟回牢的人,是因为老婆怀孕,估计有许多事要处理,所以延迟了,但他还是在第二天早上赶回了监狱。

做这个决定的基础应该是主政官员在当地有极高的信任度,言出令从,从来没有意外。做什么事情都依法依理,有规有矩。他所管理的监狱也是如此,犯人们对他充分信任。

对为政者来说,做这个有风险的决定,需要一定的勇气和智慧。只要有一人没回,决策就是失败的,而人性有的时候,往往经不起考验。

当然,遵章守规的大前提是,有值得信任的社会制度,有值得信任的官员,人人都按规章工作和生活。

狗鼻怕冷

狗最怕冷，卧着的时候，一定用尾巴掩住鼻子，方能熟睡。

有人想用狗来值夜，就将它的尾巴剪掉，狗鼻子寒冷，没东西遮掩，整个晚上，有动静就会叫。

（宋　周密《癸辛杂识》续集上，《狗鼻畏冷》）

从生理角度，去掉某一功能，性格性情就会有改变，改变或大或小。

小时候，村巷间，阉割师傅的喊声响起，猪呀狗呀鸡呀，不时会有惨叫声传来，将这些动物的雄性功能去掉，去势，它就会大改变，记不得自己的属性，该发情的时候不会发情，会长成如主人所期许的那样温顺。

男性去势，成了太监，整个皇宫就放心了。

司马迁去势，被迫的，反而激起了他更多的"雄性"激素，不然，很有可能不会有《史记》问世。

为了某种需要，人什么事都做得出，剪掉狗尾巴，让狗值个夜，算是小小事情啦。

口头派

　　蹇材望，四川人，做湖州的副知州。元兵将要打来时，他毅然发誓，要自杀殉国。于是准备了一块大锡牌，上面刻着"大宋忠臣蹇材望"。且用两块银片，上面凿个洞，一起挂在锡牌上，银片这样写着："有人获吾尸者，望为埋葬，仍见祀，题云：'大宋忠臣蹇材望'。此银，所以为埋瘗之费也。"

　　蹇材望每天将锡牌与银片系在腰间，一旦元军攻城，就投水而死。而且，他还到处告诉乡人及所有往来者，他要投水，人们都可怜他。

　　丙子（1276）大年初一，元军攻占湖州城，没有人知道蹇材望去了哪里，大家都以为他已经投水而死。

　　过了没多久，蹇材望却穿着蒙古装束，骑着高头大马回来了。原来，元军攻城的前一日，他就率人出城投降了，于是被元人任命为湖州同知。

　　　　　　　　　　　　（宋　周密《癸辛杂识》续集上，《蹇材望》）

　　元军打来之前，蹇材望的行和言，非常具有义士的风范。

　　打锡牌，满世界地告知别人，要与南宋共存亡；刻银片，要人们制墓碑祭奠，坚怀一颗必死之心。

　　元军打来后，蹇材望的行动，将之前所有的言和行都一次性颠覆，前后判若两人。

　　人们自然会将他和文天祥相比，"人生自古谁无死，留取丹心照汗青"，稍一比较，高下立马分明。

　　仔细分析，蹇材望这种口头派，元军攻来前的一切行为，根本不是一种誓死的精神表达，而是怕死的一种表现，他太在乎自己的生命了。如果是真勇士，除表示必死的决心外，还用得着这么大张旗鼓吗？我死之后，哪管洪水滔天？

　　蹇材望，真是一个蹩脚的官员，甚至卑鄙，贪生怕死，典型的口头派。

　　你降就降了吧，为什么这么高调呢？

大车司机

北方有大车，可载四五千斤重的东西，用十来头牛或骡拉。管车的却只有一主一仆，他们发出叱咤声，孔武有力，牛骡唯命是从。车上挂着好多个大铃，在荒凉空旷的郊野，铃声能传到数里之外。车上挂铃，是预先告知别的车和人，提前避让，不然有撞车的危险。

大车终夜劳苦，在雪霜泥泞中行车，尤其艰苦。有时，突然有牛骡陷进泥泞里，或者哪根车轴断了，必须大修才可前行，如果出现这种状况，往往一搁就是十天半月的。

然而，那些赶车的大多是些无赖之徒，每每带着下流的娼妓，一同睡于车厢的下面，不值得人们同情。

（宋　周密《癸辛杂识》续集上，《北方大车》）

宋代的交通运输业，已经相当发达。

数十头牛或骡，马力十分强劲。

大车不好驾驭，往往需要丰富的经验。即便经验丰富，也会险情迭出，路况随时会出问题，牛骡也不是机器，还要保证货物的安全，驾大车绝对不会有暴利，起早落夜辛苦颠簸是常态。

作者是个标准而典型的士大夫，他认为大车司机不值得同情的地方，恰恰是司机们的业余生活所在。底层百姓，干着繁重的体力活，遇有释放的机会，不会放过。同是底层的娼妓，为了讨生活，逢迎和戏笑，也实在无奈。这样的场面，让人想起，流浪在外的吉卜赛人，行在车上，睡在车下，天地间，任我行，看着潇洒，其实艰辛。

数千年后，那些开着现代化重型车辆的司机，他们跑在高速公路上，他们跑在国道省道上，他们的工作和生活的场景，和宋代的北方大车司机极其相像。

律师培训班

陈石涧、李声伯告诉我说：江西人喜欢打官司，人们讽刺为"簪笔"。他们往往开有教人打官司的培训班，上百人来学，培训班的主要课程，是教学员们如何对答，如何从别人的话语中找到破绽，攻击他人。

又听说丽水的松阳，有所谓的"业觜社"，也是专门教人怎么吃嘴巴饭，这个社团中，还出了个名嘴——张槐应。

（宋　周密《癸辛杂识》续集上，《讼学业觜社》）

"簪笔"，可以理解成口才的厉害，像针一样，这样的口才，纵横捭阖，和人辩论，无往而不胜，绍兴人叫师爷，香港电视剧中称"讼棍"。

要在话语中将人置于死地，需要极为扎实的各种能力。

记忆的能力：记忆大量枯燥的条文，且是理解基础上的记忆，几百条、上千条，涉及方方面面，都要熟悉，如此，才能引经据典，让人佩服；演说的能力：能将死的说成活的，反之亦然；思辨的能力：层次清晰，逻辑推导力强，常诱敌深入，陷别人于泥淖中不能自拔，即便处于劣势，也能在细微处发现蛛丝马迹，擒贼擒王，反败为胜。

上面的各项能力，虽讲究天生悟性，但也有很多技巧可以琢磨，更要经久练习。面对一个错综复杂的案件，有刑事，有民事，有小纷争，也有大案子，要一步一步一件一件理出头绪，才有可能搞清来龙去脉，于是，讼学培训班和业觜社，就有了天然的市场。

至于张名嘴，没有细节，但不妨碍充分想象，他一定是打过数场知名的官司，常常将不可能变成可能，险中取胜，从而名扬天下的。

我去松阳，听到松阳人这样形容能说的：甲厉害，能将树上的鸟儿骗下来。还要再加一句：乙更胜甲，他能将骗下的鸟儿，再骗上树去！

卖官簿指南

吴兴地方,有个专门卖官员信息的沈官人,赚了不少钱。

一般情况下,都是员多位少,常要等好多年才谋得一个位置。沈官人的门外,常常挤满人。他一定先和你讲价格,再订合同,然后,他会告诉你,哪个地方,什么部门,有一个合适你的位置,或者说,某个地方,已经有两个相应的位置空出。如果你不相信,那么,他还会告诉你,谁已经去世了(位置空出),你可以去找他的弟弟核实,你可以去找某某官员求证。或者,他还会提供这样的信息:某某最近丁忧(替父母守孝)去了,有他的什么亲戚为证。天下诸州属县,大小官员的缺额信息,无一不在其目中,他了如指掌。

求官的人,按着他提供的信息指引,常常补到位置,做上官后,他们按照原来约定的价格付钱。

有人也想仿效沈官人的做法,但都不能达到目的。

(宋　周密《癸辛杂识》续集下,《卖阙沈官人》)

不妨将沈官人看成是互联网信息集成利用的发明者,他吃到了信息的头口水。

有一个很奇怪的问题:朝廷的组织部门干什么去了?我也很好奇。

吏部一定不会闲着,他们手上肯定有完整的官员信息名单。问题是,很多获得功名的读书人,都等着上任,那么,按照组织惯例,就要等待,等个三五年,甚至十年八年,很正常,僧多粥少,永远是解决不了的矛盾。这些候任的人,一定是觉得等待组织的分配,遥遥无期,无奈之下,才找到沈官人的。

而且,沈官人名气大,他一定有许多成功的案例,你不服不行,人家就是有这个能耐。

沈官人,坐在家里,这些信息哪里来的?绝对不是天上掉下来的，一定有人提供。谁会提供这些信息呢？主角，理所当然的是各级政府机构的某些官员，当然，也有不少信息灵通人士。因此，问题简单了，官员提供信息，沈官人给钱。沈官人做这一行，久了，成精，别人比不过，别人也做不了。他是"良性循环"，以至于搞成了民间的"组织部"。

那些买信息的官员，也可怜，好好的事，正当的事，弄得这么偷偷摸摸，花冤枉钱。等到他上任了，做出一些出格事来，也不奇怪。

表面上是沈官人卖信息，其实剑指官场的不正常卖官。

倒塌的石洞

费伯恭告诉了我这样一个故事。

重庆被围之际,城外一山极险峻,有洞,洞口仅容一人,但洞里却可以藏进数百人。于是,大家都跑到这个洞里躲起来,然后,用土和石将洞口堵住。

当时,正是初夏,有一天,突然下起大雷雨,闪电穿透洞中,雷声不时传来,众人乱成一团,吓得不轻。一老者说:这一定是我们洞中有人得罪了雷神,上天要惩罚这个人。于是就将各人戴的头巾取下,用竹竿挂在洞外。一会儿,雷神就将一条头巾取走,众人见状,迅速合力将头巾的主人推出洞外。这人似乎被什么东西挟持着,跌跌撞撞,倒在了百余步外的水田中,昏昏然,如痴如醉,并不知道发生了什么事。

雷雨停息,这人清醒过来,再往山洞方向去,找了半天也不见洞的踪影,只见整座山都倒塌了,洞中的人都被压死,无人幸免。

(宋 周密《癸辛杂识》续集下《石洞雷火》)

有鼻子有眼,让人后怕的同时也有些感触。这似乎是莫言讲的报应故事的另一个版本,我在《笔记中的动物》的《虎祸》一文中也举过例。

有两个细节值得回味:雷神取走头巾,显然是幻觉,大雨大风,吹走一条头巾,完全可能的事。另外,头巾主人被推出洞后,懵懵懂懂地倒在数百步外的田野中,也可以理解,吓蒙了的他,不知怎么回事呢。

山洞经突如其来的暴雨冲击而倒塌,情节完全合理。

这个故事,似乎也讲报应。

布衣以为,不要随随便便地怀疑一个人的品行,幸免的,也许正是上天要德报的人。难道,整个洞里的人都有恶行?显然不是,上天只是眷顾可怜之人,但对一瞬间产生的恶念,则必须惩罚,只不过,惩罚太凶,代价太大。

黄王不辨

浙江东部的语言中,"黄"和"王"不辨,自古就这样。

王克仁居住在绍兴,连片的房子,只有他家毁于大火,乡人就给他取了个外号"王火烧"。

黄瑰,亦是绍兴人,他曾经做过评事,忽遭御史台的弹劾:"其积恶以遭天谴,至于独焚其家,乡人叫他'黄火烧'。"这个举报,被李应麟看到,他是黄瑰的邻居,也是好朋友,他在扬州给人做幕僚,见了举报大吃一惊,立即告假以归。制史李应山也极为同情,还专门批了两万块慰问金给李。

李应麟回到绍兴一看,黄家一切都好好的,这才知道是误传,"黄""王"不分的缘故。黄瑰无端受王之祸,而李意外得了两万块钱,真有点好笑。

(宋 周密《癸辛杂识》续集下,《黄王不辨》)

上古音中,黄王相同。

其实,黄王不分,不仅是浙东,湘赣吴粤方言中,都有黄王不分现象。

类似的,还有,胡吴不分,张章不分,赵曹不分,陈成程不分,贺何不分,等等。有"小王和小黄"的顺口溜这样说:

小王和小黄,一块画凤凰。小王画黄凤凰,小黄画红凤凰。红凤凰黄凤凰,只只画成活凤凰,望着小王和小黄。

没有相当的训练,念起来常常会让人喷饭拊掌。

细究起来,学问大了,浙江师范大学汉语言教授傅惠钧先生解读如下:

黄王不分,中古音系中,黄属宕摄一等合口匣母,王属宕摄三等合口云母。匣母只出现在一、二、四等,云母只出现在三等,两者互补。中古云母是从上古匣母分化出来的，也就是说，上古时期黄、王的声母相同，在后来的发展中，一些方言（如吴语）中王受到韵母影响遗失了介音，因此与黄相同。王黄在发音上的差别，在于王是零声母音节，黄是擦音声母音节。

胡吴不分、张章不分等不能算上古语音现象，而是中古后各方言的条件音变。吴胡不分是比较晚的语音现象。吴是疑母，胡是匣母，上古至中古都不同。胡是匣母合口一等，匣母合口一等在吴方言中变为零声母，吴是疑母合口一等，在吴方言中也变为零声母。

现代生活中，因语音而闹笑话的，数不胜数：

一外国人去浙江千岛湖游玩，迷路，寻一老妪问路，老妪很有礼貌地笑着对老外说：ABCD（淳安方言发音：爱不洗地，即我不知道）。外国人大惊，中国一老妪也懂英文，崇拜。

长途运鱼苗

江州（今江西九江）等地，靠近水边，盛产鱼苗。到了夏天，人们都卖鱼苗赚钱。鱼苗贩子，也一时聚集，他们会将鱼苗贩到福建、衢州、金华等地。

怎么运送呢？用细竹丝，编织成像桶一样的形状，里面糊上漆纸，将鱼苗放到桶内。刚孵出的鱼苗，细若针芒，一桶内可能装数百万条。在陆路上行走，水不能放太满，每遇到池塘，一定要换新鲜水，每天要换好几次。另外用一个小篮，做法和桶一样，用来换水。换水时，要将鱼苗中稍大而有黑鳞的，拣出丢掉，如果不丢掉，它会伤害其他小鱼苗。

运送鱼苗，终日奔驰，晚上也不能休息，如果要稍作休息，也要让人专门摇动竹桶。桶在动，水在晃，鱼以为还在江湖中，如果水不动了，鱼苗就会死去。

将这些鱼苗运到家，做一个大布兜放在水塘中，用绳子将布兜的四角都挂起来，布的四角离水面尺余，将鱼苗全部放入布兜中。风波微动，这些鱼苗，仍然以为身处江湖河海中，它们会顺着布兜，旋转，游戏。

鱼贩子们，将这些鱼苗养上一月半月，就可以按条出售了。

有人说，初养之际，用油炒糠喂它们，这样长起来的鱼，不会生子。

（宋　周密《癸辛杂识》别集上，《鱼苗》）

鱼贩子们要赚点钱，也不容易。

这似乎是鲇鱼效应的萌芽版。

稍大而有黑鳞的，必须丢掉，因为它极有可能吃掉小鱼苗。短途运送，估计问题不大，有黑鳞在，小鱼苗会活蹦乱跳，它们要时刻防止自己被吃掉。

  对针一样的小鱼苗来说，小小的竹桶，就是微型的江河湖海。它们并不清楚，自己即将从海滨城市，到犄角旮旯的平原或山区去生活和发展。模糊并仿拟小鱼苗的生活环境，是运送成功的关键，当然，还要不时换新鲜水，它们太弱小了，经不起任何风浪。

  现代运送鱼苗，就没有这样的风险，弄个氧泵，不停在运转，就如人们家里的鱼缸，如果没有十分特别的原因，那些小金鱼，都会自在得很，有氧呢。

看轻所有

有人写了一首打油诗,叫《物外平章》:尧舜禹汤文武,一人一堆黄土。皋夔稷卨伊周,一人一个骷髅。大抵四五千年,著甚来由发颠。假饶四海九州都是你底,逐日不过吃得升半米。日夜官宦女子守定,终久断送你这泼命。说甚公侯将相,只是这般模样。管甚宣葬敕葬,精魂已成魍魉。姓名标在青史,却干俺咱甚事!世事总无紧要,物外只供一笑。

(宋　周密《癸辛杂识》别集下,《物外平章》)

虽是打油,却也深刻。

死很公平,帝王一抔黄土,名人一个骷髅,大家一样,这是规律。多少帝王,都想长生,寻仙方,炼仙丹,越吃越短命。

拥有越多,失去越多,即便名垂千古,也不干咱的事。

这是不是有点虚无主义了?人还要不要奋斗了?

两个概念。

打油诗只是告诉我们,对名和利,应该持一种看轻的态度,什么事不去计较了,不去攀比了,反而活得轻松。

打油诗是这么写,但还是很少人能真正放下的。王宫里常有养心殿,那是帝王修身养性的极好场所,如何养心呢?养心很实在的一条其实就是养身,但是,后宫佳丽无数,夜夜拥着美色,如何能让身养好呢?

台湾傅佩荣教授讲国学,举了个亲身的例子:他去按摩院,碰到一个盲人粉丝,这"傅粉",学历不高,但常听傅的讲座,会背很多经典,《易经》什么的都背得很溜。他还和大师感叹:这世间,如果人能带走财富,那么,我们这个地球就不存在了!确实如此,多少人拥有多少土地及其他一切财富,如果能带走,那么,地球已经被带走好多回了。中国古代那么多皇帝,每个皇帝对自己国家,都是临时拥有。

土地其实不属于你,而你却属于土地。

其他财富亦然。

卷十二

云间酒太淡

装鬼偷葡萄

云间酒太淡

云间酒淡,有作《行香子》云:浙右华亭,物价廉平。一道会买个三升。打开瓶后,滑辣光馨。教君霎时饮,霎时醉,霎时醒。 听得渊明,说与刘伶,这一瓶约迭三斤。君还不信,把秤来称,有一斤酒,一斤水,一斤瓶。

(宋 陈世崇《随隐漫录》卷二)

上海地方有家酒坊,价钱倒是不贵,物价廉平,但质量不敢恭维,说是三斤酒,却都是水和瓶子,这样的酒,别说陶渊明、刘伶这样的喝酒高手了,常人都要吐槽。

这哪里是酒,明明就是水嘛,假酒无疑。

但似乎也有夸张成分,这酒喝下去也会醉嘛,只不过是醉得不深,醒得快而已。

这样的词,以不同形式出现在陈世崇以后的各种笔记中。冯梦龙《古今谭概》,李宗孔《宋稗类钞》,褚人获《坚瓠集》中,都有传抄,只是,有的将朝代改为明代了。

《坚瓠集》中,将这一首讽刺词的量由"斤"改"斛",结尾变成:有一斛酒,一斛水,一斛瓶。

酒水瓶,三斤或三斛分开,实在经典。

虽然酒不以度数论高低,但酒的质量依然有好坏。武松过景阳冈前,喝下18碗,让人叹为观止。苏东坡常有醉词,他估计能喝一斤左右。辛弃疾《西江月·遣兴》的下阕:"昨晚松边醉倒,问松,我醉何如?只疑松动要来扶,以手推松,曰去。"这喝醉酒的场景,和李白的"对影成三人"相比,有趣得多了,一切细节皆活跃在纸上。他们喝的那些酒,应该都是好酒。事实上,那个时代的酒,限于技术原因,度数都不高。

我去泸州老窖、西凤酒厂等专业酒厂参观,对蒸馏酒的度数很感兴趣,那滴出来的度数如何控制?技术人员说,确实有高有低,正式出厂前还需要勾兑才行。

那些40至60多度的酒,都是粮食的精华。

装鬼偷葡萄

杭州城外，北新桥，某老翁居住在水边。他门前种有七架葡萄，虽然天旱，但老翁辛勤浇灌，所以，葡萄长得非常好。

为了防盗，老翁晚上就睡在葡萄架下。

有天晚上，突然有两三个"鬼"露出水面，"鬼"们互相祝贺，祝贺他们要转世了：明天中午，有个戴方巾、穿白衫的，从北而来，这就是我们的替死者。

第二天，老翁一直坐在葡萄架下等，时间到，果然有个戴方巾、穿白衫的人，大笑着跳进水中，老翁急忙将他救了上来。

这天晚上，有"鬼"来骂他：我等了数十年，刚好有人来替我，而你将我的命夺走了，我要杀了你！"鬼"骂完，用污泥瓦砾乱掷，老翁害怕了，躲进屋内。又有东西砸进窗户，老翁越发怕了。

第二天早上，老翁出门一看，七架葡萄，一颗也不剩。那些小偷，将船停在河边，一边摘，一边装，逃得无影无踪。

（宋　陈世崇《随隐漫录》卷三）

南宋的小偷，真是挖空心思到家，我在《南宋杭州的骗子》里已有比较详细的叙述。

大旱之年，各种水果歉收，所以，老翁这七架葡萄，就被小偷盯上。老翁一天到晚坐在葡萄架下，要想顺利偷得，实在有点难，法治社会，总不能明抢吧。

简单的计策不行，必须连环计。

这几乎就是一场小电影了，情节完整，有细节，有高潮，场面环环相扣，"鬼"的表演丝丝入扣，老翁一步步陷入圈套。

老翁，有正义感，有同情心，小偷们算准，他不会看见人投水自杀而不管，他一定会出手相救。果然。

老翁是人，碰到"鬼"的进攻，一定会害怕，普通人都怕"鬼"，这也是计划实施的另一个关键。果然。

南宋那个时候，出现几个"鬼"，那是太正常不过了，不由得你不信。

陈世崇也对这件事情进行过评论：这些小偷，如果能将智慧用到做好事善事上面来，谁能和他们比呢！

确实，小偷们实在是大材小用，为了满足口腹之欲，歪门邪道，才智用错了地方！

卷十三

被潮声吓倒
认错祖宗

被潮声吓倒

潘泽民从事,和我说了一件很好笑的事情。

也先不花,是本州的达鲁花赤(元朝地方最高行政长官,必须由蒙古人或色目人担任),他是北方人,至正三年到海盐。当时正是农历八月,秋涛大作,潮声夜吼,整座城市都震撼。不花刚到这个地方,听到这个声音,晚上不敢睡觉,起来问看门保安。保安正在熟睡,叫了好几遍,他才在梦中回答:潮涨上来了。说完就醒了,知道是长官问话,怕回答得太迟,长官要问罪,连声说:祸到了,祸到了!急忙跑出去了。

不花也听到了,见保安急速逃走,立即跑回屋内,和他夫人说:本想希望到海盐来做达鲁花赤,光宗耀祖,哪里料想,今夜我们都要做这个地方的水鬼了!夫妇俩抱头大哭,连家里佣人们都吓坏了。此时,外面正好一队巡逻兵经过,他们立即报告州正佐官,参佐官衣服也没穿利索,紧急赶到,以为不花家里出什么大事情了!急忙敲门,不花坚决抵住大门,他认为这样水不会漫进来。门越不打开,外面的人越急,聪明的士兵只好翻墙进入,他们看见,不花夫妇及奴婢,都爬上屋顶大叫救命,一问情况,大家都笑倒。

也先不花,现在官做到参知政事了。

(元 姚桐寿《乐郊私语·也先不花》)

唐人有诗"潮声偏惧初来客"。初来客,很容易被潮声吓倒的。这个不展开说了。

前几日,去江边游船参加一场宴会。时间还早,顺登六和塔,站在第六层,左前方是宽宽的钱塘江,大桥飞架,钱江静流,我脑子里立即现出《水浒传》第九十九回鲁智深"听潮而圆,见信而寂"的章节:

且说鲁智深自与武松在寺中一处歇马听候,看见城外江山秀丽,景物非常,心中欢喜。是夜月白风清,水天共碧,二人正在僧房里睡至半夜,忽听得江上潮声雷响。鲁智深是关西汉子,不曾省得浙江潮信,只道是战鼓响,贼人生发,跳将起来,摸了禅杖,大喝着便抢出来。众僧吃了一惊,都来问道:"师父何为如此?赶出何处去?"鲁智深道:"洒家听得战鼓响,待要出去厮杀。"众僧都笑将起来道:"师父错听了!不是战鼓响,乃是钱塘江潮信响。"鲁智深见说,吃了一惊,问道:"师父,怎地唤做潮信响?"寺内众僧,推开窗,指着那潮头,叫鲁智深看,说道:"这潮信日夜两番来,并不违时刻。今朝是八月十五日,合当三更子时潮来。因不失信,谓之潮信。"鲁智深看了,从此心中忽然大悟,拍掌笑道:"俺师父智真长老,曾嘱付与洒家四句偈言,道是'逢夏而擒',俺在万松林里厮杀,活捉了个夏侯成;'遇腊而执',俺生擒方腊;今日正应了'听潮而圆,见信而寂',俺想既逢潮信,合当圆寂。众和尚,俺家问你,如何唤做圆寂?"寺内众僧答道:"你是出家人,还不省得佛门中圆寂便是死?"鲁智深笑道:"既然死乃唤做圆寂,洒家今已必当圆寂。烦与俺烧桶汤来,洒家沐浴。"

花和尚不识潮,却听从了潮的召唤,枕着六和寺圆寂了。

这是文学创作,小说里的情节。

和鲁智深听潮信相比,不花被潮吓哭,显然更真实。几百年前的深夜,没有太多的噪声,一个濒海的小城,潮的声音,更加随意和恣肆,在初听者听来,确实惊涛拍浪,大有席卷一切之势。游牧民族,哪见过这阵势,他们也有海,花海,花海的声音,可温柔多了!

115

认错祖宗

海盐有户著名的常姓人家，他们的祖先常忠毅公，与秦桧不合，于是提前退休，隐居在海盐，从此就将这里当作家了。常家后来还出了个号蒲溪的，官曾经做到参知政事。

到了本朝，常家子孙基本没有读书的料子了。

他们说，常家有一幅先祖的画像，因为兵乱而丢失，现在又找回来了，于是拿出来请我看。我看这幅像上的人，面瘦，凶恶，长须，戴貂蝉的帽子，画像下却有赞文如此说：您老的出生，对国家是一大贡献，在您老的主持工作下，国家一片兴旺，您老功莫大焉，您的画像画得太好了！赞文的落款，是本地一位叫鲁璞的进士。

可我看了这幅画，很怀疑。这个赞语，写的好像是宰相之类的官，但是，常家两位祖先，都不曾做过这个官。我后来翻到了宋朝范茂明的书，他里面有一篇《代贺秦太师画像启》，这才知道，那画像下的赞语是写秦桧的，鲁璞是从范那里抄来的，那画像就是秦桧啊。年代久远，加上鲁进士又是本地人，常家子孙于是想当然，就将秦桧的像当作他们祖宗的像了。其实，鲁璞做进士的时候，正是秦桧当权的时候，那鲁进士在秦桧那里自称"门下士"呢。至于，范茂明为什么要写这篇东西，我还没有考证出来。

我把这件事，告诉常家，可常家不相信，不仅不相信，反而更加珍视那幅画像了。唉，这和数典忘祖，有什么区别呢？

为人子孙者，当以此为戒，千万不能不读书不学习啊！

（元　姚桐寿《乐郊私语·秦桧像赞》）

宋史上，查不到常忠毅公为什么和秦桧闹翻，但我的猜测是，秦权势冲天，一般的官员，如果得罪了他，很难混下去的，常忠毅公能退休隐居，结局还算好的啦。

以古代的绘画技术，虽没有现代影像那样准确，但轮廓也不会太离谱，可弄错的事，还是经常有的。更不要说，有人故意造个假什么的，那后人真是难辨。

因此，常家后代弄错祖宗画像的事，实属正常。

问题是，已经有好心的专家考证出结果来了，且这个结果相当有说服力，你们这是将仇人当作祖宗来敬呢。

常家后人却不以为然，愈益珍重，这就是怪事了。

怪事的基础，一是要面子，二是舍不得。

画像供了几百年，却不是真的，这事要说出去，我们常家的面子往哪儿搁呢！谁知道真啊假啊，说不定那个姚作家也是瞎扯，他是不是另有所图呢？这个保存了好几百年的东西，是个值钱的老物了，不能随便丢掉的。退一万步说，画像是真是假，又有什么关系呢？我们子孙心里，早就将他当作祖宗来敬的呀！

唉，常家子孙，你们这样坚持，我还有什么好说的呢！

卷十四

官员听讲座
批发卖文
倪云林的洁癖
你太胖了

官员听讲座

明英宗正统十一年,太师英国公和另外二十余官员,早朝完毕,向皇帝提了一个要求:我等都是武将出身,不熟悉经典,愿皇上赐我们一天假期,我们想去国子监听听讲座!

皇帝说:三月三日可以去听。

到了那一天,太师带着诸多官员到了国子监,他们还带去丰盛的茶食和果品。国子监最高行政长官李先生,命令有关老师讲五经各一章,然后休息,吃茶喝酒。

面对丰盛的酒席,众官员都觉得不好意思,太师也一再推辞,太豪华了吧,我们只是来学习的。李长官答:这只是读书人的家常便饭,我们也办得不容易,希望各位多多包涵。其间,还有学生朗诵《鹿鸣》等诗。这一顿酒,大家喝得非常开心,一直到傍晚才散去。

(明 王锜《寓圃杂记》卷第二,《英国公听讲》)

官员,而且是高官,主动要求听课,增强管理能力,这应该是好事,所以,皇帝想都没想就答应了。

选定的这一天,并不影响国子监的正常教学,可以向官员开放。

官员们集体听课也是新鲜事,作为主办者,必须想得周到,听课累了,要休息,茶歇是必须的,喝茶也是一种交流,还可以增进友谊。

高级官员们集体来学习,对国子监来说,更是新鲜事。高等学府,一下子来了这么多朝廷要员,怎么能不重视呢?必须重视,课后,还要准备丰盛的宴席,不是铺张,是正常的接待,这些人接待好了,学校以后办其他的事,有这些官员的支持,一定会方便许多。另外,这次集体学习后,如果能形成群聚效应,以后会有各级别的官员来学习,那么,就可以形成一个小产业了,高端的小产业,任何时代,都是资源为王。

国子监竭尽其能搞好接待,周到细致,众官员学有所得,兴尽而归。

三月三日天气新,长安水边多丽人。众高官不去逛街,不去玩乐,这真是一群好学习的官员呀!

批发卖文

张士谦学士,他的文章不险怪,也有一定的深度,文字如行云流水,他写作速度极快,一天可以写好几篇。

京城凡是送别、庆贺一类的文章,都是他写的,稿费拿了不少。

有的时候,他太忙了,要文章的人就等在他家,实在来不及,他会用旧作,改个名字就卖出去了。

有人升了郡守,郡守的朋友,来求张士谦写篇祝贺文章赠送。过了几个月,又有人升了别驾(郡守的副手),别驾的朋友,也来求张写篇祝贺文章赠送,张就用前面那篇,改了个名字就卖掉了。他忘记了这两个升官者,是同一个州。

郡守和别驾见面,聊起贺文,两人各出其文,大发一笑。

(明 王锜《寓圃杂记》卷第四,《张学士》)

古人真是雅。不送金,不送银,送篇祝贺文章给你,别出心裁。

张作家文章好,出手快,好多人都喜欢。

只是,这样的文章写多了,就容易出问题。

一个问题是,没有对被写者深入的了解,或者说只是听凭要文者简单的叙述,那么,这样的文章,针对性就会差点。写一个人几个人还好,写多了,还真是有难度,句子就那些句子,该形容的都形容了,经常词穷。

另一个问题,买文的人多了,就容易粗糙,这是肯定的,写不出,又不肯放弃赚钱的机会,那么,旧文拿出来,改几个字,再次卖钱,反正,不是多媒体时代,基本没有流通,人家不太会知道的。

从某种程度上说,张作家卖文,差不多就是流水作业,这种文章,可以模式化生产,反正,人家要的就是喜庆,只要贺词祝词到位,买者并不计较针对性什么的,图的就是一乐,吉利。

如果将张作家作文看作艺术品生产的话,那么,可以想见,这种流水化的作品,只是一般的工艺品而已,墙上挂挂,旧了破了,也就丢掉了。

任何艺术品,无论什么形式,只要流水式作业,它们的品质,也就随着落花流水而去了!

倪云林的洁癖

倪云林有洁癖，前无古人。

晚年，他居住在光福的徐家村。

有一天，倪和徐先生同游西崦，倪偶然喝了七宝泉，一下子喜欢上了泉的洁静和甜美。徐先生于是就让人每天挑两桶泉送到倪家，前桶用来喝，后桶用来洗。倪家离泉有五里地，但徐先生一直让人送了足足半年。

倪云林外出云游回家，徐先生去拜访。

他很羡慕倪的清秘阁，再三恳求，进去参观一下，徐进到阁里参观，从楼上偶然朝下吐了一口唾沫。倪随即让仆人绕着阁，寻找徐刚刚吐下的那口唾沫，找不到，亲自找，找啊找，终于，在院子里的一棵桐树根部找到了，倪急忙让人打水，不停地洗树。徐先生见此，大为惭愧，马上跑出了清秘阁。

后人都传倪云林被朱元璋丢进厕所中，说朱对倪的洁癖极其厌恶。这显然乱说，是强加在倪身上的不实之词。

（明　王锜《寓圃杂记》卷第六，《云林遗事》）

倪云林，倪瓒，元末明初著名画家。

关于他洁癖的传说，太多了。徐先生想来是有考虑，让人送泉时，前桶用来喝，后桶用来洗，为什么不喝后桶水？担心挑水人放屁，污染了后桶的泉水。

明代都穆的笔记《都公谭纂》卷上有这样的场面：

有一天，杨廉夫、倪云林一起在友人家喝酒。当时，席间有歌妓，杨廉夫一时兴起，就将歌妓的鞋子脱下来，将酒杯放到鞋中，让在座的客人传递着喝花酒，还叫它"鞋杯"。倪见之大怒，将酒桌一下子掀翻。杨非常没面子，也一脸不高兴，后来，两人竟然不再见面，差不多断交了。

上面场景，严格说来，不算洁癖，而是正人君子的表现。倪不喜欢这种喝酒场面，将酒杯放到歌妓的鞋子里，这也太下作了吧。何况他本身就有洁癖。

下面这则，从另一角度活写了洁癖大王。

明代蒋一葵的笔记《尧山堂外纪》，将倪云林的这种洁癖，写到了极致：

"尝眷歌姬赵买儿，留宿别业中，心疑其不洁，俾之浴。既登榻，以手自项至踵，且扪且嗅，扪至阴，有秽气，复俾浴，凡再三。东方既白，不复作巫山之梦，徒赠以金。赵或自谈，必至绝倒。"

这一次，洁癖先生相中了名叫赵买儿的漂亮妓女，将其留宿。他又担心，妓女身体不干净，必须先让其洗澡。赵买儿洗完澡后，二人上床，洁癖先生用手将赵从头摸到脚，这显然不是调情，他边摸边闻，始终觉得哪里不干净，要她再洗。好，再仔细洗一遍！再摸再闻，还是不放心，好，又洗一遍！洗来洗去，天都已经亮了，还做什么事啊，只好作罢。

这一夜，洁癖先生啥事也没干，还要白白送上金银。

后来，赵买儿每每说起这件事，都笑得扑倒在地。

不过，洁癖只是个人心理问题，并不影响他的事业发展，米芾也有洁癖。

为什么人们都认为洁癖不好呢？可不可以反过来想一想，如果将那些洁癖转化为对清洁卫生的要求，那么，就会大大推动社会的进步。比如制造先进的、能有效除臭的厕所；比如，经常性地洗澡，身上的虱子就会明显少了或者没有嘛。一尘不染的家居，一定让人极度舒服。

让我搞不明白的是，这两个洁癖画家，他们的洁，也是相对的吧，那些墨，如果是质量一般的墨，一定有气味，在他们泼墨大写意时，那些偶然沾到手上的墨点，怎么办呢？

有时，太讲究了，就成为一种病。

任何事情都有度，过度，就让人诟病。

你太胖了

詹事曾棨，永乐年间状元。他的策答有万余言。明太宗喜欢他的文才，让人将他的文章放大抄写，供人参观。

某大殿刚刚落成，太宗要求曾詹事写文纪念。曾是个大胖子，又值盛夏，他赶到作文现场时，已经大汗如雨。太宗将要看他写的字，忽然，讨厌起他的臭和脏，于是就离开。等到文章呈上，太宗看了，也没有嘉奖他。

（明　王锜《寓圃杂记》卷第九，《曾詹事》）

这样的场景，皇帝不太乐意看到：

大胖子，大汗淋漓，当胖脸上都是汗时，当汗积成垢时，就会产生酸臭，不整洁，脏兮兮。难怪皇帝会厌。

古代皇宫，冬天冷得要命，夏天热得要死，而官员见皇帝，无论多热，都得穿着官服，炎热于是变成酷热。

因人长相废事的，历朝历代也是多了去。

最典型的，当数唐代的大诗人宋之问。因为有口臭，文才再好，武则天也不愿让他凑在跟前汇报工作。

这明显是不公平嘛，但有什么办法呢？长相也是生产力，杨贵妃，因为长相和才艺兼具，于是"三千宠爱集一身"，人家那是真本事。

皇帝要想难为一个人，真是太简单了。

明代都穆的笔记《都公谭纂》卷上，有为难死的官员：

无锡人王达善，虽然是侍读大学士，但皇帝不怎么待见他。有一天，皇帝问他十个难读的字，王只认识八个，皇帝笑着说：我还有难字问你呢！王听说后，害怕得很，回家服银屑而死。

用难字来吓人，有些不地道。

当然，更多的是，长相有缺陷的人成就了大事。晏子、庞统、刘罗锅，都有不错的文学形象。

上苍是公平的，容貌上剥夺你，事业上就成就你。

至于朱元璋那样的，有人说长得丑，那不妨碍任何事，咱做了皇帝，就是天下最俊的人了！

卷十五

山歌外
冬春米
"舜哥麦"
"狗静坐"
皇帝邻
毒媳妇
拜年忙
养狮官
两字得尚书
官员日记本
言不慎
烧神像
被冤案

山歌外

吴中乡村唱山歌,大多数都是表现男女的情歌。有一首,却不这样:
南山脚下一缸油,姊妹两个合梳头。
大个梳做盘龙髻,小个梳做扬篮头。

这首山歌,想要表达的,一定不是男欢女爱。有一天,朱树之拿来问我,我看了好几遍,一下也想不出它什么意思。

冥思苦想,第二天,我告诉朱:这首山歌,是不是可以这样理解,人的本业是相同的,只是当初,他的志向有稍稍的不一样,所以,以后的成就就会大不一样啦。

朱兄非常赞同我的分析。他说,如果这样理解,那这首山歌,就是所有山歌中最好的一首了!

(明　陆容《菽园杂记》卷一)

采风,采风,你到山野乡村去转一圈,风就采回来了,这个"风",就是山歌之类的各类民间口头文学作品。

乡民百姓,不乏智人。

见惯了世俗生活中的各种场景,又有中国诗歌的传统,拿身边的熟悉事物一拈,赋、比、兴,一首山歌就出来了。唱着喊着,生动明白,风趣幽默,有情趣,也解劳动之累。

中国大地,各民族的"风",灿若繁星,如"刘三姐"之类,有些还非常耀眼,上面这首"一缸油",应该可以归入此类。

初一读,是在讲梳头,女孩子的头发,乌黑发亮,还有各种不同的花式,油是少不了要抹一抹的,油起着亮光,普通又实惠。

细一读,陆容的理解,应该正确,同一缸油,可以梳出不同的发式,引申出同样的道理,同一个出发点,因为志向的不同,结果完全两样。这,就不是简单的抒情了,而是抒情加表意,山歌着重唱的是深层的表意,这个意就有深刻的哲理意义了。

从山歌的深层意义出发,那么,它就具有良好的教育作用了。嗨,我们村里,那些大大小小的孩子,你们可要慎重选择自己的志向了,这是一辈子的大事呢,忽视不得的!

冬舂米

吴中老百姓家里，算好一年要吃多少米，到了冬天，全部舂好，并将它储存起来，大家都叫它"冬舂米"。

我（陆容）当初的理解是，春天来了，农事繁忙，百姓没有工夫做这种闲杂碎事，就在冬天将其准备好。

最近，我和一位老农民闲聊起此事，老农告诉我：不仅仅是这样的，春天舂米，春气动，谷芽开始浮起，米粒就不坚硬，这时舂米，米容易碎，损耗很大的，冬天舂米，米粒坚硬，损耗少！

（明 陆容《菽园杂记》卷二）

生活中的许多小常识，都是人们经年累月的经验总结。

按季节言，冬天有冬天要干的事，夏月也有夏月该做的事，将冬天做的事放到夏月做，有时合适，比如冬病夏治；有时就会很不合适，上面的冬舂米，大约就是典型的例子。

闲冬腊月，村里开始打年糕，每户都要打不少，雪白的年糕，糯糯的，柔柔的，看着让人喜爱，晾几日后，浸到水缸或木桶里，要吃的时候捞几条，滑嫩柔软。立春过后，那浸年糕的清水，就要勤换，即便勤换，年糕吃起来的口感，也远远不如立春前。我家的习惯，除去冬季，其他季节的年糕，我们基本不吃，因为没有那种特有的柔软感。

我也喜欢吃黄瓜、茄子之类的时蔬，六月的黄瓜、九月的秋茄，我最爱，特别是六月的黄瓜，切成薄片，经阳光简单暴晒，那卷卷的疲软的瓜片，微盐略渍，加上切细的青椒，妈妈的拿手菜，想着就流口水。

机械化，现代化，流水线，将季节、时令，统统打乱。

不能想象，一个专门生产米的食品加工厂，只有冬季才舂米。

我无知，也许，春天舂米易碎，科学早解决了。

但我还是怀念那个"冬舂米"。

"舜哥麦"

京师有李子,叫"牛心红",李核一定是裂开的,说是王戎钻核留下的遗迹。

湖湘间有"湘妃竹",斑痕点点,说是舜妃洒泪造成的。

吴中有"白牡丹",花瓣上都有一点红色,说是杨贵妃化妆时手指留下的捻痕。

有一种"舜哥麦",麦穗上没有尖芒,成熟的时候,远远看过去,焦黑一片,就像火烧过一样,都说是舜的后母,将麦种炒熟,让他去种的缘故,老天保佑,熟种竟然长出新苗!

有一种竹子,叫"王莽竹",每支竹上,靠近地里的那一节,一定有剖裂的痕迹,说是王莽将篡位,将小铜人藏进竹子中,用来附会谶言。

(明 陆容《菽园杂记》卷二)

上面这些,当然是附会之说了,不过,物种异常,当属大自然的神工造化,有些情况,也很难解释得清楚。

上面有两个值得一提,教育意义颇强。

一是"牛心红"。将没有核,或者核裂开,全部归功于王戎,王的故事太经典了。

《世说新语》卷二十九有《俭啬》,诠释了这种经典:王戎有好李,卖之,恐人得其种,恒钻其核。

这几个小情节,将王戎的自私自利,表现得活灵活现。

虽然这样写小气鬼王戎,我还是有些疑问:他那棵李,死了之后怎么办呢?所有的种子都毁了,他自己不也没得吃了吗?他应该还不具备无性繁殖的科学知识,所以,他是杀敌一千,自伤八百,连自己也害了。

128　太平里的广记

刘义庆让王戎背上小气鬼的恶名，连正常的无核李，都要算到他的身上，因为他的小气行为，后代的李树就变这样了，真是瞎扯。

刘义庆这样贬损他，不知什么意思。

另一个是"舜哥麦"，它是坏后妈的代名词。

其实，舜所受的磨难，远不止这些。他那个瞎子父亲、后母，还有同父异母的弟弟，都想要舜死。亲人们为什么要如此待舜，思来想去，只有一种解释，就是上天派这些人来考验他，他们只是借代，重要的是，舜都顺利地通过了这些考验。

正是因为舜的孝顺，处理事情的才干，深深打动了帝尧，他将两个女儿娥皇和女英，都嫁给了舜，还选他做了继承人，将天下也交给了他。尧认为，一个能受得了各种冤枉罪、吃得起各种亏的人，一定能带领众人，将国家治理好。

不要太相信附会，但如果附会里面有积极的人生意义，不妨听之。

"狗静坐"

江西民俗勤俭，许多事情，都有节俭的方法，也有名称。

比如吃饭，第一碗不许吃菜，第二碗才用菜助饭，这叫作"斋打底"。

买猪肉喜欢买猪杂脏，叫它"狗静坐"，意思是没有骨头给狗吃。

劝酒的果品中，好多水果，都用木雕刻，并涂成彩色，在水果盘中，只放一种时鲜果，叫它"子孙果盒"。

献神的祭品，从食品店租用，祭祀完毕，都还掉，人们叫它"人没分"。

学生读书，各坐一木凳，没有长凳，防止学生睡觉，大家叫它"没得睡"。

（明　陆容《菽园杂记》卷三）

这里的节俭，真是到了极致。

以前困难时期，我听到许多类似的故事。

部队里吃饭，大都速度快，有过军人履历的朋友告诉我，盛饭，第一碗要浅些，迅速吃完，第二碗要满，可以从容地吃。

农村里烧菜，一小块猪油，要用好长时间，往往是锅烧得滚烫，主妇用锅铲着一小块猪油，在锅面上迅速兜一圈，滋滋声冒起，然后将蔬菜倒进。

那些猪内脏下水，都做成各种美味了，连汤都不会剩一点。狗也可怜，哪里还有骨头可以吃呢？它们，静静地桌子旁坐着，抬头，瞪眼，紧盯着主人的嘴巴，哪怕有一点点丢到桌下也好，但显然，失望的时候多。

类似"子孙果盒"的事，是这样的：某年年三十，某户农家吃年夜饭，桌子上有一条比较大的鱼，显眼，但孩子们都知道，那鱼不能吃，只是象征年年有余，因为那是木头雕刻成的鱼。这是不是也可以理解成，死要面子呢？

嗯，可以这样理解。中国人死要面子，宁可自己受百般苦，也不愿意让别人看不起，对待祖宗祖先，更加要礼数周到了，有这么丰盛的祭品，已经很具孝心了，这也是没办法的事，谁不想弄真的呢？！

唯有"没得睡"，我也很赞同本家陆容先生的说法，这种方法好，学生嘛，就应该认真努力学习，不能给他们长凳。少壮不努力，老大徒伤悲，这是很简单的道理嘛！

皇帝邻

皇陵初建，测量好周边地界，整个皇陵所涉部分，都要用围墙筑好。有关部门报告：有老百姓的坟墓在皇陵边上，这些坟应当外迁。

高皇接到报告后，批示：这些坟墓，与我的"家"都是邻里，不必外迁。

现如今，在皇陵区域内的百姓坟，每当春秋祭扫时，老百姓都可以自由出入，并没有禁止，方便得很。

（明　陆容《菽园杂记》卷三）

朱元璋毕竟是贫民出身，知道百姓的苦处。

何况，这些坟，在你之前，就在那里了，总要有个先来后到嘛。

皇家的威严，终究是建立在整个有秩序的社会里的。打破规矩，是为了建立更好的规则，建立了新的王朝，也不可以胡来，万事要讲规矩。

民是国家的血液，是细胞。皇帝要让人万世景仰，永垂不朽，老百姓也要有后代祭奠的。

民为重，社稷次之，君为轻。

历史上，弄得灵清的皇帝，还是不少，尤其是王朝初建者。

毒媳妇

邵某，当涂人，非常孝顺母亲。他母亲是个瞎子，邵某每天打工回来，一定要到街上买食品给母亲吃。

有天，邵某外出，他媳妇弄到一些金龟子幼虫（有毒），将它烤好，骗她婆婆说：这个东西，是人家送的好东西呢，给您吃的！婆婆吃了，味道还不错，于是留下二三，想给儿子尝尝。

儿子回到家，见到母亲留给他的"美味"，失声痛哭，母亲一惊，双眼忽然一亮，像平常人一样看得见东西了。

儿子讲清缘由，说这个东西是有毒的，要将媳妇赶出家门。母亲劝儿子：不是你老婆害我，我的双眼还瞎着，这是上天要你媳妇来医治我的眼病呢！

邵某听了母亲的话，与老婆和好如初。

（明　陆容《菽园杂记》卷三）

邵某的老婆，恶媳无疑。

是孝子的诚意感天？是金龟子治眼病的歪打正着？应该是后者。但贤良的母亲，却认为，是他儿子孝顺的福报。

古代笔记中，有特别多的医学例子，都将事实指向因不慎用药而带来了另外一种良好的结果。百人百病，百病百治，药性不同，因人而异，良药变毒药，毒药成良药，都在细微之间，大多时候，名医都能识得其中真昧。清代，广东有麻风女，误服蛇毒而病愈，故事广为流传。

本则笔记，不单单是医学案子，孝顺，伦理，这里有了很好的结合。一般人都会相信，恶媳经过这次事件后，她一定重新做人，善待婆婆，她知道，世上还有报应一说，她害怕报应，一般的人也害怕报应，她只有通过日后的积极行动，才能充分证明自己迁善改过。

良好的心态，是健康的基础，婆婆即便眼瞎，仍然大度。事件发生后，更加大度。

于是，一家人又和和美美。

拜年忙

元旦节日，京城很热闹，上自朝官，下到百姓，来来往往，市内主干道上常常堵塞，大家都在互相拜年。

百姓间拜年，往往真情实意，各级官员间的往来，常常是走形式。比如，东西长安街，朝官居住最多，到这里来的人，不管认不认识，见门就投名帖，有的甚至不下马，或者请人送帖。有些聪明的门卫，都将不认识的投帖者拒之门外。京城里做官的，元旦期间，常常结伴到各类酒馆，半夜三更酣醉才返家。

这样热闹的日子，要三四天后，才会空下来。

（明　陆容《菽园杂记》卷五）

这其实是一幅生动的民俗画，元旦拜年图。

百姓间的往来，最真实，也最有感情味，这是年俗的精义所在。元旦期间，亲朋好友间相互走访，将平时淡淡的情感重彩描绘，东家长，西家短，孩子，大人，其乐融融。

投帖的场景让人发笑。你说没用？也不全是。一年到头，那些京城以外的各级官员，都有各自的上级部门，走动走动，没坏处，是一种尊重，更是一种礼节。不过，那时的风俗还真有点浓厚，大面积的投帖就是明证。

至于投帖以外，作者也没有写，估计也不少，但都上不了台面。

各类官员结伴聚会，也算身心放松。忙碌一年，大家平时聚少离多，京外官员更是难得有机会上京，节日是沟通感情的极好时机。不过，官员间最忌拉帮结派，且东厂西厂也查得严，可以想见，这种聚会，虽是团团伙伙，但他们不敢越界。只要不是公费，AA制的形式，大家也能开心。

当然，作家描写的也可能只是表象，真正的元旦，特别是官员间的拜年，其实没这么简单，其间暗藏的锋机和套路，远非常人所能想象。

养狮官

明成化辛丑年间，西域撒马儿罕，向朝廷进贡了两头狮子，狮到嘉峪关，要求派大臣迎接，并沿途派军士护送。

我那时就建议，这个狮子，固然是奇兽，但是，郊庙祭祀不能杀它，皇帝车队也不能用它，对我朝来说，这基本上就是无用之物，我们不应当接受这种礼物。可有关部门怕皇帝不高兴，还是派中官去接来了。这狮子，就像只黄狗，但头大尾长，头尾各有长毛。每头狮子，一天要吃活羊一只，醋蜜酪各一瓶，且，养狮子的人，都授以官职，机关事务局每天给他们酒饭，花费不小。

朝廷中，没有一人知道，那狮子，在山里面，是不是要用醋蜜酪去喂它。我猜想，是胡人故意这样愚弄我们。

（明　陆容《菽园杂记》卷六）

有人来进贡，就是臣服的表现，即便北宋变成南宋，高宗跑到了临安（杭州），第二年，高丽国还是来使进贡。

有人进贡，就是为讨赏来的，大唐繁荣，各国来朝，有的使者待在长安几十年不走，有吃有喝，天下掉下来的好事。

所以，撒马儿罕向大明进贡狮子，目的也差不了多少。

只是，他们更精于世故，懂得利用贡物。

奇兽，你们没见过，奇兽就要有高的待遇，吃的必须精致，甚至养狮人，都要待遇，给个官职，就有相应的待遇了，狮子专管员，也是干部。弼马温也是官，孙猴子放养天马，官不大，好歹是官员系列。

只要皇帝不发话，那养狮官如果提出更具体的条件，你们也得接受，有了官员，就要做事嘛，奇兽，不是那么好侍弄的。

狮子虽凶猛，但这样的好待遇一直享用，不用多长时间，就会和大明朝的绵羊差不了多少啦。

附记一则。

清代宋荦的笔记《筠廊偶笔》卷下载：前朝大内猫犬皆有官名、食俸，中贵养者常呼猫为"老爷"。

"猫老爷"，一定是有级别的，比人厉害。

两字得尚书

在朝堂上，官员汇报工作，皇帝如果同意，就回答一个"是"字。

成化十六七年间，皇帝嘴里生口疮，每每回答"是"字，痛苦不堪。

这个事情，被鸿胪卿（负责朝会礼节的）施纯知道了，他就提醒皇帝身边的近侍说：皇上答"是"字不便，可以用"照例"回答。皇上一试，果然，不痛了。他就问什么人出的主意，近侍答是施纯。皇上立即提拔施做礼部侍郎，过了没多久，又升施为尚书，加太子少保。

施纯，京城人，成化丙戌进士，长得高大威猛，吐字清晰，声音洪亮，当初任户科给事中，后升鸿胪少卿，不到二十年，官到尚书。有人这样形容：两字得尚书，何用万言书。

（明　陆容《菽园杂记》卷六）

这个皇帝，就是明宪宗朱见深，他本来说话就口吃，所以，每次上朝，都回答很简洁，避免出丑。

因为口吃，我们可以想象，他不愿意和大臣们多交流，继而也不愿意打理朝政，烦啊，要讲话，不断发命令指示，真是累人，于是，他一生中的很多精力，都花在了敬佛礼佛上，很多朝政大事，都通过身边的近侍来传达。这样的结果，我们也可以想象，国家不会好到哪里去。

客观讲，施纯本身的素质，应该不错，能理解皇帝心思，到更重要的岗位上，可以让皇帝省去好多麻烦事。问题出在，提拔太快，且施没什么功绩，就提了两个字的建议。显然，这样的提拔程序，打乱了大明王朝的用人原则，不合常规，如果大家都走这样的路径，大家都去揣摩皇帝的心思，千方百计，那不是乱套了吗？显然不行。

不过，施因为提了合理化的建议，而得到比较快的升迁，也从另一个角度告诫人们，做人做事，都要有心，只要行得端走得正。

官员日记本

  江南巡抚大臣，文襄公周忱最有名。

  周公才识固然好，他留心公事方面的细心，也无人能比。

  他有一日记本，每天的大小事，一点也不遗漏。每天阴晴风雨，也记得非常详细。如某日午前晴，午后阴；某日昼夜雨。

  人们当初还不知道他的用意，有一天，某老百姓来报案，说他的粮船被风浪吹走，要求官府帮找回来。周公反问他：你什么时候丢的船？午前还是午后？东风还是西风？这人不知道，只好胡乱说了一通，周公一一击破他的谎言，这人大吃一惊，想骗没骗成。人们这时才知道，他连那些风雨都要记，他记日记是公事，绝对不是吃得空没事干呢！

（明　陆容《菽园杂记》卷七）

  这类似于现代各级干部的民情日记。

  一个好官，品德至关重要，工作方法也一定有他独到的地方，周忱的细心，只是他方方面面的一个细节而已。

  法律和规则的设定，都是事先将人设想成容易做坏事的主，人性恶，必须用框框来限制和管理，否则，法律和规则管不了刁民恶人，损害的将是大多数人的利益。

  周忱记的那些日记，在某种程度上讲，就是隐性规则，这些日记能帮助他解决日常工作中的很多问题，这既是工作方法，更是责任心的体现。

  古代官员中，也多有草菅人命的，原因多样，心里压根儿没有百姓，自以为高人一等，官威十足，贪心九分，为官基本功也不扎实，只唯上，一旦面对白花花的银子，极容易枉法。

  从另一角度说，民情日记，就是官员深入生活实际了解到的方方面面，工作时不一定全部用上，但真要决策时，就会心中有数，而不是毛估估、瞎推算，因为那个地方的民生或者官场，他了如指掌，谁也骗不了他。

言不慎

毗陵有翟、颜二生，平时交情深厚。他们每次聚会，都要畅谈国家大事。有一天，颜生将他的志向写下来，给翟生看，言词颇不严谨。没多久，颜生后怕，就想将那张纸追回，而翟坚决不肯还。

后来，颜登第，做了京官，翟则经常从颜那里借钱，翟一借，颜就答应，很大方，人们都认为，颜够朋友，而不知其中的内情。

辛弃疾在淮地做统帅时，陈同甫去拜见他，两人谈天说地。辛酒喝高兴了，就吹牛：杭州不是帝王的好居所，我只要将牛头山拦断，他就没兵可救；我只要将西湖的水决堤，整个杭州城就会葬身鱼鳖。

陈同甫料定，辛酒醒后，一定后悔刚刚讲的话，恐怕他杀己灭口，立即逃掉。一个多月后，他给辛写了封信，说自己很穷，向辛借十万块钱，辛如数借给。

（明　陆容《菽园杂记》卷十）

有三句中国老话，在这里得到了印证。

一句是，祸从口出。

静坐常思己过，闲谈莫论人非。言要慎，因言致祸，无论古今，不胜枚举。言语不慎，让人揪住了小辫子，轻则丢官，重则害己性命。

第二句是，害人之心不可有，防人之心不可无。

翟、颜两生，在外人眼里是非一般的朋友，也许，颜生正以为铁一样的关系，什么话都可以说，所以，有过头话也不避朋友。

然而，翟却是个居心叵测之人，在还没有大的诱惑之前，他也平静如水，一旦有这机会，他就毫不放过，即便是最好的朋友。

辛弃疾的战略眼光，无疑超前。而我阅读南宋史的时候，也正好看到了南宋王朝的这种担忧，临安只是临时偏安，威胁自始至终存在。这种话，从辛的嘴里说出来，就有些变味，我朝的主将，怎么能说这样的话，要是让金人听去，那还得了？你说这样的话，什么意思，是明显表达不满嘛！况且，既然你自己已经觉得危险，就应该大胆向朝廷建言，而不应到处乱说！

第三句是，破财消灾。

两人都用钱帮助自己渡过了难关，用钱能解决的问题都不是问题，不知道辛的十万钱是从哪里来的，如果这则笔记属实，那么，也印证了历史上关于他的争议：是个有能力的官，但也不那么清白。

翟某和陈同甫之流，历来让人唾弃，但这样的人，并不少见，我们得时刻张大眼睛才是。

烧神像

王冕，绍兴人，国初的名士。

他的居所边上，是一座神庙。他烧饭时，灶下缺柴，就将庙里的神像拉来烧。王的邻居，对神极尊敬，看见王将神像毁了，立即弄来木头，将神像雕刻好。如是者三四。

一个奇怪的现象是，王冕家人，一年到头，都生活得好好的，补像者的妻子儿女却生了病，经常生病。

有一天，邻居召巫降神，他反问神：王冕常常毁神像，神也不怪罪他。我每次都将神像补好，神为什么不保佑我呢？巫者回答不上来，于是开骂：你不置像，他哪里来个柴烧呢？

从此后，邻居不再修补神像，神庙也就废了。这件事，至今被人传为笑谈。

（明　陆容《菽园杂记》卷十二）

王冕不信神，不信佛，只按自己的方式生活。

你不就是一段木头吗？这是一段来自山林中的普通木头，且质地也一般，上面刻个脸，你就是人啊？那刻个金元宝，就是金子吗？显然不是。我的灶上，正缺柴火呢，一段大木，可以烧好几天呢。

王冕知道，即便有神，神也很忙，没时间管人间那么多的事，小老百姓，用一段木头烧饭，再正常不过了。

王冕烧神像的前提是，他有自己的信仰。

邻居家的妻子儿女生病，其实和做神像没有关系，也许就是赶上了。王冕家人也不见得不会生病，只是这一年来没有生病，和邻居相比，一切都是凑巧。而信神的邻居，恰恰将这个当作他立论的有力证据，来驳斥神。

巫者讲的是大实话，这个因果，就是你自己起的，解决的办法，还是你自己吧。

在神的问题上，如果少了些附会，人们的心灵，一定会清明许多。

破冤案

近来，我尝行桐庐道中，见一妇，隔溪哀诉，说有人杀了她的丈夫。然而，那妇站在溪那边，溪深水阔，我正在想怎么回事，身边有人告诉我，别听那妇乱言，她就是个疯女人。

而我却听出来，那妇女的声音悲切，肯定不是疯子。

正好有县官陪我一起行路，我就对县令说，别陪我了，你还是去处理一下那个女子的事情吧。

经过仔细询问，告状女子的大致情况如下：

于潜百姓陈某夫妇，养了只猴，用来讨生活。有天傍晚，他们投宿到江边山坳里一户人家。这户人家兄弟二人，以打鱼为生，有一个老母亲。兄弟俩见陈妇勤快，且又有几分姿色，就想将女子搞到手。

晚饭吃好，兄弟俩劝说陈：你们耍猴，能得几个钱啊，我们打鱼的收入，一天比你要多好多倍呢，明天早上，你不如跟我们一起去打鱼。

陈某动心。第二天早上，他就和兄弟俩一起出去打鱼。

傍晚边，兄弟俩回家了，而陈却没回。陈妻问怎么回事，兄弟俩答：你老公被老虎叼走了。

陈妻不信，一直哭，不肯睡觉。兄弟俩的老母亲，劝说陈妇，甜言蜜语，说你还不如嫁给我儿子，可以过好生活。陈妻自然不肯，且说明天要去报官，寻她的老公。

兄弟俩害怕了，索性将陈妻和猴子一并弄死，猴子被丢进水中，陈妻被埋进一个废弃的坟中。

过了两个晚上，陈妻醒过来了，她感觉，有人在踹她的腰，并且大声对她说：有县官来了，你为什么不跑去申诉呢？陈妻睁开眼，暗暗的，不知道自己在什么地方，突然看见，有光线射进空隙，

141

于是从空隙中挖洞而出,原来是一座空坟。

陈妻开始了告状的日子,一天到晚跑来跑去,要见领导,人们不知内情,就将她当作疯女子了。

县令不是糊涂人,听了女子的一番话,感觉案情重大,立即派人到那两兄弟家捉人,恰巧,那猴也没死,又跑回兄弟俩的家里,差捕人员上门,两兄弟正要将猴再次弄死呢。

人证物证俱在,一审,都如那女人所说。

陈某案子得以告破,打鱼兄弟,自然一起被判死刑了。

(明　陆容《菽园杂记》卷十三)

这是发生在山野水边的寻常案子,却又不寻常,毕竟是命案。

早上出门打鱼,晚上被老虎叼走,明代的山林生态好,老虎多,但这样的情节,显然不能骗过陈妻,她老公一定出意外了,且祸首就是这兄弟俩。

猴子命大,它比一般动物的生命力要强,水里漂呀漂,死而复生,合情合理。

陈妻命大,是因为被埋在一个废弃的空坟中,估计并没有真死,只是被掐昏而已。

陈妻耳旁的响声,显然是神化,为了故事情节的需要,正义的需要。

像陆作家这样的官员,毕竟是文化人,懂得多,见识广,做事有基本原则,因此,他面对别人眼中的疯女子,并不人云亦云。

所有的官员,遇事只要稍微多动点脑子,很多事情就会峰回路转。当然,这一切,都是以具有相当责任感为前提的。

卷十六

不做驸马爷
皇帝现场考人才
不替长官捡扇子
喜剧的力量

不做驸马爷

元太祖对丘长春极为尊重,经常要试一试他的法术。

有一天,长春入朝前,吩咐弟子,挖一个井,他回来要用。入朝后,太祖赐他毒酒一杯,他立即喝下,面不改色。回家后,他急忙浸在井中,毒气就在水中散去,但他的头发都掉了,变成了秃子。

第二天,太祖又召他入朝。入朝前,他让弟子准备丝绳带上。入朝后,太祖赐他玉冠,长春拿出丝绳,将帽子系好,然后谢恩。

太祖对他越发看重。竟然要将公主嫁给他,长春坚决推辞,推不掉,他就将自己的阳具割了,这才断了太祖嫁女的念头。他割生殖器的那一天,时间是十月九日,京城里的人都叫他阉九。

(明 都穆《都公谭纂》卷上)

丘长春的法术,到底有多大多高,这个暂且不论,毒酒喝下去不死,但也害了半条命了。他掐得这么准,大前提是,皇帝只是对他的法术好奇,每次去,一定会想出一个花样来考验他。至于他怎么算出来的,应该不难,任何事情,总有预兆,何况他是个大师呢。

他宁愿将自己阉了,也不做皇帝的女婿,这个值得思考。

都说要攀龙附凤,能进皇家门,荣华富贵也就有了大的可能。

但是,无数的事实证明,皇帝的女婿委实不好当,在大男子主义盛行的古代,小日子过不好,幸福感不强,有的还要随时遭到公主及她家里的鄙视和欺凌,有的甚至会送掉性命。郭子仪的儿子是例外。

汾阳王郭子仪的儿子郭暧,他与妻子升平公主吵架,双方都骂得难听,小郭骂:你不就是仗着你爹爹是天子吗?我父亲,看不起天子的位置,只是不想当罢了!公主进宫告状,老郭连忙将小郭关禁闭,等候天子降罪。公主她爹唐代宗安慰老郭说:俗话说,不装聋作哑，就难做人家的公公，小孩子闺房里的话不要听！

所以，做驸马和做宫女有得一比，虽然宫女比较惨，牺牲了青春，"白头说玄宗"，但驸马爷也好不到哪里去。

或者还可以这样推理。这个丘长春，对女人本来就没什么兴趣，再加上那个公主，长相极其丑陋，要是弄这么个人回家，那以后修炼还会有平静的心情吗？没有好心情，还修什么道呀！干脆割了，那东西，对他来说，本来就没什么用处，鸡肋。

宁愿将自己割了而不做驸马爷，这基本上空前绝后了，反正，我没有听说过，这一则笔记，我也不知道真假。

皇帝现场考人才

明朝初建,需要大量人才,宁波人王桓和另两位(甲和乙)一同赴召,朱元璋在便殿召见了他们。

朱皇帝问甲乙:你们都从事什么职业啊?

甲答:我从农。

皇帝问:你从事农业,知不知道稻秆和麦秆节的区别?

甲答:我知道。它们的秆是不相同的,稻三节麦四节。

皇帝再问:稻和麦都是植物呀,为什么节不同呢?

甲答:稻春季播种,秋季收获,一共经历三个季节,所以三节;麦则需要四个季节,所以四节。

皇帝自言自语:你确实清楚农业生产的艰难。于是授他官为某州知州。

乙答:我从医。

皇帝问:你是个医生,知不知道蜜也有苦的胆也有甜的呢?

乙答:蜂酿黄连花则蜜苦,猴食果多则胆甜。

皇帝自言自语:你的植物动物知识还真丰富。于是授他为太医院使官。

朱皇帝再问王桓的特长。王答:我只是个教书的。

皇帝再问:你有什么喜欢和厌恶的东西吗?

王答:好的人就喜欢,不好的人就讨厌。

皇帝又自言自语:你是个懂道理的读书人,那就去做国子监的助教吧!

(明　都穆《都公谭纂》卷上)

也算用人所长。

国朝初建,对人才的迫切需求可见一斑。

这些问题，其实，都基于朱皇帝的知识范围。他是在考别人，他是知道的，如果别人不知道，说不定就不会任用。他虽是农民出身，但阅历丰富，许多知识和经验，都在摸爬滚打中积累，因此，特别务实。

如果是一般的读书人，不知稼穑的艰难，要去做好农民的父母官，实在很难。而农业生产乃重中之重，他要广积粮，百姓有吃有穿，国家才稳定。

春播秋收，一般的稻需要三季，秋种夏收，麦子确实经历四季，但对于稻和麦的秆节问题，我虽几十年前种过田，割过麦，但根本没仔细观察过，我问了种子专家，他也回答不出。

现代科学发达，已经有所改观，热带地方，稻可以一年三季种。所以，即便三节四节的节数对了，也只是偶然。

不过，朱元璋也太操心了，什么事都要亲力亲为，不知道那些官员干什么去了。

不替长官捡扇子

我乡里的沈孟囷,永乐年间以人才被录用,到浙江做官。浙江布政使谢公,因为沈读书多,善于吟诵,待他非常好。

有个大热天,开官员大会,谢长官的扇子突然掉地上了。

谢长官对沈说:小沈,扇子捡一下!

沈只是站在一边,就是不捡:不敢。

谢长官再命沈:小沈啊,掉地上的扇子捡一下。

沈答:捡扇子是差役的事,不是下属的事!

谢布政使笑了:是我错了。于是让差役捡起了扇子。他脸上的表情很自然,一点也没有生气的样子。

(明 都穆《都公谭纂》卷上)

这样的场景要从两面说。

对布政使来说,最高行政长官,权威无比,扇子掉地上,一定有人快速捡上的,不想,却没有人捡。布政使为什么不自己弯下腰呢?举手之劳的事情。这是另外一个话题,不说了。要说的是,布政使不生气,这很不容易,吩咐下官做点事,这么点小事,都不愿为他做,这是什么性质?何况,我还待你这么好呢!

沈官员的心里,一定有自己做官的尺度。捡扇子之类,是你私人的事,我只做公家分内的事,别的我不管。况且,不是还有差役吗?差役就是做这些杂事的,是官员另外的手和脚。

沈这样做,需要胆量和识见。识见如上,这个理由应该可以站得住脚。胆量呢?不是每个官员都有。不少官员,胆小如鼠,生怕自己得罪了谁,长官,尤其不能得罪,不仅不能得罪,还要想方设法搞好关系,如果他不摸清长官的底细,坚持着,倔强着,那结局会很惨,长官明里不会怎么样,小鞋却会一直让你穿着,直到血迹斑斑为止。

一个有秩序的官场,一个风清气正的社会,官员和下属之间的关系,应该是这个样子的,公私分明,没有人身依附,可惜的是,这样的场面比较珍贵。

喜剧的力量

　　成化末年，内官阿丑，年少机敏，善于演出专业剧团里的杂剧。明宪宗经常要他表演节目。

　　当时，汪直的势力很大，阿丑就想办法要敲打一下汪。

　　有次演出，他装作一个醉人，卧倒在地。有人呵斥：大官来了！醉人不起。有人又呵斥：皇帝驾到！醉人还是不起。有人再呵斥：汪直来了！醉人立即仓皇起来。

　　人们就问了：你不怕皇帝而怕汪直，为什么呀？

　　阿丑：当今之世，我只知道有汪直，而不知道其他人。

　　皇帝看到这里，马上懂了，那汪直的好日子也就不多了。

　　保国公朱永家里造房子，私下里用了很多军队的士兵。

　　有一天，阿丑又给皇帝表演节目了。他装扮成A、B两个角色，A角色朗诵道：六千兵散楚歌声！B角色马上呵斥：为什么将八千误读成六千？A答：两千在保国公家造房子呢！

　　皇帝看到这里，并不相信，但还是悄悄派人去查，一查，果然。

　　保国公知道后，害怕得不得了，立即撤兵。

　　　　　　　　　　　　　　　　　（明　都穆《都公谭纂》卷下）

　　用喜剧，是因为官场环境恶劣。

　　李林甫专权时，他害怕谏官谈论政事，便威吓他们：大家见过仪仗队中的马吧，整天不出声，就可以得到相当于三品官的食物，但如果有一匹马叫了一声，就会立即被罢斥牵离，那时候，虽然想不再叫了，但已经没有机会了！

　　因此，两幕小喜剧，反映了大的社会问题。

　　民意，往往准得很。没有人敢惹汪直，阿丑也不敢，但他必须设计好剧的包袱，醉汉天不怕地不怕，皇帝也不怕，但总有怕的人，这个人就是汪直。

如果要突出某个人的厉害,这样的戏剧结构完全可以套用。

北宋作家景焕,在他的《野人闲话》中,为我们展现了一千多年前的猴戏表演,活灵活现:

一只猴子,假装喝醉了,躺倒地上,驯猴高手杨于度去扶它,头微起,倒下,再扶,头微起,又倒下。这猴实在"醉"得太厉害了,杨于度就对着猴子喊道:街史来了,它无动于衷,不起来;杨于度再喊:御史中丞来了,它不闻不问,还是不起来;这个时候,杨于度俯下身子,轻轻地对猴子说:侯侍中来了,"醉"猴一下子跳了起来。而且,它还表现出惊慌失措的样子。侯侍中,是谐音管猴子的官,还是姓侯的可怕的官员?不得而知,也极有可能是管猴的官员。

也许因为阿丑的表演,一直带有浓烈的现实讽刺意味,皇帝看多了,也看出门道来了,因此,他听到八千变六千的时候,立即派人去暗查。

阿丑为什么信息这么灵?他这个内官,就是个底层,和外界息息相通,也许,好多官员就利用他这个特长,向皇帝汇报不便通报的事情,嘻嘻哈哈中,将疑难问题解决。

阿丑胆子为何这么大?他不怕,他虽是个内官,但好歹也是皇帝身边人,没人敢把他怎么样。再说了,不就是演个戏吗?戏就是假的,爱信不信。

有的时候,很难很难的问题,解决起来,却很简单,关键要找到窍门。戏剧之力量,文学的力量,正在于此,四两拨千斤。

卷十七

父救子
技术大师蒯木匠

父救子

成化初年,高邮有个张百户,是漕运的差役。他公差回家坐条小船,半道中,小船因浪大翻了,只他一人自救爬上岸。他再不敢坐船,沿着湖堤步行回家。又走到半道,看见一条船在波浪中翻倒,眼看就要沉没,有人蹲在船背上喊救命,烟雾中看不清喊救命的人是谁。张心生怜悯,转头呼叫另外的小渔艇救援,不肯。张立即拿出身上仅有的十星(量词)白金,小渔艇才去施救。

人救上来一看,恰好是张的儿子。因为儿子知道父亲回来,他半道去迎接父亲,船翻,已经被水淹了半日,人冻僵,好久都说不出话来,再不施救,肯定淹死了。

人们都将这件事传为异事。难道是张氏父子心灵相通的原因吗?路两边的人来来往往,许多人都看见了,为什么独独张氏去救援呢?

(明　黄瑜《双槐岁钞》卷第九,《援溺得子》)

显然,作者是赞同因果报应的,好人有好报。

但事情又不是那么简单。

自然,张百户是应该被授予"见义勇为"称号的,尽管救的是自己的儿子。

促使张作出决定,几乎是一瞬间。首先,他有刚刚遭遇的亲身经历,如果不是自己运气好,早淹死了。另外,张在工作和生活中,一定是个有同情心的人,善良不可能一时养成,善良者总是善良,作恶者无恶不作,袖手旁观虽然没有大过,但绝对称不上善行。因此,当相同的一幕出现时,同情心油然而生,毫不犹豫施救。而碰壁后的表现,更显现他的高尚品格了,毕竟,这十星白金是他一年或数月的工资收入,全家人的生活所依。

张的品格,还通过来来往往见死不救的对比而突现。这是一个冷漠的社会,人人只顾自己,要救人,也只是为了钱。不敢想象的是,张如果也是这样的一员,那么,他晚上回到家里,迎接他的一定是儿子的噩耗,他会悔恨终生的。

人人为我,我为人人,话俗理大,大到和每一个人都有直接的关系。

技术大师蒯木匠

永乐年间，因为蒯福的木工手艺好，老了回乡，他儿子蒯祥就顶替父亲的工作。蒯祥奉命到北京官中，凡是宫殿庙社的活，他都能干。

正统年中，蒯祥主持皇宫三殿及文武诸机关的修建工作。天顺末年，他奉诏修建皇陵。成化年间，蒯祥已经做到工部营缮主事员外郎，后来又提拔为太仆少卿，工部右侍郎，再转左侍郎，他享受的待遇，累计加起来已经从一品了。

成化辛丑三月，蒯祥去世，享年84岁。他的祖父母、父母，皇上都有所赐赠，儿子做了锦衣千户，享受国子生待遇。

（明　黄瑜《双槐岁钞》卷第八，《木工食一品俸》）

其实，明代谢肇淛的《五杂组》里还有更厉害的木匠：徐杲，因为修建有卓越的才能，以木匠起家，一直做到大司空。蔡信、郭文英，也都是以木工起家，官至工部侍郎。

蒯祥只是其中一个代表。

蒯祥的木工技艺没有细说，但从他所主持的工程看，他显然是当朝木匠的佼佼者，工匠的领袖。

好的木匠，一定不是自己干，而是指挥别人干。

古代那些宫殿，没有几把刷子，不可能建起来，单是那些雕刻，就让人费力费神。而这一切，都需要主持工程细节的木工大师精确安排。

有蒯祥这样手艺的，在当时就是顶尖实用技术人才。朝廷还是比较重视技术人才的，一般来说，当一项工程良好完成后，所有参与人员都会得到相应的嘉奖，蒯祥就这样脚踏实地一步步干出来。

技术人员本职工作做得好，父母都引以为荣，也得到了相应的荣誉，当然，子孙也会得到好处。

卷十八

儿子原是讨债鬼
老　蚌
半面镜

儿子原是讨债鬼

长洲陆墓村,有个叫戴客的,以卖瓦器为业,生意非常不错。他只有一个儿子,极宠爱。为了儿子的吃穿用,很舍得花钱。

儿子16岁那年,得了大病,卧床半年,问药求神,百方无效,最终还是死去。戴氏夫妇,悲痛欲绝,厚加殓葬,又请来和尚道士,日夜诵经超度,家里的积蓄,基本都用光了,但他们还是深深怀念儿子,终日哭泣。

有天,一老妇乘船到陆墓村,将船停在河边,来拜访戴氏夫妇。看到他们的悲痛样,实在不忍心,因此劝道:死生常理,何悲如此。看你们对儿子的爱,情深难割,我想让你们见一面,如何?

戴氏夫妇,擦着眼泪感谢:儿子已经去世这么久了,怎么可能见到呢?谢谢您老人家的好意,我们不敢奢望,还能见到儿子。

老妇说:如果你们真想见,也容易。

戴氏夫妇高兴坏了,问老妇如何才能见着儿子。

老妇吩咐他们:我将引你们到一个地方,你们自然会见着儿子。但你们不可以两人同去,只能去一个人。

戴氏大喜,立即让妻子随老妇入船。老妇告诫戴妻,不得随便偷看。

船上的桨像飞起来一样,船快速向前。一顿饭的工夫,就到了一个地方,街市中居民稠密,热闹非凡。老妇下船,在前面引着戴妻,远远看见她儿子站在一家米铺中,正拿着器具替人量米。

儿子望见母来,立即出来拜见。

儿子对母亲说:我在这家米铺打工,心里正惦记着母亲,您就来了。您稍等,我去通报下主人家,请他来迎接您。

老妇立即将戴氏叫进船中,让她头戴斗笠,身披斗篷,躲起来,船在河中飘着,老妇要戴妻偷偷地看米铺里的情况。

过一会,儿子出来了,全身打扮得很可怕,像只牛头夜叉,四下看看没有人,立即骂道:老畜生呢?老畜生跑哪里去了?她欠我二十年的债,只还了十六年，还有四年没还呢！今天她来，我正好叫人将她抓起来，可惜我的动作慢了些，让她跑了。骂完这些，还一脸的愤怒。

戴氏躲在船中，大气不敢出。

老妇对戴氏说：你都看见了吧，这就是你的儿子！

戴氏坐船回到了老家，将所见所闻，一并告诉老戴。从此，夫妻俩的悲痛才算平息下来。

他们去找老妇，找老妇的那条船，再也找不着了。

（明　陆粲《庚巳编》卷第四，《戴妇见死儿》）

中国民间，自古就有说法，儿子就是讨债鬼。

小时候，儿子们不听话，或者犯了什么事，母亲也骂骂咧咧：介（这）个讨债鬼。没有敌意，但骂声中含有无奈，淘气，任性，管理不了。

显然，"讨债鬼"一说，含着这样的道理：父母养育儿子的付出，没有得到合理的回报。

养儿防老，传统观念。为父母守孝三年，是这种观念的具体体现。

法律上也规定，子女养到18岁，是义务，以后就不是父母的责任了，而是儿女的责任了，他们的责任是，服侍奉养父母。可现实情况，包括古代的情况是，父母基本尽职，儿女虽也基本尽职，但绝对没有像父母对子女那样尽职，啃老现象严重，将父母啃尽吃光。

戴氏儿子，是讨债鬼的典型，是广大父母不满意子女的集中发泄。

中年失子，白发人送黑发人，都是悲痛之事。用了讨债鬼理论，失独父母心里也许会好受些。

将讨债鬼换作温和一点的说法，就是缘分尽了。

一女同学一女同事，皆中年失子，两个儿子，一研究生刚毕业，一正要读研究生，都是名牌学校的高才生，高僧这样劝：你们母子的缘分尽了，请节哀。

老妇是虚构，阴间米铺也是虚构，但如果从悲痛中走不出来，不妨相信一回。世上没有神仙，只有自己救自己！

老 蚌

我家边上有陈湖,有水从戒坛湖北面流进,流到韩永熙都宪家的墓前,汇成巨潭,深不可测。

潭中有一老蚌,大如船。

有一年十月,蚌在水边上张着口,有个妇女去湖边洗衣服,她以为是一只沉船,就一脚踩上去,老蚌立即闭口沉入湖中,溅起来的水泼到脸上,冷如冰,妇女惊倒。

曾经有龙下戏其珠,与蚌相持数日,风涛大作,龙将蚌拎起数丈高,又猛力扔下,竟然不能战胜老蚌。

景泰七年,湖水冰冻,蚌自湖西南而出,一路破冰,堆积在两旁的冰,像雪一样,从此后,老蚌再也没回到这个潭中。

(明　陆粲《庚巳编》卷第五,《巨蚌》)

生态良好的古代,各种动植物也就有了特别的大个头,这和现代的使用激素和嫁接的完全不一样。

老蚌肯定是一只大蚌,大如船,船也有大小,我在乐清湾看到滩涂上自由滑动的泥子船,就不大,真有可能如老蚌。

老蚌在湖边滩上,张着嘴,休闲,沐着十月的暖阳,对两栖动物来说,那是享受。这深潭中,也没有别的什么大物了,我就是王,我可以随时随地进出自由,人们奈我不得。这妇人,不识本尊,还将脚伸进我的嘴里,臭烘烘的,干吗呀!我不弄你一身水才怪!冷如冰的水,并不是湖水,而是我的唾液,我常年在深潭,一只天然大冰箱,哪会不冰?

龙蚌斗,一定是附会,也许是渔人垂涎那老蚌的珠子,才幻想出来的。那蚌珠,一定硕大,一定价值连城,谁都想得到,做梦都想。

湖面结冰,老蚌想换地方了,水下氧气稀少,不适宜生存,总之,本老蚌要旅游去了,于是,一路潇洒而去。

坚强的老蚌,因为自身的实力,让人惧怕。

对于湖边百姓来说,有畏惧比没畏惧要好,至少,老蚌是安全的。

老 蚌

半面镜

医生周惟中,告诉我一件事。

吴县三都的陈氏,家里祖传一面古镜,直径八九寸。

这镜有神奇之处,凡患疟疾的人,拿着镜子照一下,一定会见到一个东西附在镜子的背面,蓬头垢面,模糊不可辨。镜子一拿起,这东西就会受惊,立即不见,患者的病也就好了。人们认为,这是疟疾鬼怕见自己的形象而逃跑了。

到了弘治年间,陈家兄弟分家产,因为是宝镜,于是分剖,各得其半。用这半面镜照疟,无论是哪一半,都不再灵了。

(明 陆粲《庚巳编》卷第十,《辟疟镜》)

古镜能照疟疾,显然不可能。

但有可能的是,先前人们是附会,附会多了就成了传奇,而那患病的人,有时往往差不多快痊愈了,拿来一照,病就好了,完全是心理作用。因心理作用而痊愈的病例,古往今来,数不胜数,自我循环的机体,大多数时候,完全听从大脑中枢神经发出的指令。

兄弟分家,宝镜对半分,从而导致照疟不灵,这是问题的关键。

我觉得,制造这样一则社会新闻,用意是很明显的,那就是告诫我们,兄弟齐心,力可断金,和为贵。和是中国传统文化的精髓,家和万事兴,有了和,诸事皆有可能,家可以兴,国可以强。没有和,兄弟阋于墙,国难以兴邦。和其实就是道德和品质的高度集聚体现,和蔼、和畅、和风、和乐、和美、和睦、和洽、和善、和顺、和谐、和弦、和煦,中国词语中,带和的词语,绝大多数都有令人向往的境界,即便和稀泥,也不算坏事,相比剑拔弩张,将事态平息下来,再慢慢处理,显然更理性。

镜子因分剖而失去灵性,这实在是一面良好的镜子,让我们大家都可以自照,社会如此,个人亦如此。

卷十九

读雕版

伤泉脉

读雕版

府谷的李玉衡，做管理国学档案的小文员，家贫，买不起书，每天将国学经史的雕版找来读，读的时候，手摸着字，一行行读过去，手指尽黑。

他曾和我一起居住在萧寺，每天只烧一顿饭。冬夜无火烤，就和老仆人一起，裹着破被子，坐着取暖。他这样贫困，且如此苦读，近年少见。终于，他成了一代大儒。

（清　宋荦《筠廊偶笔》卷下）

史上苦读的人多了，但读雕版还是第一次见到。

李玉衡的国学成就，好像没什么记载，但不妨碍我们对他苦读精神的崇拜。

在国学馆工作，大约还有一点优势，书印完后的雕版，堆在仓库里，如果不再版，那也就是一堆木板。读这样的书，实在有点累，且不说，反着的字，认起来不方便，读一块找一块，那也相当烦。不过，除了手指黑点，好处却也很明显，读反着的字，需要脑筋快速转换，说不定能够形成一种强大的记忆，因为回过头来再读，太不方便，只能强记，如此，阅读效果并不差。

温州瑞安市的平阳坑镇东源村，有中国木活字博物馆，那里有许多印家谱留下来的木活字雕版。看着黑黑的雕版，几百年的墨迹显然已经凝结陈旧，带着岁月的沧桑。我想起了李玉衡，我想努力地辨认一些字，但看一块版的头两行，就花了数十分钟的时间，我无法猜测，李玉衡阅读雕版的具体场景，想象已然乏力和空白，除了敬佩还是敬佩。

两个小疑问：

为什么不读印好的书？也许，有严格的纪律，馆藏孤本，不允许出借。

这么穷了，还有老仆？毕竟是官员，只是品级低了点（那里的典簿最多从九品），生活总需要人料理的。但主人和仆人一起裹着被子互相取暖的场景，真是让人唏嘘不已。

伤泉脉

广济这个地方多云山,我曾经过两次,都是晴天,但轻云笼罩峰顶,云山的称号不虚。

云山的岩石间,有细泉滴出,一天可以贮满一升多。山民们想将泉孔凿大一些,刚刚凿掉如铜钱大的石块,泉马上就枯竭。其间道理讲不清楚,有人说,可能是伤了泉脉。

(清 宋荦《筠廊偶笔》卷下)

山泉的形成,如果仔细探讨一下,确实很有趣。

一般的原理应该是,天空中的降水,大部分被土壤吸收,有些成为河流,有些就一直渗透到地底下岩缝中,再通过适当的条件渗出。

让人不能理解的是,高高的一座山顶,也会有一孔泉,且常年不枯,于是就生出许多传说。富春江边,我家乡的天子岗,传说是孙钟葬母的地方,山顶有泉,不枯,高高的山岗,我爬上去过,真是这样。萧山湘湖越王广场城山山顶,传说是越王勾践屯兵之地,也有大泉,吴兵围困两月毫无险情。我也上去过,泉今天依然清澈。

既有泉,就一定有泉脉,这泉脉,就是泉在岩石间的走向,本来就细若游丝,靠的是滴渗,如果凿大孔,加大流量,那就会迅速干枯。

进一步说,泉脉不能伤,这是一个很好的暗喻。

比如,古代征收粮税,有这样的谚语:少收几粒,多收几年。这其实是农民(或有良心的官员)向统治者发出的善意劝谏,粮税不要太重,给我们留下足够的吃食,我们有力气再种,你就可以年年收取了。

再有,人类对地球的各项开发,也要适度,过去若干年,已经有够多的事实证明,人类已经干了类似伤及泉脉的蠢事,应该警醒。油和气总有抽干的一天,煤也总有挖完的一天,虽然不断会开发出新能源,但能源毕竟不是无源之水,可以天上飘来。

因此,泉脉,另一个代名词就是,适度。

卷二十

县尉下乡
于谦妾
誓俭草
词诬和诗诬
养蜂与治国
瓜皮搭李皮
第二杯酒
程松寿拍马

县尉下乡

《豹隐纪谈》载：县尉一向来下乡扰人，即便上级部门三令五申，仍不能禁止。有人就仿古风雅体作《鸡鸣》诗，共三章，每章四句，讽刺县尉下乡。

鸡鸣喈喈，鸭鸣呷呷。县尉下乡，有献则纳。鸡鸣于埘，鸭鸣于池。县尉下乡，靡有孑遗。鸡既烹矣，鸭既羹矣。锣鼓鸣矣，县尉行矣。

（清　褚人获《坚瓠集·甲集》卷之一，《鸡鸣诗》）

没有说县令，而说县尉，因为他是主管一地治安的，官不大，却也有不小的实权。

官员也不都这样，这一定只是极少数。

《鸡鸣》诗，相当形象。用《诗经》的风格，我们仿佛置身于古代，鸡在叫，鸭在叫，人们在安详生活和工作，突然，县尉来了，他要查一个案子，或者，本地的某某极有可能牵连，或者他只是例行巡查，他深入基层，为民保障，是吃了饭再走呢，还是捉一些鸡鸭带着走呢？反正这事亭长里长会安排好的，一定会让县尉满意。这次就在本村吃了，上次因为事急，走得匆忙，不能拂了老百姓的一片好意，于是，鸡捉来，鸭捉来，不要让它们跑走了，什么意思嘛，看见本官来，连鸡鸭都要跑！里长们知道县尉的口味，鸡要煮烂，鸭要煲汤。吃饱喝足，鸣锣回衙！

县尉下乡，经常惦记着百姓的鸡鸭，如果是官府埋单，估计不会有《鸡鸣》诗。可"皇权不下县"，那些亭长里长也都是乡绅兼职，哪有公家的钱呢？鸡鸭并不值大钱，但它们是百姓财产的代名词。

县尉也只是众多官员中之一员，也许，县令就根本用不着下乡，他在自己的府内，私密接待接待，就有白花花的银子了，鸡鸭太显眼。

老百姓直接面对基层官员，他们任何的不检点行为，自然要被监督，用《鸡鸣》诗讽刺规劝一下，是很文雅的行为啦。

于谦妾

兵部侍郎项文曜,一直拍于谦的马屁。每次上朝等待的时候,他都会附着于谦的耳朵,嘀嘀咕咕,说些私密的话。退朝时,还是和于谦形影不离,当时人们都称项为于谦的妾。

《菽园杂记》记载,户部侍郎王祐,貌美无须,他拍大太监王振的马屁,王很欣赏他。有一天,王振问王祐:王侍郎为什么没有胡须呢?王答:老爷您没有胡须,儿子我怎敢有须呢?听到的人都笑喷。

(清　褚人获《坚瓠集·甲集》卷之二,《于谦妾王振儿》)

项文曜,浙江淳安人,也是美男子。一个副职,不知道为什么要如此拍正职的马屁?于谦,大名鼎鼎的英雄,为什么会容忍这样的马屁?

百思之后觉得有两种可能。

英雄也是人,也有缺点,也好色,有人就说于谦断袖,但也完全可能是强加,或作者道听途说,或者是当时的反对派泼的污水。

说一个男人是另一个男人的妾,这是莫大的侮辱。但是有前提,两个大男人,形影不离,说话还咬耳朵,这是什么情况?他们不怕背上结党的罪名?他们研究工作为什么不正大光明进行?

大太监王振当时有多红?连明英宗都叫他先生,公卿大臣都称他为翁父,争相攀附。他通经书,中过举,善察人意,自阉入宫,花了这么大的心思,专权后会有什么样的行为?当他夸奖长相美好的王祐时,王祐就晕得摸不着路了,依附王振,弃自身人格于汪洋大海中,对王祐这样的人来说,太正常不过了。

屁股被人拍着抚着,一般的人,总是极度的舒服,拍着拍着,人就慢慢幻化成猫啊狗啊什么的。原来,拍的人才狡猾,他们的用意其实很明显,就是要被拍者听他们的话,为他们所用。

项文曜和王祐,都是历史上无耻的镜子。

誓俭草

元世祖思太祖创业艰难，他在所居之地，挖了一株青草，放到宫殿前面石阶上的花盆中，将它命名为"誓俭草"，想要子孙都铭记勤俭守业的道理。

至正年间，大司农达不花公写了首《宫词》，其中四句为：墨河万里金沙漠，世祀深思创业难。却望阑干护青草，丹墀留与子孙看。

（清　褚人获《坚瓠集·甲集》卷之三，《誓俭草》）

忽必烈的做法也是别具一格。

皇帝要做一件事，且这么有教育警示意义的事，怎么也要好好弄一番，要拿设计方案，要出工程预算，他不，随手从住的地方，摘了一株叫不出名的杂草，就这样放在子孙们要经过的宫殿前。

在忽必烈眼里，主题是节俭，当然要节俭了，越节俭，越能反映主旨。

杂草，只是象征物，它无名，却有生命力，随时随地都可以生长，生长得很好，还可以代代相传。不能不说，来自漠北草原深处的忽必烈，具有相当丰富的植物学知识，知道这种青草，百代不绝，用它来象征勤俭，再恰当不过了。

"誓俭草"是一个很好的暗喻，古今中外的哲人都在运用。看亿万富翁洛克菲勒和14岁的儿子为零花钱而签署的"正式协议"，共有13条，摘录几条：自5月1日起，约翰的零用钱额度为每周1美元50美分；每周末盘点时，如账目清晰、符合爸爸的要求，次周零用钱较前一周增加10美分，直到总额每周2美元的上限；对于是否增加零用钱，爸爸有唯一裁决权；双方确认，零用钱中，至少20%用于慈善目的，20%进行储蓄。

为了使自己用鲜血打下的江山万代永世，王朝的开创者们，真是费尽心机，想出各种办法警戒后代，但大多短期见效，长期失效。就元朝说，这株"誓俭草"，也没能享受到元朝第一百年的大好春光。

誓俭草

词诬和诗诬

王铚的《默记》记载：欧阳文忠公私通外甥女，为此降官。

钱世昭的书上还记有欧阳自己写的词："江南柳，叶小未成阴。人为丝轻那忍折，莺怜枝嫩不胜吟，留取待春深。十四五，闲抱琵琶寻。堂上簸钱堂下走，恁时相见已留心，何况到如今。"

据考证，欧阳的外甥女来到他家时，只有七岁。况且，这词的风格和欧阳公也没有一点相似的地方。有人就认为是钱世昭故意污蔑欧阳公。

《西溪丛语》记载：范文正公守鄱阳，喜欢官家乐团里的一名幼妓。范召还时，还有诗寄给那妓：庆朔堂前花自栽，为移官去未曾开。年年忆着成离恨，只托东风管领来。后来，范还给妓女寄去胭脂，并附诗：江南有美人，别后常相忆。何以寄相思，赠汝好颜色。

文元发反驳说：文正公绝无此事，且诗也下流鄙俗，应该是妒娼者所写。而笔记的作者，又不辨材料，随意取材的。

（清　褚人获《坚瓠集·甲集》卷之四，《词诬欧阳文忠》《诗诬范文正》）

欧阳修和范仲淹，因都是名人和官员，都有对手和嫉妒者，所以被泼污水也正常。

只是，这种不实之词，常常会以另一种方式流行。那个时代，辟谣渠道和载体不多，着实让人头痛。有时，假的东西，传着传着就变真的了，实际不是变真的了，而是人们相信了，有白纸黑字呢。

传谣者有很多是猎奇，路边社的八卦，常让他们兴奋，而不用脑子想一下。其实，只要停下来，踩踩脚后跟，略加思索，谣言就会不攻自破。传谣者不见得都没有文化，有些笔记的作者，在写作时就不加考证，全盘录入，以至于谬种流传，使人不辨是非，这才是真正的可恶。

打击政治对手，泼污水的方法常常很灵，让人哭笑不得。不能一下踩死你，让你难过如吞苍蝇总可以吧。

养蜂与治国

《雪涛集》中说了一个故事。

朱元璋微服私访,到了一田舍,见一老头,问他的生辰八字,他说的年月日时,都与朱相同。

朱很好奇,再问:你有儿子吗?

老头答:没有。

朱问:你有田产吗?

老头答:没有。

朱再问:那么,你怎么自己养活自己呢?

老头答:我养蜂。

朱问:有蜂多少?

老头答:15桶。

朱又暗暗吃惊:我有京省,他用蜂桶来对付我,他的年月日时都和我相合。

朱再问:你一年割几次蜜呢?

老头答:春夏花多蜂易来,蜜不难结,每月割一次。秋以后花渐少,蜜不全部割掉,割十留七,让蜂自己吃蜜。我这样做,是为了年年都有蜜割。我用春夏所割蜜换来的钱,去买粮食和其他生活用品,量入为出,只是糊口罢了。但是,蜂有蜜,就不会冻死饿死,明年又会酿蜜的。我已经50岁,生活全靠蜂而生存。但是,其他养蜂人却和我不一样,他们不仅春夏蜜割尽,秋天也割尽,所以蜂死的多,今年有蜜,明年就无蜜了。

朱元璋听到这里,极感慨:老百姓就是蜂呀。国家如果不让百姓休养生息,竭泽而渔,老百姓怎么会不贫困甚至死亡呢?百姓都没有了,国家税收又从何而来?这和不留余蜜的道理是一样的。这位养蜂老头的话,可以作为国家养民之法!

(清　褚人获《坚瓠集·乙集》卷之二,《蜂丈人》)

朱皇帝碰到的这个养蜂人，立即让人想起刘基的《郁离子》，那里面也有个养蜂人。

齐国灵丘，某养蜂人家很富裕，可以和有封地的贵族一比。养蜂人去世后，他儿子继承了这份产业。可是没到一个月，蜂群就有整窝整窝飞离的，他也不管它，任它们离去。一年多的时间，蜂群跑掉了一大半；又过了一年多，蜂群全跑光了。这个家就很穷了。

刘基这个故事，道理和朱碰到的养蜂人差不了多少，前者着重让蜂休养，后者侧重管理。养蜂人的儿子，对蜂的生活环境不管不顾，任其生死，只管收蜜，结果是，蜂群死的死，逃的逃，无影无踪。

许多统治者，治国的道理未必不懂，但能不能听得进去，并且付诸实施，实在是另一回事。开国者忧患意识强，常常急得很。

刘基写的那个养蜂人，和朱元璋碰见的养蜂人，是同一人吗？刘基是再一次对当权者的提醒吗？

两者都有可能。因为，百姓真的很像那辛苦酿蜜的蜂，而统治者就是养蜂人，甜的蜜，整桶整桶往家里拿。

瓜皮搭李皮

林可山自称是林和靖的七世孙。和靖没娶过妻,这已经是公认的事实了。姜石帚作诗嘲笑说:和靖当年不娶妻,因何七世有孙儿?若非鹤种并梅种,定是瓜皮搭李皮。

(清 褚人获《坚瓠集·丙集》卷之一,《和靖七世孙》)

傍名人,向来有之。无非是想证明一下出身名门,不是嫡系,也是旁系,总之,是有根基的。

连唐朝皇帝也不自信。李唐天下,还要找个名人认宗,李聃,老子,就是他们的始祖,扯了几万里的关系,其实一毛钱关系也没有。

在古代,改姓,冒姓,是常态,原因多种多样,但一定有和林可山一样的,想冒个名门。

拿自己举例。

桐江陆氏宗谱上说,浙江桐庐的陆姓,源自南宋忠臣陆秀夫,那位抱着南宋朝最后一个小皇帝跳海的英雄。陆秀夫的大儿子,隐居桐庐,谱系也很详细。可是,我问了江苏盐城陆姓宗亲,他们一查那边的陆氏宗谱,根本没有陆秀夫儿子来桐庐的记载。还有,绍兴陆氏宗谱,将陆秀夫写成陆游第六个儿子的后代,但盐城陆氏宗谱,也没有这样的记载。由此我简单推断,陆秀夫一定和陆游没有近亲关系,如果有,陆游在南宋就是名人,那么,陆秀夫家谱上一定会有详细记载,谁不喜欢名人呢?另外,桐江陆氏,也极有可能是冒陆秀夫之名,虽然我没有确凿的证据。

钱文忠讲百家姓,我听过几集,扯来扯去,基本上都扯到炎帝黄帝,大方向不会错的,但一个姓具体怎么演变和发展,并没有那么简单,一不小心,就是瓜皮搭李皮。

林可山是不小心,人家老林一直独身主义,如果冒个过继,谁还弄得清楚呢?如陆坚过继给黄姓人家改名黄公望,成为元代大名人,那就是黄姓人家的荣耀了。

第二杯酒

明代成化年中,汝宁杨太守很清廉,而下属的汝阳刘知县却很贪婪。

有天夜半,杨太守微服行,到一草舍旁,看到有老妇人在纺纱。老人对女儿喊:天太冷,酒拿来喝几口!女儿开瓶倒酒,先倒出一杯:这一杯,是杨太守啊。又倒了一杯,接着说:这一杯,是刘知县呀。

什么意思呢?酒开始倒的时候,前面是清的,后面就混浊了。

听到这件事情的人赋诗说:凭谁寄语临民者,莫作人间第二杯。

《谈苑》也有记载:有人问崇德县民,长官清吗?答曰:浆水色。意思是不清不浊。

(清 褚人获《坚瓠集·丙集》卷之四,《杨清刘浊》)

天地之间有杆秤,那秤砣是老百姓。

官员的清浊,百姓自有评说。

老妇人的女儿用酒的清浊比喻,别出心裁。这个普通场景的前提是杨太守和刘知县他们的名声已经传得很广了,妇孺皆知。还有,此地百姓喝酒,用第一杯酒和第二杯酒的比喻似成惯例。

君子爱财,取之有道,一个人的清,需要一辈子来涵养。而浊,却很简单,一杯水,倒些许脏东西进去,就足以造成浑浊。

百样官百样人,人世间的官场,除了清和浊两种泾渭分明的状态,还有大量"浆水"存在,那些人在中间灰色地带,长袖善舞,游刃有余。

"浆水"们的官场生存逻辑是,有一定的底线,但总的原则是随大流,看大家怎么做,绝不做出头鸟,绝不标新立异,人家求我,我也求人家,潜规则别去破坏,做不了第一杯,也"莫做人间第二杯",那样会让万民唾骂,做"浆水"心安理得。

让我疑惑的是,杨太守夜半微服,且又是自己听到的对话,为什么要这样安排情节呢?难道他是忍无可忍,想一举拿下"第二杯"?

程松寿拍马

《宋史》记载：韩侂胄有爱妾，因为有点小过错，而被他赶出了家门。

钱塘县令程松寿，立即委托买卖妇女的中间人，用八百千钱买了回来。韩妾进家门后，程县令将她安置在上房，早晚都是夫妻二人陪着用餐，将她当作重要客人接待。韩妾有点莫名其妙，但不知道原因，很惶恐。

过了几天，韩大人气消，又想起了那妾，让人去叫。听说被程松寿买走，大怒。程县令急忙拜见韩大人，说明缘由：我怕别人将她弄到外地去，而我也怕惹您老人家不高兴，于是请她在我家先住几天。

韩有点不相信，爱妾回来了，娇滴滴和韩说了程县令夫妇对她如何以礼相待，大喜，当即就越级提拔程县令为太府寺丞，很快又升他为监察御史，不久又升程为右谏议大夫。

程觉得还不够，又去物色了一美女送给韩大人，还将美女改名为"松寿"。韩有点奇怪：哎这美女怎么和你同名呢？程答：还不是想使我的贱名经常让您听到嘛！

韩大人于是更加喜欢程松寿了，又立即升他为同知枢密院事。

（清 褚人获《坚瓠集·丁集》卷之三，《大谏同名》）

程松寿的心计，让好多想拍马的官员不能及。

他触觉敏锐。钱塘县令这个位置，也可以算编外京官了，他时刻注意着朝中的动向，什么人什么官什么关系，他都要弄得一清二楚，他只是在等待机会。

机会终于来了。这个机会，对别人来说，可能根本不是机会，韩侂胄和妾闹个矛盾，人家的家事，但程知道，韩非常喜欢这个妾，赶她出家门，只是一时之怒，事后必然反悔。就如那没出息的李隆基，上午将杨贵妃赶出家门，傍晚就想了个办法接她回宫。

果然，韩从妾口中验证了程县令的用心，那个欢喜呀，一连升了程三次官，还不是三级，第一次就是越级提拔。此时的韩，朝中大权独揽，提拔一个人，小菜一碟，更重要的是，提拔的人都会成为他的集团军，他的势力会越来越强大。

程显然尝到了好处，大大的好处，于是，再出妙计，其实只是扣住了韩的喜好而已，妙的是他将美女的名字改成和他同名，这就不是一般拍马能办到的，需要相当高的智商才行。果然，等韩了解程的苦心后，越发喜欢他了，不提拔这样的人，提拔谁呢？还要大大提拔！

和程县令有相同心理的这一类官员，一定膜拜程，会千方百计去超越，而全然不顾起码的官德、人格，于是，官场会越来越多潜规则，越来越失格。

当公权被极度私有之后，那握公权者，离覆亡的日子也不远了。

卷二十一

涨价的米商
豆腐的品德
金陵世相
唯贫贱可依
"不借"
钱神论
奴婢跑了
田家乐
人心难足
反意读书
没有雨披
喂猪的民妇
敲钟的数字
学道的狱吏
直言获罪
留　余
错了敲你头
蛙的动力
我求和人求

涨价的米商

《桐下听然》记载了这样一件事：明朝万历己丑年，新安某商人，从湖北贩米到苏州，当年大旱，斗米价格涨到一百五十钱，他已获利四倍，但觉还有涨价空间，于是就请道士扶乩问米价，南极大帝上附乩判云：

丰年积谷为凶年，一升米粜十升钱。天心若与人心合，头上苍苍不是天。

又判：着火部施行。

道士还没走出门，商人屯米的仓库大火烧起，米烧得一粒不剩。

奇怪的是，和商人连着的百余座仓库，分毫不毁。

（清　褚人获《坚瓠集·戊集》卷之一，《火焚米商》）

这事儿，从哪一方面看都挺好玩。

趋利。它是商人的本性，且都知道，要赚良心钱，可是，等大量的利摆到你眼前时，很多人就会被白花花的银子亮瞎了眼，这个新安商人就是。已经四倍利了，但他偏不满足，也许他前几次生意亏大了，亏怕了，这一次想彻底扳回来。就这样，猪油蒙了心。

扶乩。古代中国人，做什么事都不太放心自己，求神啦，拜佛啦，心才有安。古人的认知世界里，天上除了玉皇大帝统领，还有四位大帝协助御天工作，什么事都要问一问，这南极大帝，位于南极，吸引众星之力，管理火光，于是就有了对火部发号施令的权力。

扶乩的结果。抽签问卦必有结果，上上吉，上中吉，上下吉，中上吉，下下吉，等等。这个乩判，是对不法商人道德上的审判，借南极大帝的口，行社会公义。

火灾的结果。来得快，乩判就是审判书，法官一宣布结果，立即执行。烧得准，只烧不法商人的仓库，其他无关人员，一点事也没有。这也是一种惩戒，是对不法商人，不，对所有人的忠告。

米仓烧了完全有可能，但烧得这么精准，烧得这么及时，似乎又有点神奇。

不过，警示的目的已达到，只是可惜了那些米，一定要烧掉吗？

豆腐的品德

余宗汉说豆腐有十种品德：

水者，柔德；干者，刚德；无处无之，广德；水土不服，食之即愈，和德；一钱可买，俭德；徽州一两一碗，贵德；食乳有补，厚德；可去垢，清德；投之污则不成，圣德；建宁糟者，隐德。

（清　褚人获《坚瓠集·戊集》卷之二，《腐德》）

十德不一一细说，拣之一二三。

豆腐脑，滑滑的，柔柔的，暖暖的，虽吞之，却爱怜不已，这是幼儿期豆腐呀，鲜嫩无比。产妇喝豆腐脑，催奶。

脱水豆腐干，可保存相当长时间。金圣叹砍头后，刽子手发现他右手紧握成拳，硬掰开看，里面有一张纸条："付与大儿、小儿示知：豆腐干与花生米同嚼，有火腿滋味。"金的刚烈与幽默，一块豆腐干也尽显。

去了遥远的地方，远离家乡的山水，极有可能全身发痒，喉咙肿痛，跑肚拉稀，吃一碗豆腐，没事了，豆腐犹如娘的奶，能止住孩子的啼哭。

富贵人家吃豆腐，那一定要讲究，食不厌精，豆腐也可以精到一两银子一碗，贵也有贵的好处，生产的制作的买卖的，都可以多赚些钱。

贫困人家也吃豆腐，那简单了，豆是自己种的，浆是自己磨的，营养丰富，百吃不厌。

中国的大多数地方，都能吃到各种美味的豆腐。袁枚的《随园食单》里，写得最多的是豆腐：冻豆腐，虾油豆腐，蒋侍郎豆腐，杨中丞豆腐，王太守豆腐，程立万豆腐，庆元豆腐，张恺豆腐，八宝豆腐。

草木灰能去油污，醋能去水垢，豆腐可去垢，因为不干家务，没试过，如果能去，估计是利用吸附性，去水中的悬浮颗粒物。

豆腐因为白（也许有黑豆腐），容不得半点污，需要保护，也需要自律，掉地上，就毁了。

豆腐，连糟也是好东西，全身是宝，可是一直低调，如隐者，不争，"卤水点豆腐"，点就点吧，你强，我服。

金陵世相

金陵有十忙：祝石林写字忙，何雪渔图书忙，魏考叔画画忙，汪尧卿代作忙，雪浪出家忙，马湘兰老妓忙，孟小儿行医忙，顾春桥合香忙，陆成叔讨债忙，程彦之无事忙。

（清　褚人获《坚瓠集·戊集》卷之二，《十忙》）

这幅文化世相图中，文人书画要占相当重要成分。祝石林排第一，他是明代相当活跃的书法家，董其昌等相当佩服。

写字，画画，做出版，高雅得很。即便代作，也需要相当水平，像如今为赚钱忙的各类广告策划公司，也常干代作事，作句，作诗，作论文。

也有普通民众的日常世相。出家忙，不好理解，出家一次就够了吧，为何要忙？难道是经常出家？或者，雪浪愤世嫉俗，也常厌世，整个都是矛盾纠结体，一不称心，就跑寺庙去了，号称出家，其实并没有做好足够的思想准备。讨债忙，也挺有意思，还钱天经地义，因为人家已经救了你的急，可是，讨债却从古讨到今，现今法院，专门有执行局、执行庭，还有各类限制老赖的条款。行医忙，好的医生总是忙，从古忙到今。

无事忙，最有趣。《红楼梦》第三十七回，贾家众姊妹结海棠诗社，各自都要起号，李纨自称"稻香老农"，探春自取"秋爽居士"，别人又送她一个"蕉下客"，黛玉是"潇湘妃子"，宝姑娘是"蘅芜君"，多情的宝玉本有号"绛洞花主"，此时偏凑热闹，让别人替他想一个，宝姑娘脱口而出："你的号早有了，'无事忙'三字恰当得很。"所以，我看到程彦之，马上想到贾宝玉，准不准就不知道了。

忙其实是好事，一个官员如果真正闲下来，门前冷落鞍马稀，或许，他就不适应了，少数甚至会出现严重不适，病入膏肓。

唯贫贱可依

依仗权贵，权贵总有一天会下台；依仗财富，财富也会有衰败的一天；依仗体力，体力也有衰竭的一刻；依仗聪明，聪明的源泉也会堵塞；依仗学问，学问也有荒废的危险；依仗技术，技术也有穷尽的时光。天下无一可以依仗，唯贫贱可依。

贫贱可以让人强大起来，贫贱可以看轻世事、磨炼意志。贫贱人能读书，能炼性，全天下都可以依仗贫贱。

（清　褚人获《坚瓠集·戊集》卷之四，《可恃》）

贵不可久，富不能长，再强的势终要失去，再壮的力也会衰退。富不过三代，几乎成了很难突破的咒语，多少人想突破，苦口婆心，千叮咛万嘱咐，都成了耳边风，第一代尸骨未寒，第二代或第三代沦落街头的场景触目惊心。身强力壮者成了手无缚鸡之力的老者似乎也是正常的事情。

极少数人确实有才，谢灵运这样吹牛：天下文学之才共有一石，曹子建八斗，他一斗，天下人平分一斗。他将曹植绑架上了才子的战车，自己也搭车。但谢说这样的话，并不是聪明的表现。依仗聪明，本身就是短见，注定会闭塞；依仗学问，显摆卖弄，学问自然被人超越。因为精力智力，因为长江后浪推前浪，如果不日日创新，时时精进，巧和技很快会穷尽。这些都是基本规律，很难会有人破。

不可以依仗的东西，还有很多，可以类推。

唯有贫贱，可以依仗。因为贫贱，你根本没有什么可以依靠，如果有足够的志气和勇气，当然要绝地反击。

然而，一个悖论是，贫贱之后呢？富了，贵了，强了，然后依然会走向"依仗什么而灭"的老路上去，英雄莫问出身，他的出身就是贫和贱。

因此，贫贱也不是终身可依赖，除非你甘于贫贱，一世贫贱，代代贫贱。

"不借"

俞君宣《挑灯集异》有《鹧鸪天·咏草鞋》词云：少时青青老来黄，千枢万结得成双。甫能打就同心结，又被旁人说短长。云雨事，我承当，不曾移步至兰房。有朝一日肝肠断，弃旧怜新撇路旁。

草鞋，又叫绳菲，见《仪礼》。又叫"不借"，汉文帝穿着"不借"上朝。唐诗中有"游山双不借，取水一军持"，军持，僧家的净瓶。

（清　褚人获《坚瓠集·戊集》卷之四，《草鞋词》）

草鞋词是常见的咏物诗，借此喻彼。

草鞋的一生，应该从稻田开始。它们完成了繁育稻米的任务后，已经被掏干，老了的身体，仍然要护人们脚的短长。它们仍然低贱，不可能进香房，它们一向勤劳，风里来雨里去。它们的命运，穿烂了，随便就丢弃在了路旁。

"不借"，这个名挺有意思，其实是"不藉"，汉文帝"履不藉以视朝"，"不藉"，就是汉代的草鞋，当然，不仅仅是稻草，还有麻绳也可以打草鞋的。"文景之治"的刘恒，相当节俭，在位23年，宫室、园林、服饰、御用器具等，均无更新，没任何奢侈之处。

古人游山玩水，也常穿草鞋，比那些木屐安全多了。

小时候，冬闲，外公自己打草鞋，常常一打几十双，我也穿过，但不会打，放牛，上山砍柴，草鞋比一般的鞋子要方便，冬天也可以在草鞋中加穿厚布袜子，挺暖和的。

其实，稻草做成草鞋，只是稻草的命运之一，稻草还可以做成纸，上好的宣纸，在历代文人的笔下，尽显山水意象，这种意象——比如那些名画，往往长久永生。

稻草的功能应该还有不少，是不是可以这样说，就如相同的人才，遇到不同的主人，境况就不大一样，甚至截然不同？

钱神论

《钱神论》，不仅仅鲁褒写过，綦毋民、成公绥也写过。

毋民的文章大致为：黄金为父，白银为母。铅为长男，锡为少妇。……贪人见我，如病得医，饥享太牢，未足为怡。

成公文章大致为：路上纷纷，行人悠悠。载驰载驱，惟钱是求。朱衣素带，当涂之士，执我之手，门常如市。

谚曰：钱无耳，鬼可使。

幽求子云：可以使鬼者，钱也；可以使人者，权也。

有人问伍蓉庵：钱神亦有不灵的时候吗？蓉庵答：钱神是淫昏之鬼，遇贪邪则灵，遇廉正则死。死则不灵。

（清　褚人获《坚瓠集·己集》卷之一，《钱神论》）

晋代鲁褒的《钱神论》，是谈论钱的传世名篇。钱之所以成为神，是因为它能全领域交易流通，但正因为这个特点，导致了拜金主义的诞生，给社会和人心带来灾难。焦虑者，只看到了它的坏处，认为钱是一切罪恶的根源。

在钱这个小家族里，黄金是父亲，地位最高；白银是母亲，日常生活，吃喝拉撒，谁离得开母亲？至于铅，至于锡，在古代，也是稀有金属，非常值钱。贪婪的人见到了这个家庭里的成员，就好比生病的人见了良医，立即病愈，也像饥饿的人见到煮得香喷喷的牛啊猪啊羊啊，口水眼看就要流下来。

钱是双刃剑，几千年来，一直也是推动社会进步的重要力量。

钱是鬼还是神，看各人的处置方法了。

一个好对比，钱能让鬼听话，权能让人听话。

伍蓉庵的观点，有两处亮点，前一处是比较，贪和廉是分界线，立场相当鲜明，也具有现实的警示意义。后一处，虽是谐说，却也是另一种人生观的诠释，生不带来，死不带去，死了，一切都了了，钱自然不灵了。

奴婢跑了

白居易有《失婢诗》：

宅院小墙卑，坊门贴榜迟。旧恩惭自薄，前事悔难追。笼鸟无常主，风花不恋枝。今宵在何处，惟有月明知。

他的诗里只有责怪自己，用意谆厚，而没有去骂奴婢逃跑。末一句，尤为辛酸，不管如何，我们还是好过一场，我想你了，你在哪呢？

为此，刘禹锡还和了一首诗：把镜朝犹在，添香夜不归。鸳鸯分瓦去，鹦鹉透笼飞。不逐张公子，即随刘武威。新知正相乐，从此脱青衣。

（清　褚人获《坚瓠集·己集》卷之二，《失婢诗》）

辛弃疾有两妾，一叫田田，一叫钱钱，啊，你都能猜想出他的日常生活场景。

无论谁多有才多有钱，他总要慢慢老去。

但白乐天老去的时候，却并不安分。"素口蛮腰"，这个成语，就是他晚年生活写照，以小蛮和樊素为代表，他晚年竟然十年内换了三批家姬，为什么？只因为家姬们老了，不好看了，而这个时候，他已经67岁了。

一场大病之后，他感觉自己来日无多，虽然心有不甘，但还是遣散了一大批美姬，连小蛮和樊素都安置掉了。

因此，一个婢女，离开了老白，也只能是偶然事件，不会为此大动肝火，他反而检讨自己，一定是自己贫穷了，年纪老了，没有魅力了，天要下雨娘要嫁，随她去吧。

不过，从诗句看，伤心味道还是浓的，无可奈何花落去，叹息再叹息。

无聊的是刘禹锡，居然还和诗一首。人家的家事，又不是什么好事，难道还要大声张扬，满世界都知道？

我宁愿猜测，这一切，都是看不惯白乐天的人的恶意中伤。

田家乐

《闲居笔记》有《田家乐词》，说是沈石田作。现录之：

田家快活没忧愁，门前稻子沓成楼。主人遇客先呼酒，童仆逢人便可留。雨落儿童拖草屦，晴干嫂子戴乌兜。有时一曲才堪听，月子弯弯照九洲。

田家快活没嗟吁，数椽茅屋尽堪居。春养花蚕供衣服，夏日焚香检道书。秋畜黄鸡肥啄黍，冬舂白米有盈余。朋友欢招堪置酒，山肴野蕨也相宜。

田家快活真不俗，沉醉高歌自鼓腹。门前鸡犬乱纷纷，地上桑麻花碌碌。父慈子孝两心宽，兄友弟恭如手足。日高五丈睡正浓，占断人间天上福。

我见黎农三两人，勾肩搭背嬉笑行。山歌拍手更相和，傍花随柳过前村。

我见黎农快活因，自说村居不厌贫。自有宅边田数亩，不用低头俯仰人。虽无柏叶珍珠酒，也有浊醪三五斗。虽无海错美精肴，也有鱼虾供素口。虽无细果似榛松，也有荸荠共菱藕。虽无麻菰与香菌，也有蔬菜与葱韭。虽无歌唱美女娘，也有村妇相伴守。虽无银钱多积蓄，不少饭兮不少粥。虽无翠饰与金珠，也有寻常粗布服。煎鳟皮，强似肉，乐有余，自知足。

……

（清　褚人获《坚瓠集·己集》卷之三，《田家乐》）

在文人眼里，田家的生活往往被美化，"莫笑农家腊酒浑，丰年留客足鸡豚"，真是不错。

而沈石田如此全方位描写田家，似乎少见，以诗歌的形式。

自给自足的生活，已经相当富足，不仅如此，农村还遵行着中国文化的传统礼义，父慈子孝，兄友弟恭，心无忧虑，虽然累点苦点，但睡到自然醒，真正是享尽"人间天上福"。

田家的生活，真的如此快活吗？

肯定不是，作者看到的只是表面，或者仅凭想象。以某些、以少数富庶地方的田家乐概括所有，将听到的山歌（我在畲族山歌里也听到同类的内容，不知是不是抄沈大作家的）一股脑儿写进。

统治者当然喜欢了，一派和谐，一切美好，彰显王朝的普天同乐。

沈石田，就是大名鼎鼎的沈周，明代大画家，诗的水平也不错，更重要的是，他平和近人，贩夫走卒向他求画，他也从不拒绝。因此，这诗，虽是打油诗，仍极有可能是他写的。

人心难足

《葵轩琐记》有《人心难足歌》：

终日奔波只为饥，才教食足又思衣。衣食若还多充足，洞房衾冷便思妻。娶得妻来鸳被暖，奈何送老恐无儿。有妻有子双双乐，终日思量屋舍低。起得高楼并大厦，又无官职受人欺。县丞主簿皆嫌小，欲去朝中挂紫衣。人心似海何时满，奈被阎罗下贴追。

这诗虽俗，但切合人情。

（清　褚人获《坚瓠集·己集》卷之三，《人心难足》）

这几乎是一幅人心不足形象图。

人心不足，似乎源自动物的本能。

现在，我拿一只鸟来比方一下。

一只鸟，不管什么鸟。它的最基本需求，就是填饱肚子，一天到晚飞东飞西，就为一口吃的。吃饱了，最好再筑个窝，它至少可以挡挡风雨，至少可以足够休息，养足精神，第二天才有力气去弄吃的。

吃凭力气，窝也有了，但这么一天天生活下去，是不是太单调了呀，嗯，必须找一只母鸟，志同道合的，一起过日子。找母鸟并不难，母鸟也嫌日子单调，一拍即成。

母鸟来了，就有家了，自然也就有了小鸟，一家子那是其乐融融。鸟窝扩建，那也是水到渠成的，不需要花很大力气，另找一棵大树，再将窝筑大点。

这么生活下去，也挺好。可是，这一家子，经常会被其他的鸟欺负。有次，那鸟头领带着其他鸟，耀武扬威，还想调戏它的母鸟，这鸟真是气坏了，它暗想，一定要走鸟仕途，做鸟官，管理鸟，那样，自己才不会被其他鸟欺侮。

走仕途也很累，因为有那么多的鸟都想做鸟官。有天晚上，这鸟做了个梦，梦见它做了鸟宰相，将对它夫人有非分之想的鸟头领给宰了，它正扬扬得意地对众鸟发号施令，突然，感觉全身一阵刺痛，睁眼一看，它落在了山民的网兜里，原来，山民也学聪明了，晚上捉鸟，一窝一窝地掏。

在某种程度上，人就如那鸟，表现形式不一样，其实内涵相同。

如果做鸟，就做一只快乐的鸟，越山越水，自由自在。

人不是鸟，人完全可以比鸟崇高一些。

反意读书

杨诚斋有句子论读书吟诗，句老而佳：

书莫读，诗莫吟，读书两眼枯见骨，吟诗个字呕出心。人言读书乐，人言吟诗好。口吻长作秋虫声，只令君瘦令君老。何如闭目坐斋房，下帘扫地自焚香。听雨听风都有味，健来即行倦即睡。

（清　褚人获《坚瓠集·己集》卷之三，《杨诚斋诗》）

杨诚斋，就是杨万里，南宋四大诗人之一。宋光宗还亲自为他书写"诚斋"两字，这是多大的荣耀啊。

杨万里自幼读书，藏书巨多，通达博学。据说，杨万里一生写了上万首诗，读者都称"诚斋体"。苏东坡写完"欲把西湖比西子，浓妆淡抹总相宜"后，西湖就变成西子湖了，后来，一般的文人都不敢动手写西湖，但杨万里写了，"接天莲叶无穷碧，映日荷花别样红"，他发现了西湖的另一种好景致。这就好比，李白当初写下庐山瀑布"飞流直下三千尺，疑是银河落九天"后，一般的文人也不敢动手写庐山一样，苏东坡却写了"不识庐山真面目，只缘身在此山中"，你以气势见长，我以哲理胜出。

杨万里做官，也基本顺畅，官不大，但官运还行。

基于以上原因，再看他的论读书吟诗，表面上，教人莫读书，莫吟诗，读书吟诗没什么好处，只会弄坏身体。扫地焚香，听风听雨，运动休闲，累了便睡，比什么都好。

但我们知道，一个如此酷爱读书吟诗者，断不会离了书忘了诗，我推测，他这些文字，一定写于他不得意时，他也有过好多次的不得意，因此，可以反着读。读书要读透纸背，和作者面对面交流；吟诗要字字带着心跳，每个字都呕心沥血。

对一个骨髓里都浸淫着文字的大诗人来说，纵然读到死吟出血，也还是要吟读的。

没有雨披

孔侍郎上朝回家,路上遇雨,他到一老头的屋檐下避雨。老头盛情请侍郎到厅内谈话。那老头戴着纱巾,穿着黑衣,对侍郎很恭敬,还准备了上好的酒菜,请他一起喝酒。

酒毕,孔侍郎要借雨披,老头抱歉地说:我天冷不出门,天热不出门,刮风不出门,下雨不出门,没有准备雨披哎。

孔侍郎一听这话,似乎一下子明白了什么,顿时忘记了自己官员的身份。

(清 褚人获《坚瓠集·己集》卷之三,《四不出》)

这似乎是一个情景剧,剧情简简单单,一官员借门避雨,主人邀请喝酒聊天,官员借雨伞,两人对话,官员若有所思。我想象着,雨停后,几杯酒下肚的孔侍郎,心里热乎乎的,一边走在大街上,一边思绪万千。老头的话,实在,意却深长,顿忘宦情。

极有可能,这老头也不是什么闲人,他一定有丰富的宦海经历,见惯了人事,尝够了风雨,然后主动逃离,隐居在此,有经历才能有体会。

天冷天热不出门,刮风下雨不出门,那么,老头出门的时候,一定阳光灿烂,风和日丽,气候宜人。这样的日子,才是人过的舒适日子。

天冷天热,刮风下雨,都是自然现象,但也可以用来比喻复杂的社会,更可以借喻官场,无论古今,官场不就是瞬息万变的吗?好好的晴天,转眼间就大雨滂沱了,老头不喜欢官场,所以挑日子出门。

嗯,老头的话太有道理了,孔侍郎突然想起来,在今天的朝堂上,就目睹了数个官员的宦海沉浮,心惊得才缓和过来。再看这老头,多么自在而怡然,真是羡慕。

当然,不经风雨,不历冷热,植物不会健康生长,人也不会健康成长,那是另外一个话题。

喂猪的民妇

朱元璋微服私访，见一民妇在喂猪，他微微一笑。随行太监以为皇上看中了这个女人。回宫后，马皇后问起皇上微服的细节，太监就讲了这件事情。马皇后立即派人将金帛赐给那女人的丈夫，并将她带回宫，让她服侍皇上。

朱皇帝仔细看了那女人好几次，对马皇后说：这个妇人似曾相识呢。马皇后答：就是前天某街喂猪的那位。您既然看上了她，我就将她弄来，好让她服侍您。

朱皇帝笑着说：你们误会了，我见此妇喂猪，因而想到了古人的造字，"家"字，不就是一户人家屋里有一头猪吗？没有猪不成家。所以笑了，我笑不是为了这个妇人，而是悟到了"家"这个字。

闻此，马皇后赐了好多东西给那喂猪妇，送她回家。

（清　褚人获《坚瓠集·己集》卷之四，《家字从豕》）

朱元璋虽是农民出身，但做了皇帝后，也时刻考虑他的王朝如何国富民强。一户一家，一妇人在悠闲喂猪，这样的场景让他好感动呀，这不就是典型的小家吗？小家富裕，大家也就富足了。想到此，若有所思地会心一笑。

当然，朱元璋装斯文的故事背后，也有其他的趣味。

皇帝多看了几眼，皇帝笑了一下，都不是无缘无故的，一定有原因。正因为朱皇帝的出身，所以，那些以整天悟皇帝眼神为职业的太监，就误会了，以为皇帝看上了喂猪妇。

敲钟的数字

天下晨昏钟声之数，基本上都是敲一百零八声。这是暗喻一年的意思。一年有十二月，有二十四节气，又有七十二物候，这些数相加就是一百零八。

但声之缓急节奏，各处还是不同。

苏州一带这样敲：紧十八，慢十八，中间十八徐徐发。两度凑成一百八。杭州一带这样敲：前发三十六，后发三十六，中发三十六声急，通共一百八声息。绍兴：紧十八，缓十八，六遍凑成一百八。台州：前击七，后击八，中间十八徐徐发，更兼临后击三声，三通凑成一百八。

（清　褚人获《坚瓠集·辛集》卷之一，《晨昏钟鼓》）

七十二候的起源很早，五天为一候，三候为一节气。每一候，均以一种物候现象相对应，所以叫"候应"，如动植物的"鸿雁来""虎始交""萍始生""苦菜秀""桃始华""蝉始鸣""蚯蚓出"，等等，都是人们在长期的生活和生产实践中摸索总结而成。

这一百零八声钟，就是人们对岁月平安的向往。

要平安，就要遵从物候，动物该交的时候，你猎杀，久而久之，那些动物就会绝尘而去，世上再无。

不时敲一敲钟声，是不是也是提醒呢？提醒人们注意和周边自然世界的关系，它好，你才能好。

钟声和平安之间到底是怎样一种关系，是撞掉秽气，还是撞来运气？其实，不管哪种理解都可以，秽气撞掉，就是运气来了，或者说，平平安安就是福。

现今很多场合的敲钟，却变形了许多，少了庄严，多了铜味，没钱不能敲，如果在寺院，有名气的寺院，逢节敲钟，那不是一般的价格。

无论哪个地方，如果隔个五天，就有悦耳的钟声敲起，不管紧十八，慢十八，都是一种提醒，其中有人类深深的责任。

学道的狱吏

王藻是潼州的狱吏,每晚下班回家,一定会拿钱给妻子。妻子怀疑,他利用狱吏的便利条件营私。

有天,妻子做了美味的红烧猪蹄,派婢女送给他吃。

王下班回家,妻子问:今天中午送给你的猪蹄味道不错,所以13块全部送了,你吃完了吗?

王答:我只吃到10块呢。

妻子假装发怒:这一定是那个小丫头偷吃了,或者拿去送了别人!

王藻闻此,要将事情弄清楚,就将婢女捆起来审讯,婢女挨不过打,没几下,就低头认罪,王拿起棒杖,要将婢女赶出家门。

见此,妻子对王说:你做推司这么久了,每天都带着钱回家,我怀疑你是将人屈打成招,所以用婢女的事情试探你,有这样的事吗?从今以后,我再也不要看到你带着不义之财回家来!

王藻听了,恍然大悟,取笔在壁上题道:枷拷追求只为金,转增冤债几何深。从今不愿顾刀笔,放下归来游翠林。

王藻随即辞去狱吏职务,弃家学道,后飞升,号保和真人。

(清 褚人获《坚瓠集·辛集》卷之一,《保和真人》)

狱吏王藻,他并不是真空存在,他一定是他那个时代监狱管理者的典型之一。

在犯人入狱到出狱的过程中,有一系列的腐败环节可以产生,屈打成招是重点,他们的证据链完成,主要靠刑讯。刘肃的《大唐新语》,记载当时的酷吏周兴、来俊臣,特地造了10个大枷,名为"定百脉""喘不得""失魂魄""死猪愁"等,哪一个都可以让人死上几回。

明代黄瑜的笔记《双槐岁钞》卷八有《狱囚冤报》：永乐年间的刑部侍郎墨麟，喜欢将囚犯的臂和指折断，以此为乐。

我在贵州息烽集中营，看到墙上挂着的"集中营刑讯手段"，主要有以下几项：吃汽水，喷鼻香，坐飞机，半边吊，老虎凳，猴子搬桩，打针，点天灯，披麻戴孝，快活椅，绣花针，车轮战。其中，打针这样解释：在十个指尖钉入钢针或竹签；披麻戴孝这样解释：先把身上扎烂，用胶水把麻布粘在皮肤上，一块块往下撕。快活椅就是电椅。

君子爱财，取之有道。王藻的妻子，十分难得的贤内助，是其他妻子的好榜样。

王藻学道，我相信，他不愿再做这种有违于良心的工作了。他可以不往家拿钱，但单他一个人肯定不行，他一个人独清，极有可能被人弄死，且不明不白。

学道飞升，你爱信不信，不过，对作者来说，这就是一种态度。

直言获罪

宋徽宗即位后,下诏求直言,等到上书及廷试,直言的人却获了罪。当时有词这样讽刺:

当初新下求言诏,引得都来胡道。人人招是骆宾王,并洛阳年少。自讼监官并岳庙,都教一时闲了。误人多是误人,多误了人多少。

(清 褚人获《坚瓠集·辛集》卷之一,《直言得罪》)

一般的人,对宋徽宗没什么好感,他做什么都好,要是做书画艺术家,那更是不得了的事情,可他就是不会做皇帝。所以,他做了皇帝,就是大宋的灾难。

起初,他也是有点雄心的,求直言。他知道,人都有缺点,皇帝也有缺点,国家有许多政策需要不断完善和修改,但当直言来了,他却受不了。

一个没有承受直言基础的君王,想学唐太宗,十有八九会失败。直言就是刺,直言就是针,会刺痛刺伤人。直言的人,也不都是学过辩证法的,提起意见来,毫无顾忌,甚至全盘否定,听到这样的直言,真是恨不得直接杀了他才好。

直言其实是面很好的镜子,用镜子照一照,可以知道帽子有没有戴正,脸上身上有没有污点,大多数时候,自己是看不到自己的,人不能提着自己的脑袋。你身上的那些污点,人家一看就清楚了,他要愿意指出,你应该感谢。

直言的人排成队,一直排到宫门外的大街上,未必不是件好事。除了少数别有用心者,大多直言者,都是将这个国家当成自己的家,才会去直言。

周厉王止谤,表面结果是"道路以目",人们见面都不敢讲话了,只好用眼睛暗示,当周厉王将召穆公的直言置若罔闻时,他注定要被老百姓赶出国门。

宋徽宗更惨,北宋灭亡,还被金人点了天灯。

留　余

　　洪自诚说：天地有无穷的力量，然而，一天中，才到午后，便急急忙忙将太阳收起，用来积蓄第二天的光华；一年中，才到秋天，便急忙收敛，以养来年的发育。

　　人生呢，算一算，力量有多少？寿命有多少？是不是事情一定想要做尽？是不是福分一定想要享尽？是不是智慧一定想要用尽？焚林而猎，竭泽而渔，明年不是无兽无鱼了吗？

　　　　　　　　　　　（清　褚人获《坚瓠集·辛集》卷之二，《留余》）

　　留余，就是适度，适可而止。

　　留下多少"余"，如何把握这个"余"，是一门大学问。现代科学发达，大的事情，科学决策，通过精确计算，应该不难，比如国计民生，税收要按多少比率收，房子要造多少才合适；比如环境和能源，油还能用多少年，水够多少人用，森林和气候的关系怎么样，等等。

　　难把握的是小问题，本来就没有什么标准，一不小心，就会过度，且有很多东西不可再生，也就没有多少"余"了。到处都能见到的标语，"但存方寸地，留与子孙耕"，这说明，我们的地已经稀缺，子孙不能生活在真空中！

　　一天的时间，一年的季节，其实是地球自转和公转的事情，地球和太阳，也不是有意识这样安排，但是，它们已经运行几十亿年了，这就是天理，古人十分尊重天理，天就是人类的主宰，不尊重天，一定会遭老天报应的。

　　人类自身，在上万年的生活中，已经积累了丰富的"留余"经验，稍微留心一下，就可以发现，古人早就在提醒我们了，随便举一句：酒是穿肠毒药，色是刮骨钢刀，财是下山猛虎，气是惹祸根苗。这些生活中的重要事项，都要注意留余。

　　留，余，都是中国古老的姓氏，对于这两姓的族人来说，留什么，余多少，也许，他们比我们体会得更深。

错了敲你头

王弼注释《易经》,刻了个郑玄的木偶,见到错了的地方,就敲一下郑玄的头,并责怪几句。陆居仁读《论语》《孟子》,也刻了个朱熹的木偶,见到注释有不对的地方,也要敲一下朱熹的头,还要批评一下:朱熹,你错了!

这两个读书人,大胆如此。

(清 褚人获《坚瓠集·辛集》卷之二,《王陆无忌惮》)

哲学奇才王弼(226—249),虽然只活了24岁,但对中国古代哲学却有重大贡献。他的《周易注》,就是后世的样板。他对前代的经学大师郑玄(127—200)也不迷信,有错照样要纠。

朱熹的理学思想,成为后世元明清三朝的官方哲学,他的《四书章句集注》是钦定的教科书,还是科举考试的标准,面对这样的儒学大佬,士子唯有遵从。而元代名士陆居仁不这样,他读书有自己的理解,朱熹又不是圣人,哪能一点也没有差错,有差错很正常嘛。

读书贵求疑。

而王弼和陆居仁的求疑,则别具一格。这两位大师,就站在自己眼前啊,读你们的书,就是和你们在交流,你讲对了,我接受,你讲错了,我也不客气,敲一下你们的头又怎么样?让你们也长点记性,这个地方怎么会错呢?这个地方本不应错嘛,阅读量不够,还不求甚解!

还原他们的读书场景,应该是一件很有意思的事。

就阅读角度讲,这其实是一种良好的读书方法。同样是阅读,读得好的人,一定有自己独特的阅读方法,多疑才能读通,辩论才会出真知,谁也不是圣人,有些差错往往都是常识,不见得名人就不会出错。

倒不一定非要刻个作者的木偶,但发现阅读的错误,从心底里敲一下作者也是一种警醒,唉,自己写作,也要十分小心呀,没准比他们错得更离谱呢,读者可都是火眼金睛!

蛙的动力

　　松陵的俞羡长,是农家的孩子。小时候,父亲让他去田里送秧苗,他不小心踩死了一只青蛙。

　　他回家告诉父亲:我不拔秧苗了。

　　父亲问原因,他答:我刚刚踩死了一只青蛙,这只蛙,在道路中间直挺挺地躺着,像个人一样。我就想到,人死了,肯定像那只青蛙一样,我想要做一个出类拔萃的人,只有读书做官,死后才不会像那青蛙一样默默无闻。

　　父亲认为他讲得有道理,但家里没钱请老师。小俞就在乡间的各个私塾间跑来跑去蹭课,听老师讲经典。有天,他动了游学的念头,随即就离开家,一直跑到太仓。他来到一座高房子前,看门人问他干什么,他答:想借书读。看门人认为小俞只是个村童,就将其拒绝。这时候,屋主人恰好送客人到门口,问了原因,就将小俞留下,并请老师教他读书。这个教小俞的老师,就是王凤洲。

　　后来,小俞书读得很好,进步很快,王老师就将他带到京都。

　　有天,掌管山林苑囿的官员捉到一只麂,各位文学大佬都竞相咏诗,王老师的诗先吟成,但觉得结尾不太理想,改了好几次,都不称心。小俞对老师说:我有两句似乎可用。王老师没答应,在场的各位大师却要小俞说出来,小俞吟:"虽无头角异,不与犬羊同。"大师们都说好。

　　　　　　　　(清　褚人获《坚瓠集·辛集》卷之三,《瞆蛙求学》)

　　一只青蛙的命运,改变了俞羡长的一生。

　　有出人头地的动力,所以,他到处偷听课业。一个没有丁点基础的孩童,能听懂吗?起初一定是听天书,可是,那一群有条件坐在屋里读书的孩子,并不十分珍惜这样的机会,而教书的夫子呢,一定是苦口婆心，唠唠叨叨，小俞就在这不断重复的教学中弄懂了不少经典。

有一定的基础后，他并不满足，他听到的都是老生常谈，没有新意，再说，这个时候的他，急需要自己的阅读，他已经掌握了不少方法，自己阅读，才是成功的王道。

太仓毕竟是州所，是大地方，他碰到了好心的主人。这个主人，也许以前也是贫困出身，他就是靠发愤苦读才有了今天的好日子，所以，当一个同样的农村孩子来到他面前时，他眼前就似乎再现了自己的童年场景。是读书改变了他的人生，也让他的胸怀变得宽广。反正有老师在，也不差小俞这一口饭。

还有好老师王世贞。名师出高徒，但徒要聪明，要有悟性，要肯吃苦，这些前提条件，小俞都具备。小俞如鱼游大海，每天畅游在经典的海洋里，也如一棵树苗，在得到充分的营养后，迅速成长。

从人的成长角度言，出人头地的思想，并没有什么不好，它至少是一种激励，一种在人生道路上持续前行的强大动力。

我求和人求

张亦山的《铭心训》，说透了我求人和人求我的关系。

人求我非土却是土，我求人非金胜是金。人求我势急如星火，我求人热面冷如冰。人求我他苦即我苦，我求人我亲他不亲。人求我时刻要结果，我求人终岁不能成。人求我大事当小做，我求人小事大人情。人求我朝成暮不顾，我求人猫狗是天尊。人何人兮我何我，人皆伶俐我独鲁。我何我兮人何人，何不将心去比心。千变万化凭他做，到头各自有调停。占尽便宜同一死，留个性惺惺教子孙。

（清 褚人获《坚瓠集·辛集》卷之三，《铭心训》）

一个篱笆三个桩，一个好汉三个帮。人生在世，不如意事常八九。中国人的传统，遇到事情，不论大事小事，总喜欢找人，你找我，我找他，他找你，你找他，大家都在寻找关系中。

我们教小孩子要遵守各项规则，而大人们却不断在寻找潜规则。

人们在寻找各式关系中，于是就有了百样的世态。

我求的滋味，十有八九，你都尝过，味道不好受，我相信，除了上面讲的几种，各人我求的体验都不一样，一定还有许多苦衷。

热心肠，应该居多数，但也有一些人，将人求的事，策略用尽，热面冷如冰，小事当作大人情，而他求的事，却时刻要结果。

时光穿越到现代，官场上有些握有实权的官员，将正常的人事或者重要项目运作得十分巧妙，通过人求，达到营私的目的，尽管机关算尽，但终有被清算的那一天。许多贪官就是这样的下场。

我最理想的工作和生活关系，是这样的：遵守一切秩序，各自踏实工作，偶尔互有相帮，弱化利益，凭本事立身，关系简单而明了。

当然，只是要淡化再淡化我求和人求。

完全没有我求与人求，这个社会根本不存在。

卷二十二

宋朝朦胧诗

吃墨水

草青与九白

要打官司明日来

里程计数器

宋朝朦胧诗

宋哲宗朝的时候,有宗室子弟喜欢写诗,但粗鄙可笑。

他作了一首《即事》诗:

日暖看三织,风高斗两厢。蛙翻白出阔,蚓死紫之长。泼听琵琶凤,馒抛接建章。归来屋里坐,打杀又何妨。

人们都读不懂,问他表达什么意思。

他答:我开始看见三只蜘蛛在屋檐前织网,又看见两只麻雀在两厢廊戏耍斗玩。池塘里有只死蛙,翻着肚皮,肚皮上好像有字,死掉的蚯蚓,长长的像个"之"字。我正要吃饭,听到邻家在弹奏《凤栖梧》的曲子,一个馒头还没吃完,门人向我报告,说建安的章秀才来拜访我了!送走章建安,回到堂屋中,看见内门上的一幅画,画面内容是钟馗打小鬼。所以,我结尾说打杀又何妨!

哲宗正要做艾灸理疗,有小内侍为他朗诵了这首诗,他捧腹大笑,艾灸也不做了。

(清　褚人获《坚瓠集·癸集》卷之二,《宋宗室诗》)

标题和诗是吻合的,即事,就是眼前的场景嘛,看见什么,听见什么,统统记下来。

不是说,文学来源于生活吗?生活就是文学的主要源泉。

但是,这样的诗,只有他一个人懂。

莫名其妙的省略,没有具体的场景,东一句,西一句,典型的自说自话,没有任何的文学意象,像文字游戏,让人迷惑。即便文字游戏,也有规律,这首《即事》,毫无规律可循。

要说这宗室子弟成心的,我看不见得。他也就是功底不扎实,学得一点诗歌的皮毛,却又不踏踏实实,以为这样是创新的先锋。或者说,他根本就是个诗歌白痴,完全不具备诗人的基础,却硬要作诗充文雅。

　　他不缺钱，他钟情诗，或者还可以说，他身边围着一群所谓的文人，将他狗屁不通的诗捧到天上去，一句顶一万句。于是，他也以为自己是诗的天才，创作力倍增，诗歌大爆发，于是，笑话就产生了。

　　你说这个就是先锋的祖宗？

　　嗨，先锋，就是要让你不懂，让你云里雾里，否则，怎么叫先锋呢？

　　你读不懂？那是你没文化，别出声！

吃墨水

梁朝考进士，考不中的要罚吃一斗墨水。

北齐考秀才，字写得不好的，也要罚吃一斗墨水。

苏东坡《监试呈诸试官》："麻衣如再着，墨水真可饮。"

黄山谷有诗："睥睨纨绮儿，可饮三斗墨。"这说的是胸中无墨，所以用喝墨水来作处罚的手段。

王勃每次写文章，都要先磨数升墨汁，一口气喝下去，拉了被子倒头就睡，睡醒后，拿起笔就写，不改一字。人们都说，他是在打腹稿。

（清　褚人获《坚瓠续集》卷之一，《饮墨》）

这得首先确定，墨是不是可以吃的。

宋人李孝美的《墨谱法式》记载：牛角胎三两，洗净细锉，以水一斗，浸七日；皂角三挺，煮一日，澄，取清汁三斤，入栀子仁、黄蘗、榛皮、苏木各一两，白檀半两，酸榴皮一枚，再浸三日。入锅煮三五沸，取汁一斤，入鱼胶二两半，浸一宿，重汤熬熟，入碌矾末半钱，同滤过，和煤一斤。

这样看来，这个墨，是不能吃的，但可以做药，里面有不少药材。

墨既然不可以吃，那么，上述情况就是一种理想了。中国文化中，墨向来是文才的比喻和借代，没有文才，就是胸中无墨，只有喝点墨下去了，情理才说得通。

所有的文人，都希望自己的笔，能生出花来。梦笔生花，这也是和胸中无墨相连的一个成语。

晋代王珣梦人授以如椽大笔，梁朝纪少瑜也梦陆倕授以一支青镂管笔，南朝江淹梦得五色笔，唐李峤儿时也梦人授以双笔，李太白梦笔生花，五代马裔孙梦神手授二笔，这些人，自梦中授笔以后，文章日益长进，辞章大爆发，从而文章盖天下。

江淹中年以后，文章大不如以前，甚至没有作品，江郎才尽，也是因为他的笔在梦中被人收回去了。这当然不是真的，但政事繁忙，影响创作，却是真的，多少人都和他一样，才尽了。

我去浙江富阳的龙门古镇，那里有一个"富春墨庄"，药香扑鼻，闻香识墨，我看了现代制墨的方子，里面有许多药材：

宫廷御墨——鹿角胶五两，冰片二两，犀角一两。

八百玉容墨——白芨、白丁香、白僵蚕、白丑、白蒺藜、三棱子、白蔹、白芷各三两，白茯苓二两，白附子三两，松烟墨两斤。

练骨行军墨——川乌、草乌各一两，川芎、当归各三两，红花、双花各二两，蜈蚣三条，炮山甲一两，血竭一两，冰片一两，樟脑一两五钱，松烟墨四斤。

四味神交墨——血竭一两，穿山甲一两，麝香五钱，犀角一两，松烟墨二两。

各种墨，都有不同的药材，这些墨，甚至可以美容。同行的袁敏老师，坐在那儿，墨庄女店主认真地给她用墨棒做眼部按摩。后来，袁敏大赞：墨棒质地水滑冰凉，丝丝中草药的味儿沁入鼻腔，一瞬间，顿觉口舌生津，浑身通透，一股奇妙的异香穿肠而过。

看看，墨还是相当有作用的。

像王羲之那样，手指上沾着墨就吃蒜泥和饼，精神真可提倡，这是读书练字忘记了自己。不过，墨水还是不建议吃，肠胃不好，会立即拉稀的。

再插一句。

科学越来越发达，在人的脑子里植一个芯片，什么文章也不愁了。如果你不想用功，就等到那一天来临吧！

草青与九白

《松漠纪闻》说，女真族的老百姓，不知道纪年，问他们的年纪，他们这样回答：我已经看见草青几次了。他们是以草青一次记一岁的。

《蒙古录》载：他们的习俗，也是草青为一岁。人问年纪，也说草青几次了。见月圆为一月，如果看见草青得比往年迟，就知道是闰月。记年，春秋则说草青草枯，记月，初一、十五就说月缺月满。

《传灯录》载：二十二祖摩拏罗到月氏国，鹤勒那问祖，说："我到林间已经九白。"印度以一年为一白，九白就是九年。

（清　褚人获《坚瓠续集》卷之二，《草青为岁》）

殷商的甲骨卜辞中，已经开始用天干地支来纪日纪月纪年。

但一些少数民族，仍然会用部落原始的方法纪事，就如远古的结绳记事，反正，他们日出而作，日落而息。

其实，天干地支，也都和植物有关。干，树干，支，树枝，十天干和十二地支，每一个都和大自然的时令相对应。

下面这些天干地支的基本意义，数千年来，已经被相对固定。

比如天干。

甲：草木破土而萌，阳在内而被阴包裹。

乙：草木初生，枝叶柔软屈曲。

丙：炳也，如赫赫太阳，炎炎火光，万物皆炳燃着，见而光明。

丁：草木成长壮实，好比人成年。

戊：茂盛也，象征大地草木茂盛繁荣。

己：起也，纪也，万物抑屈而起，有形可纪。

庚：更也，秋收而待来春。

辛：金味辛，物成而后有味，辛者，新也，万物肃然更改，秀实新成。

壬：妊也，阳气潜伏地中，万物怀妊。

癸：揆也，万物闭藏，怀妊地下，揆然萌芽。

比如地支。

子：孳也，阳气始萌，孳生于下也。

丑：纽也，寒气自屈曲也。

寅：演也，津也，寒土中屈曲的草木，迎着春阳从地面伸展。

卯：茂也，日照东方，万物滋茂。

辰：震也，伸也，万物震起而生，阳气生发已经过半。

巳：已也，阳气毕布已矣。

午：仵也，万物丰满长大，阴阳交相愕而仵，阳气充盛，阴气开始萌生。

未：味也，日中则昃，阳向幽也。

申：伸束以成，万物之体皆成也。

酉：就也，万物成熟。

戌：灭也，万物灭尽。

亥：核也，万物收藏，皆坚核也。

以此观察，草青草白，一岁一枯荣，只是大自然中的一个环节，不过，以此重要环节，完全可以借代纪年，不会有歧义。

从文学角度看，草青草白，反而更有文学意象。

人和大自然相比，实在渺小，草枯了可以再青，人却一眨眼就老了，夕阳无限好，只是近黄昏。

要打官司明日来

明代宣正年间，松江太守赵豫，宅心仁厚。

每次有人来打官司，如果不是急事，就告诉他明天再来。开始，人们都笑话他，外面也传有"松江太守明日来"的童谣。那些要打官司的人，大多都是一时之愤，一夜下来，好多气都消了，或者，回家经人劝解，打消了念头。这比起那些自认为判案神明的有名气官员，差别不是一般的大。

（清　褚人获《坚瓠续集》卷之四，《明日来》）

百种官司，百样原因，有许多时候，都是争一时之愤。

有些官司，打到最后，所关注的利益已经完全不重要了，有些利益甚至少得可笑，重要的就是一口气，人活一口气嘛，就是要争这一口气。

因为性格，各人处理起事情来，都不可能完美无缺，而那个缺，就极有可能发展成诉讼。

我也要愤怒，但常常用"愤怒时不做决定"劝人。确实如此，半个小时，或者几个小时，或者一夜过后，原来的决定就发生了根本性变化，因为，你已经换位思考了，或者，你已经了解到，事情还另外有真相，当初那个几乎要脱口而出的决定，显然不是最佳的，甚至可以说很蹩脚，很幼稚。

去年就听说，上海民政部门办理离婚，每天都限号。其实不是人手忙不过来，如果是别的工作，增加人手就是了，可离婚不一样，宁拆十座桥，不拆一家婚，能合则合，明天再来，也许危机就过去了。真的，明天，他们就不来了。

因此，松江太守明日来，并不是怠政。他深知，官司里有各种各样的无奈，要让当事双方，回家冷静一下，如果冷静了还这样，现状不可改变，那官司还是要打，总要分出个是非来的。

明日来，明日来，小智慧中含着大道理。

里程计数器

  记里鼓，又叫记里车。车上有二层，每层都有一个小木头人，每行一里，下层小木人就击鼓一槌，行十里，上层小木人击镯子一槌。
  郎仁宝的《七修》上说：正德年间，某学使曾以此内容出题考试，全场考生都不知道这个记里鼓什么时候发明及谁发明的。
  杨铁崖《记里鼓赋》，也没有说什么时候流行以及它的发明人。
  《三朝志》记载：记里车，唐元和年间金忠义所作。宋代天圣年间，内侍卢道隆又造之。
  然而，陈眉公《书蕉》又记载：记里鼓，刘宋高祖平姚泓所得。
（清　褚人获《坚瓠广集》卷之一，《记里鼓》）

  这个记里车，诞生的年代及发明人，都不确切，但它确实是个好发明。不然，学官不会出题，用来考学生。凡是可以用来作学生考题的，应该都是比较有普遍意义的，且是重要发明。
  有了这个记里器，军事、交通、民生，都会发生根本性的大变化。
  比如军事，计算准确，整个国家的纵横，再也不是模糊概念，边界清楚，有利于作战机遇的把握。
  比如交通，运送货物可以按里计费。
  甚至连人们的旅行，也有了大变化，此处到彼处，多少行程，一清二楚。
  中国古人在机械方面的发明创造，有许多是世界领先的。古希腊的特洛伊木马只是神话，而诸葛亮的木牛流马，则已经在战争保障中大显身手。
  现代公里计数器，则简单得很，发动机的轴将动力传给变速箱，变速箱输出轴上安装脉冲发生器，用导线将电脉冲传到仪表里就可以。
  所以，轮胎的规格是会影响里程数的，就如记里鼓，车轮的大小，都会影响小木人击柏的准确性。

卷二十三

高媳妇和矮媳妇
自责与责人
另外角度看蚊子
晋惠帝的另一桩糗事
淡　饭
必然和偶然
荔枝快递
想当然
万物一个圆字
外国进士

高媳妇和矮媳妇

《七修类稿》记载,吴人娶媳妇要选身材高挑的,又美又漂亮。楚人娶媳妇要选个矮的,会喂奶还会干活。吴楚两地,边界相接,但风俗不一样,都是因为吴地讲奢侈楚地崇节俭。

王荫伯戏作娶妇词:楚人娶妇何喧闹,高堂十日排酒筵。亲戚回头小姑起,传道新人短而喜。低小腰身解哺儿,春粮担水不知疲。西家老翁长吴塞,吴人娶妇长者爱。花灯前引扶入门,新人长大媒人尊。金马丁东步摇转,春风袅袅花枝颤。可怜吴楚地不同,新人长短为枯荣。若使吴人生落楚,一生丑恶何其苦。乃知长短亦有命,不系生身系生土。

娶媳妇个子高矮,《汉书》其实早就有记载:冯勤的爷爷冯偃,长不到七尺,自己认为短小丑陋,害怕子孙以后像自己,就为儿子冯伉娶高个媳妇。冯伉生了冯勤,冯勤个高八尺三寸,做到了尚书。

(清 褚人获《坚瓠补集》卷之一,《吴楚娶妇》)

高媳妇矮媳妇,事关民风。

吴人讲究生活质量,楚人崇尚勤劳耕作。

高有高的好处,高挑,匀称,穿什么都好看,走哪里都有人注目。史上的几大美女,没有一个是矮子。矮也有矮的好处,奶孩子,干农活,短小精干,精力充沛,力量无穷。

假设,吴女生在楚地,那就惨了,高个子姑娘,一定嫁不出去。反之,亦然。

但这肯定不是普遍现象。

上面说的只是一种风俗罢了,在楚地,矮姑娘不吃亏,同样,高姑娘也一定嫁得出去,否则,楚人会越来越矮,这肯定不是事实。

几乎所有的风俗,都可找到先人安身立命的影子,换句话说,一切的风俗都以生存为第一要务。娶媳妇,事关传宗接代,更要讲究。在古人眼里,不会生孩子的媳妇,一定不是好媳妇,仅仅会生孩子,养不好孩子的媳妇,也不能算好媳妇。

自责与责人

南充的陈玉垒说：现代人要求别人很严格，对自己则相当宽容。常见当事者指摘前人，话不离口，然而，观察他自己的行为，和前人差得不知道有多远呢。宋人有诗说："鲍老当筵笑郭郎，笑他舞袖太郎当。若教鲍老当筵舞，转更郎当舞袖长。"这首诗，说的就是这种人。

（清　褚人获《坚瓠补集》卷之二，《自责责人》）

现实中，别人就是个靶子，大靶子。以自我为中心，拿圣人作标准，一瞄就准，百发百中，目标太大了。

而自己，则往往将靶子缩得很小，几乎不见，没有一点眼力的人，太难了，神枪手，都很难发现目标。即便明确知道自己的缺点，也要百计千方找理由，一二三四，不得不这样，无奈，唯一一次，总之，都是可以原谅的。

就如眼前这一场舞吧，那郭郎，跳的什么呀，乱七八糟，要节奏没节奏，要姿势没姿势，更不用说美感和张力了，那舞袖，真是笑死人！

鲍老，你可知道，这舞袖，郭郎可是练了多少年了，参加过多少比赛啊，拿过无数次的奖，就这，你还指东挑西，要不，你舞一个试试？

鲍老绝对不敢试，他一点也不敢，他怕出丑，他就是嘴欠，看到什么都不满意，自己又不会！

哲人一直教导人们，管好自己，每日三省吾身，要多照镜子，个中主要精髓，就是要人不断修身精进。

如魏征那样的指评，好多人离不开，唐太宗更离不开，那是另一个层面的事，这里不说。

天下最难的事，也许就是把自己管好了。

另外角度看蚊子

杨慈湖写了首《夜蚊》诗，他对蚊子极为赞美："入耳皆雅奏，触面尽深机。"蚊子的这种亲密接触，都胜过人的耳提面命了，蚊子要比人灵光。

我认为这是个奇怪的观点。从古至今，蚊子人人厌恶，何况杨这里扬蚊贬人呢？杨慈湖是主张陆象山的禅学理论的，跟他学习的学生很少，所以故意发出这样的不平之声罢了。

（清　褚人获《坚瓠补集》卷之三，《慈湖誉蚊》）

这里要先说陆象山陆九渊，宋明两代"心学"的开山鼻祖，他与朱熹齐名。他的"心学"精髓由孟子"万物皆备于我"而来："宇宙便是吾心，吾心即是宇宙"，认为心即理，永恒不变，人同此心，心同此理。"学苟知本，六经皆我注脚"，这是他的治学方法，重在悟。明代王阳明，将陆象山的"心学"完善发展，"陆王"常常相连。

再说杨慈湖，他是陆象山的学生，但又引进佛教学说，大大拓展了陆学的内涵和外延。

他写这首诗，并不是学生少的愤慨之作，其实也是一种"心学"表达。

蚊子深夜在耳边嗡嗡，如果心情好，在寂静之夜，为什么不能将它看作是朋友来访呢？都是有生命的平等体，那嗡嗡的声音，也就不难听了，听久，甚至都可以听出蚊子的语言，谁说蚊子的嗡嗡没有表达意义呢？

蚊子在耳边盘旋恒久，终于下嘴，它用尖嘴，和你的脸亲密接触，或者，一下刺进了你的脸。无论接触或者刺进，这里面都有深意，这是一种深入的交流，无缝隙的融合，你的血，融入它的血，血是你的爱，你爱意的暖流在洒向一个以前和你无关今后永远相关的生命！

或许，这就是禅意？

其实，人见人恶的东西，也并不绝对是坏的，蚊子尽管在扰人，但也不妨将它当作一种警醒。

晋惠帝的另一桩糗事

《水经注》引《晋中州记》载：

晋惠帝听到蛙叫，他问：这是官蛙还是私蛙？

太子令贾胤答：在官家就是官蛙，在私家就是私蛙。

惠帝指示：如果是官蛙，可以由官府供应粮食。

惠帝的这个决定，实在可笑，但《晋书》将它删掉了。

汪浮溪有诗讽刺：人间何事非戏剧，鹤有乘轩蛙给廪。

（清　褚人获《坚瓠补集》卷之三，《蛙给廪》）

晋惠帝"吃肉粥"，可以说家喻户晓了，正是这个故事，让他的帝王形象颜面扫尽，不怜百姓疾苦，不顾百姓死活！

"吃肉粥"，后来还发展有金朝的版本"吃腊肉"：《金世宗纪》里说，辽国皇帝听说百姓没得吃，就问大臣，为什么不吃干腊肉呢？

难怪，金要灭掉辽，这样的皇帝，简直混蛋嘛！

但人们只记得晋惠帝，不记得辽皇帝。

不想，惠帝还有另外的糗事，随便封官，连池塘里的蛙也封，太不严肃了，把我们满朝的官员当什么了？和蛙一样，都是动物吗？

其实，他也冤得很。

这是关于权力的故事，皇帝自然可以任性，褚人获也盘点一下：

秦始皇封松为五大夫。唐武后封柏为五品大夫。钱镠封临安大木为衣锦将军。明高皇封柿为凌霜侯。陈后主封石为三品。宋钦宗亦封石为盘固侯。卫懿公鹤乘轩。北齐幼主鸡鹰食县干。犬马有赤彪仪同、逍遥郡君、凌霄郡君之封。隋炀帝以鸥字乃二品鸟，封为碧海舍人。唐太宗封白鹊为将军。玄宗封白驴为将军。昭宗封猴为供奉。

二品鸟，三品石，五品柏，凌霜侯，盘固侯，衣锦将军，等等，以朝廷爵禄，封赏无知之木石鸟兽，也不仅仅是晋惠帝，历史上好多皇帝都任性干过，他也就是随口一封。

如果简单推理，官府里的人是官人，官府里的狗就是官狗，那，官府里的蛙就是官蛙，这应该不错的。

如果将官狗和官蛙相比，一般老百姓可能喜欢官蛙，因为它只是叫叫而已，并不咬人。

淡　饭

倪正父说，黄鲁直吃饭的五观，真是很有道理的。

我曾到一佛寺，看见寺里的僧人们吃饭，每顿饭先淡吃三口，第一口，尝饭之正味，第二口，思衣食从哪来，第三口，思农夫种粮的艰辛。这种吃法，五观的意思都蕴含其中了。教导子弟先吃淡饭而后吃菜，方法也极为简单，教育意义明显，一定要重视农业。

我的好朋友周永洲先生，他做我子侄辈的老师，吃饭时，也是先淡吃三口，第一碗饭一定素食，添饭再吃荤菜。他在我家教了九年书，一直这样。

（清　褚人获《坚瓠秘集》卷之三，《淡饭》）

北宋大文学家黄庭坚的五观，作者没有说，我也没有查到资料，不过，从黄作诗没一字没出处的认真劲看，他一定是有详细解释的。

淡吃三口饭，第一口，纯粹是技术角度。

这个饭，味道如何？不要小看这一点，其实很有讲究。新米还是陈米，米的品种，米的产地，舂米的技术，煮饭的用水，煮饭的火候，所有这些因素，都会使饭的味道有差异。中国人跑到日本疯买马桶盖，中国人也钟情日本的电饭锅，据说就是为了饭的味道。

第二口第三口，则具有浓厚的教育意义。

谁知盘中餐，粒粒皆辛苦，农事艰辛，再也没有这两句诗准确了。普通百姓这样教育孩子，富贵人家也这样教育孩子，蔡京就问他孙子们：米从哪里来呀？蔡大人很清楚，高官和富贵，都是暂时的，人最好要有谋生能力。

也可以将淡吃三口饭，看作是一种克制。不要急，不要争，好菜不会跑，是你的总归是你的，要学会耐心，要学会等待，更要学会克制。

还可以将淡吃三口，看作是一种敬畏。对天，对地，对人，都要敬畏，珍惜爱惜。有敬畏，做人做事才会有所顾忌。

许多大道理，就在不起眼的日常中。

必然和偶然

新安张山来先生《忆闻录》说：

我乡某生跟从某师在山中读书。有一天，学生问老师：读书是为了什么呢？老师毫不犹豫回答：为了科举呀！学生不太同意：考试也是偶然，怎么能说就是或者一定呢？老师反驳学生：读书为了考试，这是必然，怎么会是偶然呢？

后来，老师和学生都考上了功名，他们各建一个牌坊，老师在牌坊上题：必然；学生在牌坊上题：偶然。

好多年过去，"必然"已经倒在了地上，"偶然"还好好地立在那里。

（清　褚人获《坚瓠秘集》卷之五，《必然偶然》）

这实在是一个有趣的话题。

学生是这么理解的：读书当然要考试，考上了当然好，但是，考不上的概率更大，从读书人所有的历史和经验看，考上了是偶然，考不上才是必然。总不能考不上就不活了吧。

老师是这么理解的：读书就是为了考试，这是必然，读书人没有其他路径可走，自古华山一条道，从读书人所有的历史和经验看，考上了就荣华富贵，光宗耀祖，考不上，什么狗屁都不是！

"偶然"有理，"必然"也有理。

从人类漫长的阅读历史看，科举考试，纯粹是偶然之举，尽管它存在了数千年，也是偶然，终究会消失。即便新制度下的各种考试，也是偶然，以后必然会被某种形式取代，但阅读终究还要进行下去。

长长的历史进程，我们回望这个"必然"和"偶然"，考上的是极少数，考不上的是大多数，但是，考不上并没有输给考上的，相反，许多考不上比考上的发出的光芒，不知要耀眼多少倍！

就那一对师生的进士牌而言，倒掉是必然的，立在那里的，纯粹偶然。

事实也确实如此，万事逃不出这个规律。

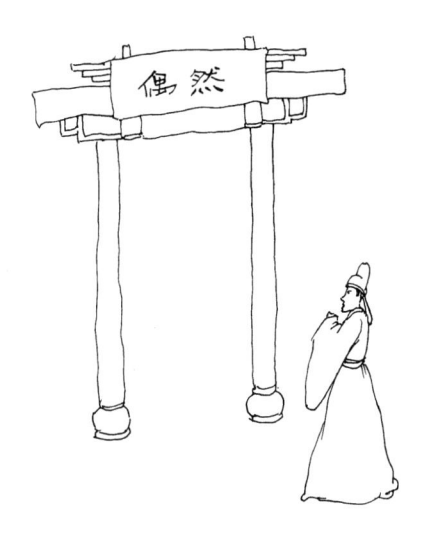

必然和偶然

荔枝快递

荔枝快递,不仅仅是唐朝的杨贵妃,前后朝都有。

《汉书》里记载,汉孝和帝时代,南海贡献龙眼、荔枝,十里设一点,五里一等候,驿马昼夜传送,甚至有马死在快递路上的。唐羌上书说,荔枝和龙眼,人吃了未必延年益寿,不要这么浪费了。快递于是停止。

《金史》也记载,金世宗也喜欢快递荔枝,谏议大夫黄久约上书劝谏,于是停止。

(清 褚人获《坚瓠秘集》卷之六,《供荔枝》)

汉代不仅快递荔枝,还有龙眼,但都极难保鲜。从年代上推算,越早,保鲜技术越差。汉代所花费的人力物力,一定大于唐代,从有人提建议上分析,估计不仅仅是皇帝一个人在享用。

一骑红尘妃子笑,无人知是荔枝来。

倾国倾城的杨贵妃,都三千宠爱集一身了,吃几筐荔枝,应该不是什么大事,为什么杨美人吃荔枝就搞得举世皆知,而前后朝都有,人们反而不提呢?

其实不仅仅是荔枝。

杨贵妃和唐明皇,从一开始起,动静就搞得相当大,将唐朝人民的目光牢牢吸引。无数的诗,无数的野史笔记,足足可以证明,这一对活宝,在开元天宝的几十年时间里,一直是人们关注的焦点。有一点点动静,哪怕是深夜里快递荔枝,这样保密度极高的事,也一定会传出来,再加上那些有窥私癖的文人,以歌颂爱情的名义,行讽刺之实。而唐朝人民又喜欢歌唱,于是,妃子笑,荔枝来,就成了千古绝唱。

贵妃的格局这么小吗?吃几筐荔枝就笑?她有没有笑,我们真不知道。

果然，杨美人成了红颜祸水的典型，千百年来，都脱不了嘴馋的嫌疑。

清代的荔枝快递，显然更加先进，待荔枝开花结果后，整棵树都移植到船上，就如现在的大树进城，经两个月时间的水上航运，到达北京，正好成熟，不过，依然是稀罕物。乾隆二十五年（1760）六月十八，皇帝收到报告，福建巡抚吴士功进贡的58桶荔枝树，每桶一棵，共结果220颗，有36颗荔枝熟了。

次日早餐结束，乾隆做出了分发荔枝的决定：皇太后2颗，皇贵太妃（康熙之妃）、裕贵妃（雍正之妃）各1颗，皇后、令贵妃、舒妃、愉妃、庆妃、颖妃、婉嫔、忻嫔、豫嫔、林贵人、兰贵人、郭贵人、伊贵人、和贵人、瑞贵人，每人1颗。这么算下来，总共分掉了19颗，先前已经有10颗供佛，这是宫里的规矩。那么，皇帝眼前的果盘里只剩下7颗了，噢，不止，当天早晨，太监们又摘了4颗，如此算来，乾隆就独自拥有11颗新鲜的红荔枝。

连那些阿哥都轮不到一颗，这不是在吃荔枝，这是在排身份！不知道荔枝的大小，11颗荔枝最多也就半斤左右，不过，乾隆嘴里津津咀嚼回味，一定很专注，他听不到太监偷偷咽口水声。

荔枝快递

想当然

孔融给曹操写信，称周武王为了伐纣，拿妲己赏赐给周公。曹操看不懂，问孔融典出何处，孔答：我是根据现今的情况猜的，想当然啦！

苏轼的对策里有"尧曰杀之三，皋陶曰宥之三"，苏轼考中后，主考官问他典出何处，苏抓抓后脑勺：我是想当然的！

（清　褚人获《坚瓠秘集》卷之六，《想当然》）

想当然，字面上看，是凭主观来推测，以为事情应当如此。

其实，孔融信里说的现今情况，是有前提的。

据《后汉书·孔融传》记载：曹操攻打邺城，袁氏的老婆妾婢多被侵占，而曹丕还私纳袁熙的妻子甄氏。孔书生这才给曹操写了信。

这下，"想当然"这个词却有趣地产生了。

考试这样的大事，苏轼怎么敢随随便便？虽然要创新，但创造用典，还是要有出处，孔北海早就用了，根据文章题意，我也大胆用吧，这个，别人根本写不出，主考官虽博览经典，但他绝对不会看过这个，因为是我创造的！

"想当然"，就是乱说话，就是不靠谱，意义逐渐向贬义发展，我认为都是让"莫须有"害的。

秦桧害岳飞，一定要找出个理由，实在找不出，那就"莫须有"吧，要杀你，不需要理由，你必须死，道理就这么简单！

汉语里好多字和词，其实本义都挺简单，几千年的不断演变，人为或非人为地加上了许多内涵，就变得相当复杂了，由褒变贬，由贬变褒，那都是家常便饭，举不胜举。

呵呵，写作这个行当，大多数就是想当然。

万物一个圆字

汉代学者赵岐，他注《孟子》说："凡物圆则行，方则止。"

这个解释真是明白透彻。

我试着将这个意思再扩大解释：只有圆，才没有障碍，所以叫圆通；只有圆，没有残缺，所以叫圆满；只有圆，才会有滚动变化，所以叫圆转，又叫圆融。佛教里有圆觉，《易经》里有圆神。

有了圆，天下的事都能做成功了。

（清　褚人获《坚瓠余集》卷之一，《赵岐解圆字》）

圆是一种几何图形，线段绕着它的一个端点，在平面内旋转一周时，它的另一端点的轨迹就叫圆。

但是，几何学上的圆，在哲学中，却被大大赋予了其他内容。

圆通，只有先圆，才有可能通。圆是通的大前提，通是圆的良好结果，因为没有障碍，所以，圆稳步前行，哪里都是道，哪里都有路，一路前行，直到它自己停下来。

我家乡浙江桐庐，近年来快递公司风生水起，申通，圆通，中通，韵达——三通一达，他们的市场份额，占到了中国快递市场的百分之六十以上。有圆有通，从字面上看也是必须畅达的。

圆满，圆转，圆融，圆觉，圆神，每组词，它们的关系均如圆通，都是互为关系，互为因果，互为结果。

赵岐解圆说"方则止"，确实是这样，圆行，方止，但用现代科学解释，不太准确。

因为，圆这个几何图形，还有个无限的概念，圆是"正无限多边形"，也就是说，当多边形的边数越多时，它的形状、周长、面积，就越接近圆，再通俗说，世界上没有真正的圆，任何圆，都是不圆满的，有缺陷的。

我不知道，现代科技已经将圆的缺陷精细到什么程度了。

从圆的缺陷角度，再回看哲学意义上的圆，我们很容易得出一个结论：世界上没有真正的圆通、圆满、圆转，所有的圆，都是相对的，都是有缺陷的。

难怪，世事总是那么复杂而缤纷，人事总是那么艰难而沧桑。

外国进士

明初，教育延伸到海外。外国学子在中国留学然后考取中国进士的，也有不少。

比如，洪武辛亥年的金涛，乙丑年的崔致远，他们都是高丽延安人。金涛被授予东昌府安丘的县丞。崔致远因为汉语程度不高，回到自己国内做官。

景泰甲戌考上的外国进士有黎庸，交趾国清威人；阮勤，交趾国多翼人。天顺庚辰考上的有阮文英，交趾国慈山人；何广，交趾国扶宁人。成化己丑考上的有王京；嘉靖癸未考上的有陈儒，他们俩都是交趾国人。阮勤，官做到工部左侍郎。陈儒，官做到右都御史。

万历朝中，高丽国的许筠和许筠，都考上他们国家的状元。但许筠羡慕中华，以没有参加中国的进士考试而深深遗憾。

（清　褚人获《坚瓠余集》卷之四，《外国人进士》）

明初，资本主义已经萌芽。

西方传教士，诸如利玛窦等人，开始到中国传教，虽然行教过程艰难曲折，但凭着他们坚韧的意志力，仍然取成了极大的成功。从许多笔记中可以看到，利氏和当时的中国许多著名文人和学者都有深度接触，如袁中道兄弟几个，如农业学家徐光启等。

马可·波罗的游记中，讲自己的经历绘声绘色，做过好多年元朝的官，但是，中国官方和民间的资料，都没有这种记载。会不会是他吹牛，过过嘴瘾？我觉得没有必要，极有可能的是，他在中国做官，也不是什么大官，且又取了个很中国的名字，诸如马普瑞之类的，没人发现。

将外国人才加以重用，这是文明开放的一个重要标志。

可以设想的场景是，一个密闭的官场里，突然进来几个外国人，因为不同的知识结构，不同的人生经历，办起事情来就会有不同的思路，激荡出思想的火花，从而将工作完成得更好。甚至生活细节，诸如个人卫生和习惯，都会相互影响。

不断地克服陋习，向科学和文明迈进，哪一个国家和民族都需要。

卷二十四

鼻端的墨迹
百亿生灵今何处?
赌天气
洗眼睛
钱伤了脚指头

鼻端的墨迹

林西仲,年轻时嗜学,每每研究思考到深处,一整天不吃饭。夏天时,家仆将洗澡水准备好,他竟然和衣入盆,衣服全部湿透才发觉。乡里人都叫他书痴。

陈椒峰,读书到半夜,两眼都眯成一条线了,还不肯休息,每遇这种情况,他就用艾草灼臂。久而久之,他臂上结了厚厚的痂。他每次看到这个大痂,更加不敢懈怠。

吴汉槎,极喜欢读书,一目数行,然而,他是个近视眼,每次读书,鼻子上都会沾上墨迹。一起学习的同学,常常根据他鼻尖沾墨的多少,判断他勤奋与否。

安静子,读书如浪子入烟花场中,不知流荡何所。

(清　王晫《今世说》卷三,《文学》)

古人读书入迷,例子俯拾皆是。

洗澡忘记脱衣裤,灼臂灼得成大痂,鼻端处的墨迹,像浪子入烟花场所,用瓮防蚊,等等,古人读书成痴,从行为上讲,都是读深了,读透了,其他都不管不顾,顾不上。

书痴,尽管是痴,有异于常人,但形象可爱,大部分人都喜欢,虽然有人不喜欢,但读书总归是好事情。

鼻端的墨迹,吴书生最可爱了。每次必须眼凑近才能看得清,而书的质量显然有些问题,凑得近,鼻子呼出的热气,会融化墨迹,一不小心,就会沾上,但对吴书生来说,这墨香,才好闻呢。年代不同的书,出版地不同的书,它们显露出的墨的气味,有很大的差别,他读书多了,鼻子一闻,就知道书的印刷地。

阅读是改变无知和贫穷的终极武器,没有之一。这一点,古人看得更清,他们从制度上就设计好了。宋真宗的"书中自有黄金屋"

系列名句，一直是读书人强大的精神动力，而科举制度，则使得读书人这种愿望有了实现的可能。

人不可能全知，孔圣人也是从读书开始的。所以，活到老，学到老，真不是一句高调话，而是需要实实在在践行的。

三万六千日，每天读一点。我刚刚为壹庐读书会写了这样一句主题词，这是仿李白的"三万六千日，夜夜当秉烛"。

好书太多，人生太短，将一辈子读成两辈子，书痴，实在是好的读书榜样。

百亿生灵今何处？

乔钵，直隶内丘人，是个司城官（管理工程方面）。他半夜经过午门，万籁俱寂，猛然想到，白天那些百亿生灵，现在都在什么地方呢？人世升沉，如此而已。

（清　王晫《今世说》卷五，《捷悟》）

乔司城的突悟，很多人早就有了。

东汉王充就在论辩中指出，世上没有鬼，如果有鬼，那么，自古以来，死去的那些人，不是将我们现有的空间都占满了吗？不要说鬼不占空间。

有资料说，从有人类以来，这个地球上，存在过的人，约有一千亿。而现在地球上只有七十多亿。那些人去哪儿了？一定是，尘归尘，土归土。

万籁俱静时，唯乔长官独行。静和动相比较，白天的午门，那是多么的热闹呀。人一定在家里睡觉，但乔长官为什么还有这些疑问呢？

我觉得可从两方面理解。

休息中的生灵，不仅包括人，也包括各类动物，所有飞禽走兽，都安息，这种安息，虽是暂时，却也如同不存在，这些生灵，总归有一天要离去的，短暂的休息和长久的离去，道理其实是一样。

人世间的沉浮，都归于寂静的夜空。无论你是高官厚禄，还是平民百姓，也不管你有多少家财子孙，总有一天，你就如同这夜空，一切都会隐没。离去的总归要离去，新生的一定会新生，这是自然规律，谁也不能违抗。

人世间的纷争，最终也归于寂静的夜空，分分合合，合合分分。比如，1961年，我出生，美国和古巴断交了。1961年，美国总统肯尼迪上任，我小学时美国的总统是尼克松，后来福特上台，卡特上台，里根上台；再后来，大布什，克林顿，小布什；再后来，和我同年的奥巴马当总统了，任职八年。但无论是谁，他们都要过去，最后都归于乔长官遇到的寂夜。

漠漠的大草原上，星空灿烂，星星们不说话，你问它们，百亿生灵今何处？它们不会回答你，自问自答吧。

赌天气

陆丽京和孙宇台,都懂天文。

甲申除夕,他们各赌元旦的天气,晴还是阴,陆丽京说晴,孙宇台说雨。

第二天,早上,一轮红日喷薄而出,太阳旺得很。到了傍晚,突然又下起了滂沱大雨。人们都感到很奇怪。

(清 王晫《今世说》卷七,《术解》)

自然总是很神秘,古时越发神秘,一切靠天,天有不测风云。

但是,无论多么神秘,总有规律可循。天气预报,就是找阴晴的规律。现在的天气预报,要比过去准确许多,因为有卫星遥感、计算机技术。

但是,道是无晴却有晴,老天常开这种玩笑。所以,天气预报所用的词语,就是一种模糊语,估计估计,多少到多少之间。"晴转阴,有时有小雨",我小时候常听这么一句,但你不知道什么时候转阴,什么时候下雨。如果你盼下雨,只要在夜里12点前,下了点小雨,那就是无比准确了。

这样看来,陆和孙打的赌,都是根据自己的经验和学识,各自判断的结果,这已经很准确了,几乎是神算,所以在当时成了大新闻。

人们讨厌下雨,天晴就显得很重要,事涉心情。王晫在本书同卷《栖逸》中有一条:魏善伯早晨听了听鸟语,知道是天晴,马上起来"独立",自谓至乐。

"独立",是金鸡独立吗?可能是,他做这个动作,不是练习瑜伽,是要表示他最快乐的心情,他懂鸟语,和大自然心灵相通。

有聪明的孩童问:寒风直扑我们的胸怀,是不是寒风也怕冷啊?真有诗才!

诸葛亮借的东风,根本不需要偿还,但确实是赌的结果,他把身家性命全赌上了,东风若不至,他那副牌,就会十足的臭!

洗眼睛

燕人梁公狄,瘦高个,一直住在北方。他刚到鄞州的时候,客居在某僧寺,独自坐在一草榻上。

有人要来拜访他,他却不让人进来。

乡里的绅士听说梁公来了,马上摆酒迎接,再三邀请他出席,梁总算给了面子。梁到现场一看,座中有位客人,他认为和自己不是一类人,立即让人端来一盆水,将两只眼洗了又洗,洗完眼,立即上车离开。

(清 王晫《今世说》卷八,《简傲》)

梁公洗双眼,让人想起许由。

许由悠游山间,听说尧要让位给他,他认为自己的耳朵受到了污染,立即跑去水边洗耳。

许由洗完耳,碰到了巢父。巢父问:你干吗洗耳呀?许由答为什么洗耳。巢父正牵着牛呢,他是牵牛来饮水的。巢父听了许由的理由,都不愿意让牛饮许由洗过耳朵的水,立即牵牛跑到上游。

在许由巢父眼里,尘俗的东西,真是脏到家了。洗耳,就是为了保持一份清纯的心灵。

伯夷叔齐,不食周粟,饿死首阳山,显然是许由洗耳的升级版。

这些,我们都可以理解成气节。要随时保持自己的节操,道不同,不为谋,非我同类,也不行,会污染节操的。

梁公也算特立独行之人。

不过,这样的人,仿佛生活在真空中一样,要想在现实世界里真实立足,实在比较难,万物皆浊我独清。

钱伤了脚指头

翁逢春，游杭州。随车带了好多钱，装有两千金的袋子就放在居住的房屋中。有天，他喝醉酒回房，踢到了藏钱袋子，脚指头踢伤了。翁发怒了：明天，我不把你们用完，我就不姓翁！

于是，他让人通知所有认识的好朋友，甚至还有一些艳妓，请他们明天到西湖边聚会。

第二天，西泠桥边的游船上，有数百人在聚会，男男女女，疯疯癫癫，酒喝得一塌糊涂，翁送掉的饰品无数。到了傍晚，翁问仆人：还剩多少钱？仆答：钱已经用完了！

（清　王晫《今世说》卷八，《汰侈》）

一个细节，暴躁性格立现。

是奢侈吗？也可以这么说。两千金，对不同的阶层，就会有不同的理解。穷人也许一辈子也赚不到，富人一天就花完了。

是豪爽吗？也可以这么说。两千金，大笔财富，但在翁的眼里，不值钱，金伤了他的脚指头，金是外物，脚指头连着他的心，痛啊，真痛，痛在身，痛在心，这都是外物造成的，一定要惩罚那些外物。

花光它，是最好的办法，没有了它，再也不会伤着我的脚指头了。

翁不把钱当钱，看轻钱，不为钱所羁绊，这样的态度，还是值得欣赏的。

但花自己的钱，并不完全是自己的事。清代王应奎的笔记《柳南随笔》卷二、续笔卷二中，也记有两则这样的奢侈，看了却忍不住要骂人。

随笔卷二：

徐汝让，是某大司空的从孙，富甲一方，挥金如粪土。

某个春日,他登塔顶,从顶上撒下数斛金片,金片随风飞扬,满城尽作金色,好事者咏"春城无处不飞金"。又曾经从洞庭山买杨梅数十筐,雨后浸到桃源的山涧里,派人不断地踩踏,杨梅殷红如血,游人争着喝山涧水。又曾经到街上买碗,因他挑三拣四得厉害,主人话说得不太好听,他一怒之下,问卖主有多少碗,就将碗全部买下,然后全部打碎,碎碗片将整条街道都堵塞。

徐做的三件事,全是拿钱不当钱,特别是踩杨梅和砸碗,简直是奢侈作死。

续笔卷二,有《剃须尝米》:

顾少参之曾孙顾威明,继承有田四万八千亩,但他性格豪侈,喜欢赌博,还喜欢看戏。有一次,他招集了很多演员来演《牡丹亭传奇》,有一演杜丽娘的少年,需要剃去胡须,少年对他开玩笑:俗语说,去须一茎,偿米七石。您如果舍得出这些米,我就剃须。顾威明笑着回答:这事容易。就让另一青衣从旁边数少年剃下的胡须,一共四十三根胡须,顾立即派人取三百石白米,送到少年家。

顾少爷这样豪侈的结果是,不过四五年,所有田都卖光了,后来犯事被抓,自己吊死在监狱里。

卷二十五

老绝户
少年之死（B）
跟风写作
吹泡泡

老绝户

广平的冀公冶,年五十,还没有孩子。夫人妒,但有才,一直怀不上,她不让公冶纳妾,即使找个婢女,也一定要貌丑的。公冶也无奈,只有听之任之。

公冶的弟弟如圭,有三个儿子。公冶想让其中一个,过继给自己,因此,他将自己的家产及做官的收入,都交给弟弟打理。弟媳妇暗自高兴,以为兄嫂再不可能有孩子,家产都可以归己。

公冶由司道内升任京官,中途顺道回了趟家。他去京城任职,要准备一些礼物打点一下,他让弟弟去筹划。

晚上,弟弟和弟媳在房间里讲悄悄话,公冶夫人偶然经过窗外,听到了弟媳在骂她的先生:礼物不要准备太多,这些东西都已经在我家,好留给我们的子孙享受,干吗要给那老绝户!夫人极为伤心,暗自泪下:老绝户,太伤我的心了!但她隐忍住了,没有发作,并催促公冶赶紧到京城上任去。

公冶去京城后,夫人立即跑到附近的一些村庄,物色了五个身体强壮相貌好的年轻姑娘,亲自送到京城。

夫人到达,公冶正在和朋友玩纸牌,大惊,纸牌都掉到了地上:夫人,您为什么来京城呀?夫人笑着说:别紧张,我是替你送小老婆来的!你住的地方太小了,马上换个地方!

夫人拿出钱,立即找了所大房子。

公冶喜出望外,但不知道原因,又不敢多问。

夫人自有安排。她详细询问五人的生理周期,按次序服侍公冶。没过一年,五个小老婆都怀孕了。过了一年多,这些小老婆,生下二子三女,又过了一年,再生下两个儿子。

公冶老来得子,春风得意,不久,升官到兵部左侍郎。

夫人要回老家,公冶苦留不得。夫人对他说:留下二子一女和你做伴，我带二子二女回老家，我要去和二叔算账！到这时，夫人才讲明原因，替他娶这么多的小老婆，是因为"老绝户"一词伤了她的心。

夫人雷厉风行回到家，将原来交给弟弟保存的所有家产，全部取回。如圭夫妇如梦初醒，以前做得太过分了！

奇异的是，如圭的三个儿子，后来都早死，反过来，从公冶这里过继了一个。

（清　刘廷玑《在园杂志》卷三）

公冶夫人确实聪明。

她做事井然有序，伤心了并不发作，她也终于醒悟，是她的问题，她自己去解决。本来，她想和公冶过简单的日子，没有孩子，两人的天地，也是一种生活。

然而，她终究受过中国传统道德的影响，修养良好，觉得现状还是可以改变的，也必须改变，不争馒头争口气！

问题的另一方，公冶的弟弟和弟媳，以为是天上掉下来的便宜，以为人家是无可奈何，扬扬得意中竟然如此心态。这和无赖没什么两样，也是另一种霸占。

五个小老婆一起娶进家门，中国封建社会，女人就是生育的机器。

让公冶的弟弟绝户，不知道是不是文人的添油加醋，但无论真假，都是一种告诫，做人做事，心地都要善良。

少年之死（B）

某侍御回乡间居住。一日，他去朋友家玩，傍晚回家，在市区，被一酒醉少年拦住，侍御的随从喝令少年回避，少年愤怒地叫嚣：我与你都居住在这里，我为什么要避你？随从责骂少年，少年大怒，还将侍御一顿臭骂。

侍御见此，命令驾车的绕道速回。少年不甘休，跟在车后面，边走边骂。到了大门口，侍御让门房迅速开门，进了院子。少年还不罢休，一边拿着瓦砾砸门，一边不干不净骂着。邻居实在看不下去了，力劝少年，少年才骂骂咧咧而去。

回到家，随从跪在侍御面前请求：那个小人，胆敢如此冒犯您，要将他送官，用法律制裁他！

侍御笑笑安慰随从：他不是骂我呢。

随从：他直呼您的名字！

侍御：世上难道没有同名同姓的人吗？算了吧。

第二天，侍御还派他儿子及随从，到骂他的少年家里，说了一箩筐好话，一再表示对不起。

第三天，侍御又派人往少年家送去酒肉，再次致歉。

没过一年，醉酒少年，因为打人致死，被捕下狱。侍御再派人将酒食送往监狱看望。少年大叫：是某某公杀我！狱吏及卒惊问原因，少年说：去年，我酒醉冒犯侍御，公如果那时用官法处罚我，我就知道恐惧，知道悔改，哪里会有今天呢？那时他不仅不责罚我，还安慰我，送我酒食。我认为，他这样的大官都怕我，其他人还有什么好怕的呢？所以，我越来越无所畏惧，最终将人打死。我今天的结果，难道不是侍御纵容造成的吗？

（清　刘廷玑《在园杂志》卷三）

少年要被处死，那是一定的，无故殴人致死，必须偿命。

少年的抱怨，有一些道理。他死于过度的纵容。假如，侍御当初给他点教训，他也许不会走到杀人的地步，可惜没有，不仅没有，还大尝侮辱人的甜头。甜的尽头是苦，是送命。

对侍御而言，他是个好人，是个德行高尚的人。他优容，他盛德。拦路少年，不过喝醉了酒，乡里乡亲的，骂几声又怎么样呢？何况同名同姓的人多了去，于我毫发无损。

侍御后来的行动，不知出于什么目的，为什么要派人上门慰问，致歉，送酒肉？是想交少年这个朋友吗？肯定不是，这样品德的少年，以他的为人和资历，没有必要。是怕少年再来骚扰吗？有可能，这种无赖，要安抚好，不要再生事了。

我宁愿将侍御的行动，看成是他的厚德，只是这种厚德，有点过分了，过分就是放纵，也是一种错误，甚至是犯罪，姑息所以养奸。

厚德的人还是有的。

清代王应奎的笔记《柳南随笔》卷四，也有这样大度量的人：

我（王应奎）家乡有个叫顾耿光的人，有次，他伫立在城市的一角，一壮汉突然跑来，连打顾三个耳光，然后马上逃掉。顾公被打时，两手拢在袖中，不动声色。有人问怎么受得了突然被打，他回答：我要与他计较干什么呢，他的方寸已乱，不和我相干的。不过三天，那个打人者，突然暴死。

顾看来懂点医学原理，不值得和一个神经病计较，他也是被病魔驱使。

当然，也可以将侍御理解成，他是一个非常阴深的人：他被侵犯，并不露一点声色，而是一步步实现他复仇的计划，多行不义必自毙，让他自己找死！

如是此，也极为可怕。

跟风写作

近来一些写作者，每每见前人有书盛行于世，立即跟上套用。有后以续前者，有后以证前者，甚至，后和前，内容绝不相干，也有狗尾续貂的。

逐一举例。

《三国演义》，用的是陈寿史书的名字，《东西晋演义》，亦叫《续三国志》，更有《后三国志》，和前面内容一点都不搭。

《西游记》，后面有《后西游记》《续西游记》，《后西游》虽不能和前者比，但也是嬉笑怒骂皆成文章。而《续西游》，则纯粹狗尾，还有《东游记》《南游记》《北游记》，更让人喷饭。

《前水浒》一本，《后水浒》则有两本。一为李俊立国海岛，花荣、徐宁之子共佐成业，应高宗"却上金鳌背上行"之谶，还不失忠君爱国之主旨；一为宋江转世杨幺，卢俊义转世王魔，一片邪污之谈，文词乖谬，连狗尾也算不上。

《金瓶梅》也有续书，再有《前七国》《后七国》，等等。

还有传奇种种，《西厢》后有《后西厢》，《寻亲》后有《后寻亲》，《浣纱》后有《后浣纱》，《白兔》后有《后白兔》，《千金》后有《翻千金》，《精忠》后有《翻精忠》。

凡此，不胜枚举。

（清　刘廷玑《在园杂志》卷三）

跟风的动机有很多，主要还是名和利驱使。

人家的作品为什么一举成名，是因为精湛的文笔，吸引人的情节，鲜活的人物，精巧的结构。这样的作品，自然人人喜欢。跟风者，一般会顺着原作的思路，或者反着原作的思路，也有不错的语言，但致命的是，短时间的仿作，一定是粗制滥造的，不会有太多的时间思考，他只想乘着原作强劲的东风，引导读了原作不过瘾的或者好奇心极强的读者上钩。

当然，模仿者也有急于成名的，想想自己苦写若干年，绞尽脑汁想成名，这下，机会来了，因为这个题材自己也熟悉，忙趁东风写续作。

一部成名作品，往往是作者的呕心之作，用尽毕生精力。穷尽一生写作的有很多，但极少传世成名，因此，仿作，其实离原作不是几步的差距，而是几十步几百步几千步几万步的差距，从古至今，仿作成名的罕见。

从另一角度言，文学作品是费脑费力的精神产品，而仿作，现成模仿结构和编造类似情节，说得不客气点，就是一种剽窃，和市面上的小偷一样无耻。

一种比较可笑的现象现代常见，仿作的作者，就是原作者。因为原作一下子成名，带来了丰厚的利益，市场的手推动着原作者，再弄下一部，再下一部，于是，接二连三出笼，后面的也有可读性，但显然没有前面的精致和用心，大傍原作的结果是，读者倒了胃口，不理不睬了。目前走红的一些影视，基本上走这个路子，利益是最大的驱动者。

写作的跟风，从数千数百年前一直刮，刮到现在，一定还会刮向未来。

吹泡泡

小儿玩游戏，用灰淋水，叫"灰汤"。

将松香放入水，松香多少，则根据灰汤多少酌量控制。

用细篾片，做成一个小圈圈，小圈上安一根稍粗一点的直篾，将松香和水拌细拌稠，用圈蘸汤，向空中一绕，就会形成琉璃状的泡泡。泡泡有大有小，大的如碗口般，中的也似拳头样，如茶杯样，更有小的，随风荡漾，顷刻烟灭。如果，灰汤经太阳晒一晒，则会更浓些，随手一绕，可以形成数十个泡泡。从楼上台上等高处，多人绕放，则轻飘错落，令人眼花缭乱。

（清　刘廷玑《在园杂志》卷四）

古代儿童也吹泡泡，做法比较简单。

这应该是普通的化学合成反应，再加上适当的小工具，儿童的游戏天空就增添了无穷的快乐。

可以想象，如在《清明上河图》一样的场景中，行人热闹往来，但街市中最亮丽的风景，还是嬉耍的儿童，如果他们每人手里，都拿着灰汤棒棒，随风而跑，随手而绕，行人一定会被这五彩撩拨得心痒痒，就连那些板着脸的城市管理者，也时有会心一笑。

好玩的是，站在高处吹泡泡。天上突然飘来五色祥云，行人会从五彩的泡泡中看到另一个多彩的世界。

现代孩童玩泡泡，比古代儿童要幸福多了。从技术角度说，小泡不仅可以如珠，还可以长串，大泡不仅可以生出小泡，也可以套着小泡，大泡里面还可以藏进人。用料也简单至极，洗衣粉加点水就可以了。

游戏也是时代进步的镜子。

卷二十六

脱裤赠人
恶舟子
审筐审小牛
两个蛋
戒指的含义
不带一钱归
莼菜官
董其昌妒忌

脱裤赠人

同里的顾润寰,家中条件非常一般,并没有什么积蓄,他却乐善好施。严冬的某天早晨,他起来上厕所,见厕所里已经有人坐在那,那人下体光着,顾恻隐之心油然升起,立即脱下裤子给他穿。

顾帮助人差不多都这样,倾其所能。后来他的儿子顾麟,考中顺治甲午年的举人。

(清　王应奎《柳南随笔》卷一)

做一件善事不难,一辈子坚持做却难。

做善事和家里有多少积蓄并没有正比关系。或许,顾家里也只有两条裤子,赠人一条,他自己只能局促了。反正,他就是见不得别人比他不好,随时随地,只要他能帮助,他都会帮。

能帮助别人,是一种快乐,助人者内心的爱也会越来越广泛,继而内心安静,做其他的事,成功的可能性就会更大。这或许是上苍对助人者的一种回报。

助人和贪心,其实是一对矛盾,但助人者往往会妥善处理好。他积财,就是为了更好地助人,财多了,助人的能力就更强。而一般人实现财富的愿望,都是越多越好,永远在追逐财富的路上奔跑,直至生命终止的那一天。

助人的最高境界,大约是默默地行动,一辈子也不想别人知道,只求内心安定,他们根本不想要回报。

也有助人者,确实是在助人,但很高调,唯恐别人不知道,要摆型造势,流布得越广越好,看看这些人的一贯行为,一切都会明了,原来,这只是他们实现更大财富的途径而已。

我相信,顾润寰寒冬脱裤赠人,一定是内心自发的下意识行为,他并不想求回报,这件事能流传下来,一定是受赠人的表扬所致。

至于顾的儿子考中举人,也纯粹是自己努力和家教的结果。

恶舟子

明朝时，钱塘江边，有个撑船人极坏，每每到江中心波涛最险处，一船人的性命尽在他手，这时，他就不停地索要财物。

陈虞山先生做浙江按察使，听说了这件事后，极其痛恨。他特地到码头，佯装过渡人。船到江中心，撑船人果然凶相毕露。

陈公问撑船人：听说新来的陈按察使，管理十分严格，你不怕吗？

撑船人答：严是严，但哪里听说过要将人捉去煮啊（不会重罚）！

陈公回到衙门后，立即下令钱塘县令，将那撑船人捉来。

陈公让人弄了十个锅灶，上面放十口大锅，灶门设在壁后，陈公又问撑船人：这是不是用来煮人的锅呀？撑船人仔细一看，坏了，这不就是昨天那个过渡人吗？

陈公的处置办法是，先将撑船人放进锅中，再将他的妻子叫来，对她说：灶门有十个，不知道哪一只锅里有你老公，任你选一个，将它点燃。幸不幸，关系到你老公的性命，不要怪我！

撑船人的妻子一下子紧张起来，七选八选，终于选了一个灶点火。谁想，这个灶，恰恰烧的是撑船人。

百姓都拍手称快，认为老天长眼。

（清　王应奎《柳南随笔》卷一）

撑船人可恶。此类恶人，往往是借机敲诈，一诈一个准。危险关头，坐船人没法选择，生命比什么都重要。

我们也可以将撑船人的行为，看作是一个暗喻。他撑船，是他的权力，尤其到江心，那就是特权。

掌握特权的人，那是相当厉害，独一份，没有他不行。近些年不断被扒拉出来的各类贪官，不管大贪小贪，套路几乎是一样的，他们手中有地，有钱，有项目，有官帽子，反正，各种紧缺的，都在他们的手中。僧多粥少，想达到目的，只有送钱，或者送人，所以，贪官家里被抄，点钞机不断烧坏。许多贪官，都有情人，还不止一个。

陈按察使暗查的办法，相当不错。你不深入现场，就得不到想要的证据，只有亲自体验了，才能将罪人绳之以法，虽然残酷了点，但为重建秩序，安定人心，必须如此。

陈长官让撑船人的妻子选择锅灶，似乎是一个游戏，但偶然中的必然，让人感觉上苍的公平。

人在做，天在看。

王应奎在卷二引了一副神庙中的对联启人思考：

为善不昌，祖宗必有余殃，殃尽则昌；为恶不灭，祖宗必有余烈，烈尽则灭。

不是不报，时间未到，时间一到，全都报销。

审筐审小牛

时敏，崇祯丁丑年进士，官至兵科给事中。有一小案，足见他的智慧。

案子，发生在他做固始县知县的时候。两乡人进城，将船系一旁，开始做生意，一个卖米，一个卖菜，两人为了争一只柳条筐，互相打起来。

这筐本来是卖菜人的，他自然不服，告到县衙。时县长一了解，召集众人说：这事不用审人，只要审一下柳条筐就行了。役吏，你用棍子打筐！

观者如堵，大家都很好奇，看稀奇呢。

役吏几棍子下去，柳条筐就打破了，破了的筐子，有菜籽从筐缝中滚出。

卖米者一见此形，立即服罪。

另一个审小牛的案子，同样精彩。

这事发生在时敏的同学盛王赞身上。

盛做兰溪知县时，有两老百姓争一头小牛，盛县长让两位将母牛都牵来，命令役吏，猛打小牛。见此情景，一头母牛全身发抖，另一头没什么反应。案子自然清楚了，谁不心疼自己的孩子呢？动物也一样的。

（清　王应奎《柳南随笔》卷四）

这样的案子，古代多如牛毛，几乎每个县官都会碰到。

都是老百姓的家常事，起了纷争，需要父母官判断一下，就如家里的兄弟姐妹发生了争执，也需要家长断一下。

虽然不是毒杀碎尸的人命大案，却也足见官员断案的智慧，鸡毛蒜皮的小事，并不容易。打筐打小牛，是非曲直，顿时分明。

清代褚人获的笔记《坚瓠广集》卷二有《钱临江断鹅》，也类此事：

万历年间，钱若庚守临江，有乡人带了一只鹅到市场上去卖，他先将鹅寄存在一家店中，事办完后来取鹅，店主不承认：这些鹅都是我的。乡人不肯，告状到钱太守这儿。

钱长官让人将店中的四只鹅全部提来，各给一张纸、笔砚，分四个地方，让鹅各自交代来历。众人惊奇至极，这鹅会自己交代吗？不可能啊，大家都等着看笑话呢！

过了一顿饭工夫，钱长官问办案人员：那些鹅交代了吗？

办案人员：没有。

又过了一会，钱长官走到堂下鹅身边察看：它们已经交代了！

钱长官指着一鹅说：这一只，就是乡人的鹅。

为什么呢？乡人的鹅，吃的是野草，粪便颜色青，店里的鹅，吃的是谷粟，粪便黄色。

店主认罪。

审鹅的原理和审筐审小牛类似，都需要一些常识。有的时候，断案就是常识的集中运用，但这些常识需要运用者活学活用，如果仅仅是钻在故纸堆里的书呆子，这样的案子，一定判不了。

两个蛋

我乡里有两个过于勤俭节约的人,一极贵,一极富。

贵而俭者,叫陈察,他做南赣地方的巡抚。他家每天会到市场上买回一个鸭蛋,然后四等分,一半给儿子的老师当菜,一半他们父子当菜。

富而俭者,叫谭晓,家里每天的菜,是煮一个蛋,蛋上挖一个小洞,刚好可以让筷箸伸进去,每次吃饭,筷箸戳一下。饭吃完,将蛋上的小洞封闭,下一顿饭再打开,一共要吃三餐才可以将蛋吃完。

(清 王应奎《柳南随笔》卷五)

大多数读者,都会将上面两个细节当作吝啬,我也这么认为。但细细思考,却有不同的意味。

陈、谭两家吃的蛋,估计都是鸭蛋,且都是咸鸭蛋,因为咸,所以才有这种可能。

古代的家庭教师,基本都是年薪制,教一年书,几两几文说好了的,另外再管吃住,这个吃住就没有精确的衡量标准了。都是文雅的读书人,主人都这么节约,一个为人师表的,还有什么可以挑剔的?只有忍了。陈巡抚的做法,也是根据实际出发,别以为当个大官就可以奢侈,如果奉公守法,一个官员,一年的俸银,也只能养家糊口,一个鸭蛋分四份,不仅可以将日子过下去,且可以培养儿子勤俭的精神,将来会过日子,于家于国都是好事。因此,官员家的俭,未必不是好事。

谭家的行为,一定让人捧腹。这似乎是典型的小气。

一个蛋,要"饭三饭",这有多难,如果是表演一次,那也不算稀奇,如果是极度贫困,那也正常,可谭家是大富,这就让人难以理解，守着那一堆黄白，而餐餐吃白饭，这得需要多强的毅力呀！

富人有财，实现富裕的途径不同，消费财富的方法也大为不同。我们见惯了富人的奢侈，对奢侈行为大多不齿，但对小气行为，同样不齿。

大众的评判标准，是基于常人的行为，奢俭有度，才是众人推崇的消费方式。

戒指的含义

妇人用金银打造戒指，这种历史由来已久了。

郑康成《诗笺》这样说：皇帝的后妃群妾，要根据一定的规定才能侍寝。女史官，根据那些女子的月经周期，会给她们发一个指环，当天要去陪侍的，戴左手，已经陪侍过的，戴右手。

《五经要义》这样说：当天要去陪侍的，右手戴银戒指，已经怀孕的，左手戴金戒指。

又有传说：古代的妇人，月经来了，或者怀孕，都要戴戒指，没来就不戴。

而现今，那些妇女每天都戴在手上，甚至男人也戴戒指，将它当作首饰，真是奇怪。

（清　王应奎《柳南随笔》卷五）

戒指的演变，有点意思，原来是皇宫里专用，皇帝女人多，弄不太清楚，用指环标示一下，也算一种创新吧。至于后来用作妇女月事来了，或者怀孕的标志，那一定是习俗流向民间，比较大众了。

但无论如何，戒指只和女人相连。

所以，作者对他那个时代男人戴戒指行为就鄙夷得很。

习俗的演变，风马牛不相及的，举不胜举。

现今戒指的含义，也已经大大拓宽。

不过，男子手指上戴个大箍金镏子，胸前挂根粗项链，影视中比较常见，且多为暴发户或者流里流气的角色。

大家都喜欢金子，但同时又认为金子比较俗。

不带一钱归

严天池太守将要去邵武做官，他到城隍庙，与神约定：我一定不会从邵武带一枚钱回家，请你们监督我！

严长官到了邵武，别人馈赠的礼物，一概拒绝。只有茶果银一项，是当地的风俗，不可以推却，严长官也不接受。各位同事乡绅苦苦劝说，这茶水总要喝的嘛，推辞不掉，只好硬着头皮接受下来。

这项银子，他也不用，一直积着。

等到他退休回家时，他将这些银子交给家人说：我走之前和城隍有过约定，不带邵武的一文钱回家，这些银子，可以用于修建桥梁。

于是，他家乡一带，大大小小的桥，凡有破损的，都得到了修整，行人至今来往都方便。

（清　王应奎《柳南随笔》卷六）

薛大槛做南昌主簿的时候，曾在他的门上写过这样一句警示语："要一文，不值一文。"如果我要了一文钱，那我就一钱不值！

因此，我们可以将严太守与城隍神的约定，当作一种戒律，一种宣誓，一种自我约束，既然发誓，那就要执行好。

即便这样，诱惑还是很多。

看看，还有茶果银。这银子，难道是当地百姓好客，尊敬官员，让官员的嗓子每天都润着，给他们发指示作报告吗？或者，奉上茶果银，就如同邀请官员到自己家里做客？中国人好面子，官员来了有好茶好果，也是一种荣光嘛。反正是乡俗，你必须遵守。

于是，不能驳人家的好意，就成了现代少数贪官收受的理由，起先也坚决拒绝，后来的某一次，不忍拒绝，关系又好，似乎没什么风险。

一钱太守的故事很有名，被固定为成语，又被后人演化成戏剧，代代传唱。刘宠收的那一个大钱，是象征性的，是山阴县众多百姓对清官的最大褒奖，应该不算钱，只是纪念币。钱清镇，现在绍兴市柯桥区，临江有一亭，名钱亭，又名清水亭，至今留有乾隆皇帝题写的《钱清镇偶题》御碑。

严太守，其实还可以做得更完美。那些茶果银，为什么要带回老家呢？要是就用在邵武，在邵武修建破损的桥，岂不是更好？

有的时候，内心的强大，也足可以战胜制度。当然，这种自律，必须以好的家教培养及个人德行的高尚为基础。

莼菜官

太湖采莼菜，从万历年间邹舜五开始。张君度画有《采莼图》，陈仲醇、葛振甫等人在画上题诗，一时传为佳话。

康熙三十八年，车驾南巡，邹舜五的孙子邹志宏，向皇帝送了四缸自种的莼菜，还有二十首《采莼诗》，一幅家藏的《采莼图》。皇帝命人收下莼菜，送到畅春园，诗和画发还，志宏被安排进图书馆工作。

后来，志宏因为工作成绩优秀，被提拔为山西岳阳县知县，当时的人们都称他是"莼菜官"。

（清　王应奎《柳南随笔》续笔卷二，《莼官》）

莼菜似乎只生长在清水池里，苏浙一带居多。

萧山有湘湖，张岱赞如处子，绍兴人陆游就写过四十多次莼菜。西湖也有莼菜，一碗汤端上，碗里的清莼，如泡开的新鲜龙井，尝一口，鲜美滑嫩，清香浓郁。

珍贵的莼菜，于是就有了身价。

皇帝到一个地方视察，地方上的名优特产就成了向皇帝进贡的首选，弄不好，皇帝一高兴，以后就成了贡品，一个地方的经济就会拉动起来。否则，四缸莼菜是不能作为进呈皇帝的礼物的。对康熙来说，好东西要让宫内分享，至于诗与图，不是什么名人写的画的，还是让他们自己收藏吧，皇宫里的珍品太多了。卷三有《太湖渔户》，也有这样的进贡记载：四月初四，康熙驾幸太湖，渔户蒋汉宾等网银鱼以献，赐银二十七两。银鱼也是好东西！

邹志宏能当上知县，其实也靠他自己的努力，但是，莼菜确实是一次良好的契机。

英雄莫问出身，因一件事情，而被皇帝重视的，历史上也有不少例子，志宏的莼菜算不得奇特。

董其昌妒忌

云间的李待问,字存我,工书法,自认为书法水平超过董其昌。凡是乡里寺院董题匾额的地方,李存我都要另写一幅,挂在董的书法边上,表示自己的字确实胜过董。

董其昌听说后,特地去看了李存我的书法:他的书法果然好,但字间似有杀气,恐怕不得好死。

后来,李存我果然因为起义阵亡。董其昌确实独具慧眼。

又听说,董其昌认为,李存我的书法若留后世,一定会盖过自己的名声,就暗地里派人重金收购李的作品,买到后就烧掉。所以,现今,李存我的书法并不多见。

(清　王应奎《柳南随笔》续笔卷三,《李存我书》)

像李存我这样,水平高,也比较骄傲的人,确实有。

或许是李做人行事方法不一样,或许是李看不惯董的为人为事,于是,他要公开和董比一比,比的目的,其实也就是杀杀董的戾气,因为董在乡里的名声并不好,人不如名。

董其昌,确实是一代大家,官做得大,书画也好,但众所周知的是人品不太好,这个不细说。董的独到之处还在于眼毒,他能从字中看出性格,字如其人,还能预测书法者的命运,这就有点神奇了。虽然,我觉得董的神奇里夹杂着他的私愤,但终究被他言中了。

如果王应奎所记的是事实,那么,董的人品,确实为人所耻。他是名家,他自然知道李的价值所在,重金收购,然后毁掉,看你还怎么压过我!

董的妒忌,也是文人相轻之一种,见不得别人的好,属于重度妒忌,表面上若无其事,内心却波澜起伏,煎熬裂肺,天天琢磨着如何超过别人,严重的甚至会失去心智。这也是病,这病的特征就是,名利熏心。

从另一角度讲,李的作品大部分被毁,似乎更显得他流传下来的作品的珍贵,拍卖会上,如果拍的是孤品绝品,那价值,真不好估量了。

知书知画不知心,董其昌的妒忌,也是一面镜子。

卷二十七

穷　根
答杖减数
抄书的好处
帝王别号
贫"厌"和富"恋"
三个守财奴
强记和连读
水浒叶子牌
凿井和塑像
名人遗物
讲卫生的马
因误升官

穷　根

陈几亭说：天下有穷根。凡耗费人力物力，且没丁点用处的东西，都是穷根。

就物而言，比如古董玩器、彩画装饰，比如掺入米中的白土，比如祭祀烧的纸钱。就人来说，那些表演歌舞杂技的艺人，那些空谈的清客，那些僧尼，那些衙役佣工，那些不耕田不打仗的游民士兵，都是无用之物。

白土俗名光粉，余杭产最多，放进米中，能使米颜色变白，市井小贩多用来掺假，时间久了，会凝结，食之无味。

（清　阮葵生《茶余客话》卷三，《穷根》）

陈几亭，即陈龙正，明末著名理学家。

他说的穷根，观点还是比较新的，只是有点偏激。

从理论上讲，没有实际用处，但会消耗大量人力物力的东西，都是造成穷困的根源，因为浪费钱财。

那些古董玩器，不玩收藏的，一般不会去关注它的价格和价值，即便非常宝贵，也只是在圈内而言。祭祀的纸钱，也纯粹是骗鬼，谁都知道没用。

陈几亭的出发点是实用主义。社会生活和人的一切，都只以饱暖为主，强调的是物质，忽视精神层面，因此，那些艺人、僧尼，在陈几亭看来，也都只是吃干饭的，做不得正经事。

这样的理解，显然偏颇。清谈误家误国，但那些精神的东西，有许多恰恰是优秀文化传承的精华，一个社会，一个时代，如果不以文化来统领，注定要缺钙，只会停留在原始社会阶段，且，原始人还有精神娱乐呢。

不过，作为大理学家，他不遗余力地挖穷根，讽谏之意还是很明显的，那就是，摒弃那些劳民伤财的，对百姓生活作用不大的劳什物，踏实生活，将小日子过得扎实些。

笞杖减数

元世祖定天下的刑律，比如笞杖罪是这么定的：天饶他一下，地饶他一下，我饶他一下，笞五十者，只打四十七，杖一百十者，只打一百零七。

另外，判处死刑的，审判定罪后，也不加刑，老死在监狱中。

所以，七八十年里，真正处死刑的，几乎没有。

元之法律，起初仁厚，后来有失严峻。

（清　阮葵生《茶余客话》卷六，《元律》）

有趣的是，笞杖减数的理由：天饶地饶我饶。

天地饶，表示天地为大，苍生子民，所有的人都应该受到庇护。我饶，是执法者对罪犯的怜悯，可指最高统治者，也可指具体执行者，总之，你犯事，你不对，但我，还是宽宏大量的，我会从轻处理，减数三下，就是爱你的实际行动。

同卷有《阿鲁图论刑官》：

元阿鲁图和人商议，要提拔一人做刑部尚书。有人就提出要求：这个人，一定要长相强壮，柔软不行。阿鲁图说：我们难道是选刽子手吗？如果是选刽子手，那一定要用强壮的人。刑部尚书，只要熟悉刑法，不让坏人漏网，不冤枉好人，就是好官，既是好官，为什么一定要强壮呢？

看来，元初，还是很注重依法办案的。官员的合适与否，和长相没有必然的联系，否则就是标签化，脸谱化，唯德才是举，也没有要求长相。

量刑和执刑的减数，也可以将它看作是一种硬性规定，一种制度，人人都适用，照着执行就是了。

如果没有这样的减数，那么，要少打几下，打轻打重，就完全有空子可钻，就会出现梁山好汉常常遇到的现象：好汉被官府捉进，外面的好汉想尽办法，给牢头塞足银子，结果是，少打，轻打，甚至假打。即便是好汉，也怕皮肉之苦呀。

也许，正是那数得出的几下，恰好救了犯人的性命。

但是，坏人还是要杀。朱熹曾论轻刑：今人轻刑，只见犯人可悯，不知被伤者尤可念。

真正好的法律，管坏人，也管好人。

抄书的好处

苏长公（苏轼）曾经问苏子容：您记史事，如何这般熟？

答曰：某年某月，我曾经将事记下，编辑过一次。后来，某年某月，又将事编辑了一次。编来编去，时间久了，就记得了。

长公说：您这种方法，我何尝不是如此呀，毕竟还是您记得熟。

（清　阮葵生《茶余客话》卷十，《抄书之益》）

两苏的对话中，讲了一个基本道理：古人读书著书，没有不抄书的。

作者随即举了两例：

宋景文（宋祁）尝自言，手抄《文选》三遍，才开始知道它的好处。

洪景卢（洪迈）自己也说，手抄《资治通鉴》三遍，才开始研究它的得失。

因为读得多，读得细，所以，哪一部经书，有多少字，都一一标注出来了，本书卷十，有《九经字数》：

《毛诗》，39124字；《尚书》，25700字；《周礼》，45806字；《礼记》，99020字；《周易》，24270字；《论语》，12700字；《孟子》，34685字；《孝经》，1903字；《春秋左传》，201350字；大小九经，合484495字。

日诵300字，不过四年半时间；日诵150字，九年亦可以读完。

读改成背，改成抄，应该都不难。

读细背熟，连书中写到多少人数都一清二楚，本书卷十，有《五经人物数》：

五经中所载人物，《易经》13人，《诗经》148人，《礼记》244

人,《春秋》2542人,共3060人,剔去重合的,约有二千六七百人。

我读大量的笔记,一直有古人抄的痕迹,有的整本抄,有的整段抄,有的抄几句,总之,一部好书,会在很多书里留下印记。古代传播技术不发达,大约,这是最好的传播方式了。当然,不时有抄错的,那也很正常,只是,逼得校勘要再博学一点。

即便是苏轼这样的名人,也要花苦功抄书才行。

寒冬腊月,炎炎暑月,脚冰凉,手流汗,终不能阻止古人抄书,抄出秀才,抄出举人,抄出状元,直至抄出大学问家!

帝王别号

古代帝王,一般没有别号,但也有少数人有。

宋高宗将他的屋子取名"损斋",这个大概就是他的别号了。

明武宗自号"锦堂老人"。

明世宗自号"天池钓叟",词臣还各赋诗祝贺。兴化李文定的诗,世宗最喜欢这两句:拱极众星为玉饵,悬空新月作银钩。世宗的道号为"雷轩子",又号"尧斋"。

明穆宗号"舜斋",神宗号"禹斋",很好玩。

(清 阮葵生《茶余客话》卷十二,《帝王别号》)

"损斋",其实是宋高宗在位后期,专门用来读书歇息的地方,是他个人的书房。

《咸淳临安志》卷一记载:绍兴二十八年(1158)十一月,宋高宗弄了个《损斋记》,告诉众官员:朕宫中尝辟一室,名为损斋,屏去声色玩好,置经史古书其中,朝夕燕坐,亦尝作记以自警。

赵构要损去的,只是声色玩好,专心读点书,也可以为中兴打下良好的基础,为后代皇帝做个好榜样。

嘉靖皇帝爱好多,他想钓什么?不会仅仅是钓鱼,即便钓鱼,他也和别人不一样,要到天池里钓。

皇帝的谥号由不得自己,但别号总可以随心所欲吧。还有,想过过老百姓普通人的生活,取个外号玩玩,不可以吗?

看看,乾隆皇帝就自号"十全老人",又号"古稀天子",我不跟你们比其他,我跟你们比长寿!

贫"厌"和富"恋"

倪文节公曾说：贫贱人一无所有，临终脱去一厌字。富贵人无所不有，临终带去一恋字。

脱掉厌字，如释重负，拔去病根。带一恋字，如套枷锁，更留下恶种。

（清　阮葵生《茶余客话》卷十五，《厌和恋》）

贫虽贫，结局却算不错，总算解脱了！富虽富，结局却远不如贫，人都没了，还留恋什么呢？只会死不瞑目。

这样说，虽有些绝对，却也不无道理。

贫能伤人，富亦累人，但无论贫富，结局都一样，生不带来，死不带去，耐得住贫，未必是一件坏事。

本书同卷，有《陆叟沈万三》告诫我们，富了甚至会害命：

元末，吴地有姓陆的老头，富甲江南，沈万三就在他门下做总管家。有一天，陆老头说：我老了，积了这么多的财富，一定有害处。于是，将全部财富都送给沈万三，自己在湖边造个简单的房子，养老去了。沈万三由是大富。这老人真是将祸移嫁于沈万三呀！

沈万三致富，是别人的财富赠予，显然有些夸大，但最终因为财富，而被朱元璋找个借口给弄死，却是历史事实。

钱不是万能的，没有钱也是万万不能的。合理使用，慈善为怀，不被左右，无论贫富，那厌字和恋字，都不会带走。

三个守财奴

史公度有札记,记载了金沙有某人,极为小气,但精于计算,而且,喜欢将东西借给别人谋利。开始,别人以为他大方,后来发现,他借人芥,必取人珠,与人毛,必取人髓。

有一天,这人出行,到寺庙住宿。他讲了很多梦话,忽然,发出很大的声响,又突然坐了起来,瞪大眼睛。和尚过来询问什么事,他不肯讲原因,和尚骗他:梦嘛,你说出来就好了,不说出反而不好,一定会大破财的!这人于是告诉梦中大叫的原因:我量米,有米粒掉地上了,我正要去拾,一只鸡跑来抢吃,我急忙去驱赶!

吴杉亭说了另一个守财奴的故事。

一扬州商人,家资百万,居住在富人区。他死之前,嘴巴已经不能发声了,亲友都来送终。到了晚上,富商忽然伸出手,竖起两根手指,不停地皱眉瘪嘴,他儿子问老爹:父亲,您是担心我们两个儿子年纪还小,做不好生意吗?富商摇头。儿子又问:您是担心二叔会欺侮我们吗?富商又摇头。

大家都你看我,我看你,不知怎么回事。

过了一会,富商老婆来了,她看了看四周,对着商人问:你是不是想挑去油灯碗中的两根灯草呀?富商将手缩回,点点头,闭上眼睛死去。

再举一个守财奴因吃得急突然身亡的事故。

梁邓差,南郡临沮人,大富而吝啬。路上见两商人,摆了很多美食,邀请梁一起同饮,邓差说:你们做生意,一定是钱不多才去赚钱的,怎么能吃这么好的东西呢?商人答:时不我待,人生百年,只不过是为了这一口吃的嘛,哪一天你病了死了,还能吃美食吗?你总不会去学临沮的梁富人吧,平生不用钱,只是个守财奴而已!

邓差大吃一惊,也没顾得上再搭话,立即跑回家,连连叹息,唉,以前太小气了,立即让人杀只鹅吃。美味上来,连吞带咽,如狼似虎,突然,一块骨头卡住喉咙,急救都来不及,邓差就这样死去。

(清 阮葵生《茶余客话》卷十五,《守财奴》)

三个守财奴,各有各的形象。

金沙某人,连梦里遗失的米粒,都不肯让鸡吃。

梁邓差,虽然醒悟,但也是个悲剧。

扬州富商竖的两根手指,让人想起吴敬梓《儒林外史》第五回中的严监生:

话说严监生临死之时,伸着两个指头,总不肯断气,几个侄儿和些家人,都来讧乱著;有说为两个人的,有说为两件事的,有说为两处田地的,纷纷不一,却只管摇头不是。赵氏分开众人,走上前道:"爷!只有我能知道你的心事。你是为那盏灯里点的是两茎灯草,不放心,恐费了油。我如今挑掉一茎就是了。"说罢,忙走去挑掉一茎。众人看严监生时,点一点头,把手垂下,登时就没了气。

惊人相似的情节,引起了我的兴趣。

阮葵生的生卒年是1727和1789,吴敬梓的生卒年是1701和1754,而《茶余客话》,写成应该是1771年前后,《儒林外史》成书于1749年前后,安徽全椒人吴敬梓和淮安山阳人阮葵生,两人离得又比较近,且又是吴著成书在前,所以,我推测,极有可能,阮葵生记吴杉亭的这个故事,是从《儒林外史》的手抄本上加工而成的。

都是两根灯草芯,世上没有那么巧的事。

这个扬州富商,恰好是上一节富"恋"的极好注释,他真想带走他的财富啊,连一根灯草都不放过!

强记和连读

历城的叶奕绳,曾说过他的读书强记之法:

每读一书,遇到所喜欢的,就抄下来。抄完,朗诵十余遍,然后,将其贴在壁间,每天抄十余段,少的也有六七段。再然后,合上书,去看贴在壁上的抄件,每天要看三五次,一定将其背得滚熟,一字不漏。

壁上贴满了,就将第一天贴的揭下,放进书柜中,新读新抄的随即补贴上。随收随补,一天也不耽误。一年下来,约得三千段。数年之后,叶的肚子里已经满是经典了。

邢懋循,也说了他老师教给他的读书连号法:

初一日读一纸,次日又读一纸,并初日所读读之,三日又并初日次日所读读之。这样,每天都会增加,读到第十一天,就将第一天所读的拿掉。

每天都连读十天的内容,读了一周,其实就是读了十周。

即便是中下等的智力,也无不烂熟了。

(清 阮葵生《茶余客话》卷十六,《强记法》《连号法》)

跟一个陌生人交朋友,一两次见面,以后就是长时间的不见面,那么,就会很快遗忘。如果,连续相处数天,十数天,那么,留下的一定是不可磨灭的印象,连声音都不会忘记。

背英语单词,头几天,很容易忘,百分之五十会忘,随着不断地累积,遗忘就会减慢,再连号强记,它就会成为笔下和口中的武器。

这些,都是简单不过的生活道理。

古人功底扎实,除极少聪明人外,很多人靠的也是笨办法,和经典强行交朋友,朝夕不离,软磨硬泡。

往往,笨鸟可以先到达林子。

强记法和连号法，一个共通之处是，都是强调连续记忆，他们也暗合了"先快后慢"的现代遗忘规律。

强记连读，当然也和年纪有关系。最好的阅读时光，应该是记忆力最好的青少年时期，颜之推在《颜氏家训》里告诫他的子孙，20岁以前记的东西，60岁了，还清晰得很。

那些文字，如同我们吃下去的食物一样，都化成我们的血，我们的肉，变成我们身体所必需的营养，不会离我们而去的！

水浒叶子牌

潘之恒有《叶子谱》，上面的标记是这样的：

万万贯宋江，千万贯武松，百万贯阮小二，九十阮小七，八十朱仝，七十孙立，六十呼延索，五十鲁智深，四十李进，三十杨志，二十扈三娘。九万贯雷横，八万贯索超，七万秦明，六万史进，五万李俊，四万柴进，三万关胜，二万花荣，一万燕青。

(清　阮葵生《茶余客话》卷十八，《水浒叶子》)

将水浒人物制成纸牌，用来玩游戏，也是一种不错的创意。

叶子戏消夜图，相传始于宋太祖，后宫闲得无聊，漫漫长夜，不如玩牌，时间会流失得很快。

《青箱杂记》载：杨大年好与同辈打叶子。这个叶子，就是纸牌。

这些人物，在统治者眼里，都是反贼，老百姓也将他们当成反贼，好在已成勾栏瓦肆里的戏剧人物，将其标注在纸牌上，就有一种警示，你打我，我打你，你压我，我压你，各人抓得一手牌，就如同各人带了一支队伍，可以尽情厮杀。

但也有人不喜欢玩叶子，认为玩物丧志。叶子传到明代，有人就叫"马吊"，桐城张文端公深恶痛绝，他刻印了一枚章，上书"马吊众恶之门，习者非吾子孙"，他还将这枚印，盖在他们家所有的藏书上，至今，张氏子孙也不敢玩马吊。

官位，也可以入叶子戏。

清代梁章钜的笔记《浪迹丛谈》卷六，有《升官图》，讲的其实也是差不多的游戏：

他和同僚潘芸阁，在林少穆家里，看到过升官图，有人也叫它百官铎，上面列有明朝的各级官职，用来玩游戏。玩的时候，以得到点子数的多少作为晋升官职的依据，点数多，官就大，反之，官则微。一局牌打下来，有的只得尉一类的小官，有的则贵为将相，有的开始就得到了很大的官，有的开始是小官，但突然就升了大官，这些变化，跟官本身没有关系，只是牌好牌差的机遇而已。

叶子戏发展到现在，并没有实质性的技术性变化，但有些人玩的注，却远远超过古代，让古人感叹。

凿井和塑像

宋代沈寓山作《寓简》说：凡凿井，凿大了，就不能缩小，就如削木头一样，削小了，就不能复原成大。塑像的方法，也是同样道理，眼与口，先一定要小，小了才可以增大；耳和鼻，先一定要大，大了才可以塑小。

《韩非子》早就说过："为土木，耳鼻要大，口耳要小。"

这大概可以成为这种工作的标准。我乡里有俗语"长木匠，短铁匠"，说的就是这个意思吧。

（清　阮葵生《茶余客话》卷十八，《凿井塑像之法》）

许多大道理，都蕴藏在普通的生活常识中。

但随着技术的进步，有些已经不是问题。比如凿井，即便凿大了，完全可以用钢筋水泥修好缩小，而现代凿井，必须先凿大，为的是牢固。

这些道理，不仅仅是日常的营建方法，还可以延伸到一切有创意的活动中去。

比如文学的创作。深入生活搜集到的素材，自然是越多越好，犹如雕刻耳和鼻，先雕个大致轮廓，琢磨透了，心里有了底，十足的底气，就可以选择素材，将素材一步步生化成作品，而成功的作品，必定来自生活，又高于生活，但绝不是素材的堆积，而是精细地提炼。

比如慈善的过程。你将万贯家财中的大部分都散开，用于各类慈善，犹如雕刻口耳，看着你的财富少了，又少了，少到仅够一般正常的生活，但是你却得到了极多极多，内心有了极大的满足，以帮助人为欢乐，内心反而足够强大。

得和失，失和得，不能仅看表面，有时，得反而是失，有时，失反而是得，内里的反转，有着深奥的哲学关系。

结合你的阅读和实践，凿井和塑像，一定还会有不同的喻解。

名人遗物

相传洪崖先生喜欢名人古物，一时收集了许多。

如李太乙赠的孔子木履，郭瀚卿赠的孔子二仪履，杨炯赠的孔子石砚和扬雄铁砚，田游赠的尹喜龟、王戎的如意杖，杨齐哲赠的嵇康锻锥，刘守章赠的四皓鹿角枕，司马子微赠的淮南药杵臼，魏萧赠的陶潜琴、陶隐居芙蓉冠，刘长新赠的王乔笙，张守圭赠的八寸海蛤蟆牙，秦休庄赠的河上公注《道德经》稿本，周子恭赠的古帝王图，元亭赠的谢灵运须，僧修然赠的迦叶头陀钵，智远赠的蔡邕焦尾琴、葛洪刮药篦。

这些东西，不知道真假，真是难为这些人了。

小说中写到一个情节，很好玩的：

有一世族子弟，癖好古玩，积全家财富，晚年生活没有保障，受冻挨饿，沦为乞丐，他左手捧着颜回的箪瓢，右手拿着孔子的击原壤杖，逢人就讨太公九府钱一枚。

《晋书》记载，武帝时国家宝库失火，历代积累的宝贝全部烧光，其中就有汉高祖的斩蛇剑、孔子的鞋。

（清　阮葵生《茶余客话》卷二十，《古名人遗物》）

收藏，历来是某些人所好。

鞋呀枕呀杖呀帽呀琴呀，真有东西留下来，比如焦尾琴，只是国宝级的极少。

还有胡须，谢灵运的胡须，怎么留下来的呢？生前割下？死后割下？为什么要留须？疑问一大堆，显然经不起考据。

小说的情节，虽然有点夸张，却将过度癖好玩物，描写得淋漓尽致。玩物丧志，说的大概就是这一类人。

对玩的人来说，玩也是一种噱头，或者引外行人懵懂入彀，或者圈内人想制造悬念，抬高身价以便流通。

真正的古名物，是历史的真实印记，是勾连上下数千年的实证纽带，价值自然不可估量，只是，用死物来扰乱文化，那必须抨击，否则就搞乱了历史。

讲卫生的马

近人骑马,都要在马屁股后面系一块布,用来遮掩马的大小便。

这种方法,其实老早就有了。北宋史学家刘贡父,刚入编修馆的时候,骑骡马上下班。有人告诉他,你骑的是匹母骡马,要小心呢,如果遇着公骡调戏,它会突然跑起来伤人的!刘一听,有道理,立即吩咐下人:赶紧去市场上买蓝颜色的布,做块围裙,系在马屁股后面,这样,雄骡马就看不见了!

(清 阮葵生《茶余客话》卷二十,《马后系布》)

当马牛成为主要交通工具时,马牛的方便,也是大问题。

屁股后面系一块布,只是一种方法而已,严格说来,并不是真正的讲卫生,但系布,总可以遮掩一下,随地大小便,气味毕竟难闻。

刘贡父并不是为了卫生,而是安全,即便摸得清畜生发情的规律,也会遇到突发事件,一头公骡马看上母骡马,当场求爱,惊吓而伤及行人的事,应该发生过,好心人的提醒,似有前例。

遮掩母骡马的私处,就是一种有效的防范,提前预警,一旦事情发生,就可迅速处置。

牛粪马粪等各类牲畜粪,其实是宝贵的财富,收获的钱极为可观,皇家民政部门有人专项管理,这是另一个话题,这里不表。

因误升官

淮安知府朱定元，为人谨慎，为官有守，但朝廷某要员不喜欢他。他快要退休的时候，正好某大官觐见皇帝，皇帝问他江南知府里面，哪一个最有才德，大官没有准备，仓促记不得一人，就说了朱定元的名字。不久，朱升至内阁学士。

宋朝的时候，毕士安讨厌他的女婿皇甫泌，向皇帝汇报工作时，刚上奏"臣婿"两字，恰好边关消息来了，话题被岔开。过几天，又说了两个字，皇帝突然内急，急忙去上厕所。没多久，降下一旨，皇甫泌升官。

李吉甫讨厌吴武陵，有年科考，榜名送来，他问吴武陵考中了吗。忽然有旨来，他急忙去见皇帝。主考官怀疑他和吴武陵有关系，当即将吴的名字添上。榜贴出后，李很惊讶：这个人很没有素质，怎么会考中呢？

（清　阮葵生《茶余客话》卷二十一，《因误升官》）

误升官，歪打正着，都是因为信息表达得不准确。

第一则，人家工作得好好的，应该升官。这个上官，可能就是因为朱定元没有拍他马屁而嫉恨。事情的另一面是，他自己对管理的工作和下属，知之甚少，极端不尽职。

第二则，毕宰相其实是想提醒宋真宗，他这个女婿有点骄傲，不能大用，给他点小官就行了。没想到，一次边关紧急，一次皇帝内急，都是急事，使得完整信息不能到达。只能说，皇甫泌狗屎运好。

第三则，这样的问话，只是试探，但所有的前提，都是关注，如果不关注，那问也不会问。

唐代的李吉甫，曾两次拜相，功绩不小，但也弄权。而吴武陵，也拜翰林学士，因得罪李吉甫而流放永州，和被贬的柳宗元在永州相遇。

三则笔记的背后，则可以探出，历史上的所有朝代，官员任命，虽有一定的章法，但人为痕迹明显，贫和贱，富和贵，荣和辱，全凭一句话。

273

卷二十八

康熙南巡二三事
清官陆稼书
父母坟前树成荫
生前福与死后福
三教都围着利字转
富贵如花看三日
一官骗得头全白
小官见大官
凡事回头看
烧菜也如读书
扫"黄"专家
狐中娼妓
将竹板磨细的差役
活吃驴肉
数文章圈圈
者者居
小棺材

康熙南巡二三事

康熙南巡江浙，共有六次。

第一次，是二十三年十月二十六日。他的船到达苏州时，苏州长官还在大堂办公呢。他骑马进城，两边人流夹道，堵得不能前行。他则缓马慢行，不断问询百姓的困苦，态度和睦，如同家人父子。登上城墙，观察远近房舍，久久不离开。

第二次，是二十八年二月初三。登虎丘万岁楼，楼前有玉蝶梅一株盛开，芳香袭人，康熙注目良久，以手抚之。行到二山门，有苏州士民伏地进疏，请求减苏松一带浮粮，他命侍卫收进。在当地举行的万民宴上，康熙命侍卫取米一撮，祝愿道：愿百姓有饭吃。又取福橘一枚掷下，祝福道：愿你等有福也。

第三次，是三十八年三月十四日。

二十日，在去往浙江的船上，两江总督、江苏巡抚陪同，康熙问：听说吴地人，每天一定要吃五餐，嘴巴和肠胃不累吗？总督回答：这是习惯造成的。康熙笑笑：你们恐怕也有责任啊，为什么不进行风气的教育呢？

四月初，由浙江返江苏，在苏州吴中的洞庭东山，登山时，巡抚备了大竹山轿伺候，康熙坐上去，一弹一弹的，笑着说：倒也轻巧。山中百姓三百多人执香跪接，还有比丘尼艳妆跪而奏乐，康熙叹了口气：可惜太后没有一起来。两边迎接百姓众多，康熙吩咐众百姓：你们不要踩坏了田里的麦子。此时，田里的油菜花已结果成角了，康熙叫人摘一枚细看，问巡抚干什么用，巡抚报告说这是打油的，康熙又感叹：凡事一定要亲自观察啊。

这一天，有水东地方的百姓告状：菱湖塌田，要求官府赔粮。康熙让人接下，转给巡抚处理。他问：太湖有多大？答：八百里。问：为什么材料上写五百里？报告：多年的风浪，冲塌堤岸，所以现在有八百里。问：去了许多地方，为什么不打报告要求减免粮税呢？答：是的，不只是水东一处，如乌程之湖溇，长兴之白茅嘴，宜兴之东塘，武进之新村，无锡之沙墩口，长洲炎贡湖，吴江之七里港，处处有这种现象。康熙自言：我不到江南，还真不太清楚这里百姓的困苦啊！

无锡惠山，寄畅园，有千年樟树一棵，其大数抱，枝叶皆香，康熙每次来这里，都要抚摸樟树，长久不停，回京后仍然常常回忆，还要问樟树生长得好不好。后来，康熙去世，这棵樟树就枯萎了，众人都感叹奇怪。

(清　钱泳《履园丛话》卷一，《旧闻·康熙六巡江浙》)

皇帝巡视，一定会有很多的准备，不过，清朝初期，他从父亲手上接过的江山，显然还不够稳定和繁荣。

虽然是装装样子，但从这些比较真实的细节中，还是可以读出皇帝的一些性格来。

第一次显然像拍电影，虽然足够亲民，但也没什么好说的。

第二、第三次的拦路告状，表明言路畅通。地方官员如果事先做准备，将访民细细安排，一定不会有这样的场景，可是，皇帝不允许，如此，他就得不到真实的信息。如果他知道了这样的事先安排，一定会严惩官员的，你们工作没做好，难道不允许人家告状？而访民反映问题，其实对当地还是有好处的，看看，水东百姓反映问题，不是引起皇帝的重视了吗？官员怕什么呢？只要尽职尽心，没有人会责怪的。

通过基层视察，皇帝深深自觉：

我已经博学勤学了，可是，居然不知道油菜籽是打油的，这可是每天吃菜要吃到的啊！身边的学问，居然要远到田间地头才有认识！又有多少达官贵人会知道呢？没有体验，就没有同情，看来，农村、农民问题，是个大问题。习惯不可以改变吗？为什么一天一定要吃五餐呢？

对树的尊重，就是人与自然的和谐相处。腊月，寒梅，清香，让人心醉；千年，樟树，茂盛，那是对岁月的礼赞。

麦苗千万不能踩，竹轿却是可以坐的。

时移世换，数百年过去，我眼前似乎晃动着，康熙悠悠地坐在竹轿上，手摇竹扇，移步观景，这不挺自在的嘛。

清官陆稼书

陆稼书,浙江平湖人,他做嘉定知县的时候,每天坐在公堂上教子读书,夫人在后堂纺纱织线。老百姓来上告的,就写上一张手令,让原告将被告喊来,如有不来的,才出动公差去捉拿。

陆知县判案时,以理喻人,以情宽恕,就好像家中父子调停家事一样,后来,嘉定这个地方,就不太有告状的人出现了。曾经有兄弟俩互相告状不停,陆知县对他们讲:弟兄不和睦,伦理纲常大坏,我身为你们的父母官,都是我教育你们不力的缘故,责任在我。于是,陆县长自跪在烈日中,惩罚自己。那兄弟俩见此,大为感动,从此不再吵架。

陆知县过生日,贫穷没钱办寿筵,夫人笑话他,他说:你去大堂看看,和寿筵相比如何?夫人到堂上一看,只见公堂上下,香烛如林,老百姓将陆知县当神明一样供奉。

相传陆稼书逝世后成了嘉定县的城隍,县民数百人一直到平湖来接他上任。那时,陆夫人还健在,她对县人说:陆公在时都不肯浪费老百姓一分一厘钱,今天你们远道来迎接,恐怕不合他的本意呢。

(清 钱泳《履园丛话》卷一,《旧闻·陆清献公》)

陆稼书在嘉定做知县,其实时间不长,只有两年,但留下了很多好名声。

他上任第一天,县里的官员到码头迎接,兴师动众,而陆知县却坐了条小船,带了几箱书,官员心里打鼓,百姓却喜笑颜开。

他上任后,规定公差下乡办事,按路途远近补贴,但不准白吃人家的饭。有次,一公差下乡,办事利索,陆知县就奖励他吃饭,谁想,那公差早已下乡白吃过,再加上一顿酒,马上醉了。公差醒来后，陆知县解雇了他：身为公差，鱼肉乡里。

从他的轶事看，陆县长值得称赞的主要有两点：一为民，一自律。

为民。他如此办案，还是少见。以理服人，先文治，再武力，刁民毕竟少数，大部分人还是可以理喻的。烈日下跪罚自己，很像皇帝的罪己诏：皇帝没做好，所以老天才处罚我。

自律。知县要过生日，在当地官场中，一定是个大事。平时不走近的，现在正好有机会接近，平时关系好的，现在更要表现，对于有些官员来说，生日就是敛财最好的借口。可陆稼书不一样，他穷得连寿都做不起，没关系，老婆笑话也没关系，这样心安理得，看看，百姓心中有一杆秤呢，香火祭活人，虽然不怎么吉利，但那是百姓的秤砣，分量重得很。

至于陆稼书死后成为城隍，那更是当地百姓的心愿，他们需要这样的官员，生前死后都保佑他们。

父母坟前树成荫

我家乡有个姓蔡的老翁，以前，他家里很穷，靠帮人打工为生，家里仅种田一两亩，以此度日。

父母去世后，他就在家的原址上将父母安葬，墓建好，土堆上，周边全都种上松树、楸树，并且编织好篱笆，将坟围起来，村人都不理解，笑他痴。

蔡翁依旧贫困。

两三年后，松树、楸树，逐渐成长，树下长出不少鲜菌，我们那里的人都叫它松花菌，价格非常不错。这菌每天都长个不停，他早上摘上一两筐，到集市卖，能得数百文。

如此十余年，他居然积资千金，以之买田得屋，有田数百亩，成为远近闻名的小富翁。

（清　钱泳《履园丛话》卷五，《景贤·乡贤一》）

蔡翁的发家史，其实就是一部孝顺史。

父母在，不远游，安心务农，虽然日子艰难，但能尽孝，这也是实在的日子。

父母去世，精筑墓，树成荫，他们也能长久地安息。

上苍对孝顺之人、老实之人，回报是丰厚的。

这一切，是蔡翁事先都计划好的吗？很难说是计划，不如看作是好人的福报。即便是计划，那也是以孝顺为前提的，这需要孝心加时间，长久地忍耐和培养才行。

这是一个默默无闻的故事，故事充满温馨，中华民族的优秀传统，草蛇灰线，伏脉千里。

生前福与死后福

有生前之福，有死后之福。生前之福者，寿、富、康宁是也；死后之福者，留名千载是也。生前之福何短，死后之福何长。然短者却有实在，长者都是空虚。故张翰有言：使我有身后名，不如即持一杯酒。其言甚妙。

（清　钱泳《履园丛话》卷七，《臆论·五福》）

生前福与死后福，文字虽短，却是深奥的哲学问题。

长寿，富裕，健康，几乎是人生所有的追求了。

三者中，如果缺少长寿，即便你富甲一方，也是人在天堂钱在银行，不长寿，谈不上健康；如果缺少富裕，那么，这样的长寿也是压抑的，不完美，太苦了，长命百岁，孤苦无依，人活着有什么意思呢？如果缺少健康，那更痛苦，吃喝不香，寝食难安，长寿就是折磨，越长寿越折磨。

死后留名，千载留名，那也是许多人追求的梦想，让这个世界上的人都记着我，永远地记着我。

如果能两者结合，那就是完人、圣人，有吗？孔圣人是吗？不是，他生前不幸福，也不是最长寿。孔圣人自己知道死后会这么有名吗？哈哈。

所以，张翰直言了：他一定不要身后留名，这还不如一杯酒来得实在呢！

路易十五也清醒得很：我死后，哪管洪水滔天！

三教都围着利字转

儒家以仁义为宗，释家以虚无为宗，道家以清静为宗。

今秀才何尝讲仁义，和尚何尝说虚无，道士何尝爱清静，唯利之一字，实是三教同源。

秀才以时文而骗科第，僧道以经忏而骗衣食，皆利也。科第一得，则千态万状，无所不为；衣食一丰，则穷奢极欲，亦无所不为矣。而究问其所谓仁义、虚无、清静者，皆茫然不知也。

从此，秀才骂僧道，僧道亦骂秀才，毕竟谁是谁非，要皆俱无是处。

然其中亦有稍知理法，而能以圣贤、佛、仙为心者，不过亿千万人中之一两人耳。

（清　钱泳《履园丛话》卷七，《臆论·三教同源》）

这实在是一篇极好的向儒释道挑战的杂文。

这个时代（作者所处的时代），任何教义都变味了。秀才不讲仁义，和尚也不说虚无，道家更不谈清静，都干什么去了？都奔着"利"字去了。

秀才将文凭拿到手，名有了，官也有了，他的最终目标是什么呢？他在一心想着如何确保"三年清知府，十万雪花银"，他在一心思着如何编织好官场的关系网，他在一心谋着怎样才能拍好上级的马屁。仁义呢？先放放再说，需要时再拿出来。

僧道将大殿大堂修好，引来香客无数，香火旺盛，扩张，继续扩张，天天人流如织，功德箱常常爆满。虚无吗？清静吗？不可能的，人流如潮，就是钱流如潮，僧衣道袍一脱，都是俗人。

仁义骂虚无，虚无责仁义，清静也抱怨。

这个世界，究竟是被谁弄乱的？不怪名，不怪利，怪你，怪我，怪他，怪我们大家，是我们自己搞乱了自己。

富贵如花看三日

富贵如花，不朝夕而便谢；贫贱如草，历冬夏而常青。然而霜雪交加，花草俱萎；春风骤至，花草敷荣。富贵贫贱，生灭兴衰，天地之理也。

大处判，小处算，此富人之通病也；小事谙，大事玩，此贵人之通病也。而皆不得其中道，所以富贵之不久长耳。余尝论好花如富贵，只可看三日。富贵如好花，亦不过三十年。能于三十年后再发一株，递谢递开，方称长久。然而世岂有不谢之花，不败之富贵哉！

富者持筹握算，心结身劳，是富而仍贫；贵者昏夜乞怜，奴颜婢膝，是贵而仍贱。如此而为富贵者，我不愿也。

（清　钱泳《履园丛话》卷七，《臆论·富贵贫贱》）

此段论富贵贫贱，文不长，却有振聋发聩之声。

富贵是什么？贫贱又是什么？

如花，如草。

富贵和贫贱，其实都是大自然中的自然馈赠物。如花，花开鲜艳，五彩缤纷，然而，花很快便谢，越是好花，萎谢越快；如草，草长莺飞，可历冬夏，然而，草也有枯萎的时刻，霜雪袭，满地枯。春风再来，花草又荣，然而，对于人类的富贵贫贱来说，时代更替，则又是另一种景色了。即便同一株再次盛开，也不可能永远。

另外，贫贱固然不如意，但是，富贵之人那些作为，终日算计，劳心费力，奴才的脸，满面谄媚相，侍女的膝，常常下跪，做这样的富贵人，作者实在不愿意。

布衣料定，不仅作者不愿意，许多人也是不愿意的。

一官骗得头全白

业师金安安先生有一名句说：一官骗得头全白。

（清　钱泳《履园丛话》卷七，《臆论·援墨入儒》）

说做官，官有官的说法，民有民的说法。官的说法是体会，民的说法是旁观。体会加上旁观，离中心点往往八九不离十。

一官骗得头全白。

做官前必要的准备是什么？考取功名。好，那么就要从启蒙开始，七八岁，一大堆的四书五经，摇头晃脑只是读书的形式，悬梁刺股才真正是意志的显现。悟性高的，青春年少就登科了，悟性差的，那要40岁、50岁、60岁，一直到老，甚至死在了考试的路上。

做官后的目标是什么？一句话：做大官，做更大的官，一直到一人之下，万人之上。连升数级的有，但大部分的官，还是要不断地考核，熬日子，八品到七品，再到六品，五品，四品，三品，二品，一品，从塔座到塔身再到塔尖，只有极少数的人能实现登顶，大部分人只能在这个岗位那个岗位之间晃荡。无论怎么样，他都会围着一个目标，往前进，直到退休或死亡。

现在有句大白话，这样形容做官：当官是条不归路。

话糙了点，但理和"一官骗得头全白"是一样的。除非你中途辞职什么的，否则这条路你必须走下去，无法选择，也不是不归，头全白了，也就结束了。

当然，这句话还可以这样励志：不想当将军的士兵不是好士兵。表达是一样的，都是骗你没商量！

小官见大官

王梦楼,做过皇帝的侍讲,他出任云南太守时,去参见督抚。到官厅时,肚子已经饿扁,口干舌焦,但只有坐在那儿等,很久很久,都没人出来接待。他曾经写了两句诗:平生跋扈飞扬气,消尽官厅一坐中。

以前苏子瞻做凤翔判官,陈希亮是府帅。子瞻去见陈大帅时,陈也慢待。苏子瞻的《客位假寐》诗这样感叹:同僚不解事,愠色见髯须。虽无性命忧,且复忍须臾。

(清 钱泳《履园丛话》卷七,《臆论·拒客》)

小官见大官,一肚子心酸。

想那王梦楼,也是场面上人,官也不小了,可是,官大一级压死人。要是一般官员,心里还会好受些,可王做过侍讲,平生飞扬跋扈,怎能忍受?必须忍!是那督抚早闻此声,故意给他难堪?完全有可能,这样的官,活该。

苏轼已经很有名了,可只是文名,不是官名,在官场上,还得以官品排大小,论高低。在客位上坐等,等久了,假装睡觉,又不敢睡着,你真敢睡着吗?也就是坐着无事闭着眼构思构思罢了。

上官见下官,见与不见,那是有讲究的,他心里一定早就想好了,没想好,也会有下属给过他建议。

换个角度,那王梦楼,他的下官来见他时,会是怎样的情景呢?要么学样,要么变样。我慢待你是正常的,大家都一样,没有一点官威,确实很难开展工作;我会热情接待你的,大家都是官员,做上下级实属有幸,要好好珍惜,善待下属,下属才会为自己卖命工作。

凡事回头看

我见市面上有卖画的人,有一幅画是这样的:前一人骑着马,后一人骑着驴,最后一人推车而行。画上面有题字:别人骑马我骑驴,后面还有推车汉。这句话实在太经典了,这是将有余比不足啊。

有题张果老像这样说:举世千万人,谁比这老汉。不是倒骑驴,凡事回头看。

乡下农民进城,见官长出入,仪仗肃然,便羡慕之,好像神仙下凡,而不知道官长公文诉讼一大堆,天天有处理不完的公务,个中的苦,十倍于农民。而那些做官的呢,往往会发出这样的感叹:什么时候能有归田之乐,或者采摘于山,或者垂钓于水?而不知那些农民渔民耕种打鱼之苦,个中的苦,要十倍于官员呢!

(清 钱泳《履园丛话》卷七《臆论·回头看》《臆论·苦》)

这里讲的是做人的心态,不要比,要比也要这样比,比上固然不足,比下也是有余呢。

现实中,很少人会回头看,差不多都向前看。

向前看,就是不断地攀比,越比心态越不好。凭什么你骑马呢?凭什么你骑驴呢?凭什么我推车呢?至少十万个凭什么。

不断地比,比的其实是面子。骑马多威风,骑驴也不错,最不济的是推车,体力活,苦力活,累死累活。

回头看,一看看出了不一样的风景。原来人可以活得轻松点,多大的力挑多重的担,活给自己看。

唐代布袋和尚,是个智者,他的插秧诗这样告诫人们:手把青秧插满田,低头望见水中天。六根清静方为道,退步原来是向前。

嘀,退步原来是向前。

凡事回头看,也是为了更好地向前。

当然,能换个角度回头看,那是再好不过了,官有官的难处,民也有民的困苦,相互理解。

烧菜也如读书

凡菜，以烧煮得当为最好，并不在于山珍海味之名贵，鸡鸭鱼肉之丰富。好的厨师，善于化臭腐为神奇，不好的厨师，即便神奇也会变臭腐。

欲作文必须先读书，欲烧菜必须先买菜。譬如鱼鸭鸡猪为《十三经》，山珍海味为《廿二史》，葱菜姜蒜酒醋油盐一切香料为诸子百家，缺一不可。烧菜时，宁可不用，但必须备着。用之得当，不只是有味，更可以长久咀嚼；用之不当，不只是无味，只有呕吐而已。

同一菜，南北方人口味各有不同，浓厚、清淡都要适宜。饮食如方言，各处不同，只要对口味，口味不对，又如人之情性不合者，不可以一日居也。

袁枚先生讲：烧菜如作诗文，各有天分。天分高，则随手煎炒，便是佳肴；天分不高，虽极意烹庖，不堪下箸。

上菜也有讲究，要使浓淡相间，时候得宜，比如盐菜，上于酒肴之后，便是美品。这如同写文章一样，是关键所在。

（清　钱泳《履园丛话》卷十二，《艺能·治庖》）

烹饪的学问，深之又深，这里比作读书，还是有点新意。

老子《道德经》名言：治大国，如烹小鲜。

有一次，伊尹见君主汤询问饭菜之事，借着话题，便谈了他的治国理想：做菜既不能太咸，也不能太淡，要调好佐料才行；治国如同做菜，既不能操之过急，也不能松弛怠懈，只有恰到好处，才能把事情办好。

治理国家，就如煎炒小鱼一样，小鱼易碎，最怕折腾，道理就这么简单。

所以，烧菜如同读书，道理也是浅显，只有那一点点的味，才最显功夫。

其实，烧菜不仅仅如读书，也如做人做事，有极多的讲究要掌握，有极重要的分寸要把握，否则，便会一塌糊涂。

做人做事，还有什么比一塌糊涂更失败的呢！

扫"黄"专家

石殿撰还没有功名的时候，家里置一纸库，名叫"孽海"，凡是淫词艳曲、坏人心术之书，都放进去烧掉。

有一天，他在看《四朝闻见录》，内有弹劾朱熹的一篇文章，说朱大人逆母欺君、窃权结党，还有生活作风极败坏。石书生读完，气坏了，拍案大叫，他想将这本书全部买来烧掉，又没有钱。夫人蒋氏很懂他的心思，将嫁妆金钏卖掉助他，于是跑到街上遍搜，找到了347本书，全都放进"孽海"中烧掉。

（清　钱泳《履园丛话》卷十三，《科第·种德》）

这本让石书生发狂的书，是南宋著名作家叶绍翁写的。

史上对这本书的基本评价是尊重事实，可信度较高。

那么，是叶作家的哪些言词，让石书生拍案呢？

朱大人，带着两个漂亮的尼姑外出旅游，并最终发展成自己的小老婆；虐待自己的老母亲；利用儿女的婚事，大肆收受红包；与媳妇通奸，并导致她怀孕；挖别人家的坟墓，葬自己的母亲；打压下属；等等，一大片罪恶。

对朱大人这些负面事，史上一直争论不休，你说有他辩无，派别不同，立场也不同。

不过，这位石先生，幸亏没有做主管全国书刊出版的主官，否则，一定有不少好书也会遭殃。

话又说回来，同是本书，钱作家在卷十七《报应·孽报》中，则记载了两个因黄书而遭报应的案例：

桐乡一士，喜欢读淫书，搜罗不下数十百种，他的儿子聪明英俊，每每等到父亲外出，就去书箱中偷偷翻出淫书阅读，久而久之，控制不住自己，得病死了。

某地有一书商，专门印刷黄书，卖了不少钱，累计积财四五千金，没过几年，都被盗贼偷光，两眼也瞎了，那印书的刻板，被一把大火烧个精光，到他死的时候，妻离子散，都没人替他收尸！

狐中娼妓

山东兖州，府城楼上，相传有狐仙。

好事者，如果想见狐仙的话，一定要先写一封信烧给他，然后备好酒肴等着，半夜，狐仙一定会来。人们都称他狐老先生。

这狐老先生，穿布衣，戴布帽，说话走路，很像村里的老先生。问他年纪，说有三百岁了。天地间，古今的一切语言文字，没有不精通的，独独不讲未来的事情。

有人这样责问狐先生：贵族群数量很多，经常有不好的传闻，大都是以淫秽害人的，为什么呢？

狐生叹道：您这是什么话啊，人世间有小人和君子之分，我们族群也是这样的，那些以淫秽害人的，就如人间的娼妓一样，都是以谋人钱财为主要职业。

有人继续责问：依您之说，那么，狐中的君子做什么呢？

狐先生答：一修身，二拜月，仅此而已。

听到狐先生说这话的人，人们都很惊叹。

（清　钱泳《履园丛话》卷十六，《精怪·狐老先生》）

世上没有狐仙，但是，不妨碍我们用狐来说事。相传，大禹之妻就是九尾白狐的化身，生下了启，启则开创了中国第一个王朝——夏。

狐娼妓的故事，我们在《聊斋》中看得太多了，不说。只说狐君子。

狐君子日常生活中，要做的头一件大事是修身。如何修？尽可以充分想象，我们从狐老先生的穿着打扮中就可以想象得到，应该是如人中君子一样修身，这些修身行为，一定包括阅读各类先辈经典，并贯穿在日常的吃喝拉撒睡、油盐酱醋茶之中。

第二件大事，拜月。宋代李昉等的《太平广记》中，狐精的故事有九卷之多。明代冯梦龙干脆在《平妖传》写了隆重的狐拜月场面，并点明拜月的时间为九月初八。为什么拜月？说是吸收月光之华来修炼内丹。

看来，狐君子做的两件事，前一件偏重练习内功，后一件侧重外功，由内而外，才会修成真正的君子。

有一回，我去青城山，那里的道士在表演气功，套路神神秘秘，我问了具体章法，道士告诉我是"灵狐拜月"。

不知是人学狐，还是狐学人？

将竹板磨细的差役

吴江县的石鲁瞻,是衙门里的差役,他宅心仁厚,是个好人。

清闲无事时,他就将竹板磨得极细,甚至将竹板浸入粪缸,这样的竹板打起人来,就会不痛不伤。

有人私下给他钱,让他打人打重板,他则流泪不答应:我不忍心这么做啊!

石差役一直坚持这样做,有五十年了。

听说他已经和九十五岁了,还健康活着。数代同堂,儿孙绕膝。

(清 钱泳《履园丛话》卷十七,《报应·德报》)

石差役的工作很简单,就是县官一声喝令,然后,高举起板子打在案犯身上。

石差役不是什么大官,但他列站在堂上,见得也多了,需要用竹板打的人,有犯事的恶棍,也有不小心犯错的良善之辈,而恶徒,往往会用金钱贿赂不用挨打,良善之辈则完全有可能因贫穷而白白挨板。

果然,有人要求他打重板。

如此说来,竹板也是一种权力,给钱了,可以轻打,可以重打,不给钱,可以重打,也可以轻打,而将竹板磨细浸润,就是对权力的有效自我约束。

石差役坚持良心,慎用权力,不为钱财诱惑,活得长寿又健康,这是一个好人得到的回报。

显然,这样的回报,不是简单的报应,而确实有一种因果联系在。

补记一例。

清代作家陆以湉的笔记《冷庐杂识》,卷七有《竹杖浸厕》:秀水宫詹锦的先人有做县吏的,怜悯打人之痛苦,每根竹杖都一定要久浸厕所,如是者有数十年之久。

看来,好人还是不少。

291

将竹板磨细的差役

活吃驴肉

山西，省城外有晋祠，这里，人烟稠密，商贾云集。

此地有酒馆，所烹驴肉最香美，远近闻名，来酒馆喝酒的人，日以千计，大家都叫它"鲈香馆"，借"鲈"为"驴"也。

这驴肉是怎么做出来的呢？

用草驴一头，养得极肥，先醉以酒，满身拍打。再将驴的脚捆在四根桩上，驴的背上用一根横木穿过，将驴的头和尾捆牢，驴便不能动弹了。然后用沸腾的开水，浇遍驴身，将毛刮尽，再用快刀割肉，吃多少割多少，客人如果要吃驴的前后腿，或者背脊肉，或者头尾肉，或者肚子里的下水，随便点。

往往客人下箸时，驴都还没有咽气，一直在挣扎。

这个馆，开了十多年。

一直到乾隆辛丑年，长白巴公延三做山西首长，听说这样的事后，立即命令地方官查处，从业的十余人，都按谋财害命论罪，店老板斩首，其余的都充军，官府刻石碑，永远禁止。

（清　钱泳《履园丛话》卷十七，《报应·残忍》）

中国人好吃，举世闻名，其实，这都是有传统的。

只要不是素食主义者，或者是职业限制，人都得吃肉，但是活吃驴肉，的确罕见。

为什么要活吃？图的只是鲜活，血是鲜的，肉是活的。

那大批涌到"鲈香馆"的食客，冲的就是驴肉的鲜活，柔，嫩，滑，鲜，他们视挣扎的驴而不见，只顾饱口腹之欲。

而酒醉的驴子，被一刀一刀割着，生不如死。

古人类似的吃法还有这些：吃猴脑、鹅掌炙。

现代餐馆里还有家常菜：醉虾，用白酒将虾灌醉，各种调料放进，食客将箸伸进虾盆里，那虾间或还要跳动几下，不管它如何跳，食客们却是一边咂味着，一边吐出虾壳，还不忘赞美醉虾的味道。

动物保护主义者，痛斥这种惨无人道的吃法。

鲈香馆，谋的是大量的钱财，害的是活驴的性命。清代这样的判法，绝对尊重生命，当时显然走在世界的前列。

吃得奢侈，往往是道德上的作死。

活吃驴肉

数文章圈圈

　　王荣世，我同乡，他父亲贩牛，一字不识。

　　荣世小时候很聪明，喜欢读书。到了开笔作文时，每当文章发下来，他父亲一定要看，而他只数文章上圈圈，圈圈多，赞许点头，圈圈少，则要挨打。没几年，王荣世就进入国家学堂正式学习了。

　　赵青藜先生，在徽州紫阳书院教学，娶了两个小老婆，各生了一个儿子。

　　两儿子同岁，一起学习，都能写作文。赵亲自批阅，两小老婆也各自要看儿子的作文，还要互相比较，谁圈圈多，认为赵就是偏爱谁，吵架要吵上一整天，甚至不吃饭。赵不得已，每次批儿子们的作文时，一定要放一把算盘在案头，圈圈数一定要相同，这样才会息了小老婆们的纷争。

　　后来，赵的两个儿子都考中进士。

　　　　　　　　　　（清　钱泳《履园丛话》卷二十一，《笑柄·圈文章》）

　　这也算学习中的趣事。

　　圈圈，就是佳句，基本的观点是，佳句越多，文章越好。否则圈圈数不等，为什么要吵架呢？

　　王荣世的父亲不识字，估计赵青藜的两个小老婆也不识字。

　　不识字，但数得出圈圈，更加坚信这个道理了。

　　可圈可点这个成语，是这样子来的吗？

　　其实，还有一个简单的道理是，万绿丛中一点红，这样的景色才让人赏心悦目。那红是什么？红就是文章中的圈圈，那圈圈一定要多吗？不需要多，只要一点红就行了，这一点就是文章的题眼，其他都可以是平庸的绿。

　　因此，好句子连着好句子，好词汇接着好词汇，整篇文章，也不一定就是好文章，有时，只需一点红就行。

　　这样的道理，王荣世的父亲肯定不知道，赵青藜的小老婆们不知道，甚至，赵青藜自己也不一定知道，如果知道，那他何必要拿算盘放在案头算圈圈呢？

者者居

我游历过的地方，不过七八个省，每每见到好的古碑、石刻、匾额、楹贴之类，我都要随手记下来。

如酒店匾额叫"二两居"，楹联：刘伶问道谁家好，李白回言此处高。

河南水城、睢州一带，有酒店联：入座三杯醉者也，出门一拱歪之乎。

山东济南府省城，有旅店叫"者者居"，我不懂。

一日，在孙渊如观察席上谈及此条，有一当地人在座，他说这出自《论语》。我问《论语》哪一章？他答：近者悦，远者来。

大家一听，都认为这个店名妙绝。

（清　钱泳《履园丛话》卷二十一，《笑柄·者者居》）

让人铭记于心的，无非是这样几个条件：新鲜，好玩，有意思。不新鲜，肯定不好玩，即使有意思，人家也记不牢。

"二两居"的妙处在于，对联犹如一个极有意思的场景，两个不同时代的酒量极大的千古文人，跨时空对话，此地，有二两足够了。质量好，品位高，省钱又过瘾。

者者居，由冷僻到拍案。近者悦，来过的人高兴；远者来，这种情绪会影响远方的客人，犹如网上门店的星钻，颗数越多越好，天南海北，再远的人，都不影响网购。

而且，者者居，还来自《论语》，有文化的一本书，连喝酒，也要喝出文化。

产品的竞争，就是文化的竞争，古今概然，者者居，就是一个很好的古代案例。

小棺材

袁守中,苏州府城隍庙的住持,他居住在月渚山房,他的号也用这个。

我曾经借住过他的房间,他的案头有个紫檀木的小棺材,三寸长的样子,有一个盖,可开可合。

我笑着问他:您这个小棺材,用来干什么呢?

袁守中答:人生必有死,死则便入此中。世上很多人只知富贵功名,利欲嗜好,忙碌一生而不知有死。所以,我每每碰到不如意的事,就将小棺材拿出来看一看,心里什么事马上就放下了,万事皆空。我将这小棺材当作严师,当作座右的箴铭。

我听后,非常震惊,守中真是有道之士啊。

(清 钱泳《履园丛话》卷二十四,《杂记下·小棺材》)

小棺材只是警示之物。

无论怎么说,生命的短暂或漫长,与死亡的永恒相比,都不值得一提。

7853号小行星叫孔子,7854号小行星叫老子,即便如此,孔子、老子,都变成了天体,也不会永恒!

因此,被伏尔泰称作"最伟大的人"的马可·奥勒留,他的《沉思录》,就可以当作我们每一个活着的人的座右铭了:

把每一天都当作最后一天来过,永不慌乱,从不冷漠,也永不装腔作势——这便是人性的完美境界。

小棺材,以死后诫生前,当下的一切就会变得平和从容,所有的都只不过是过眼云烟,当下也就有了良好的收获。

补记三则同类题材:

宋代陶穀的笔记《清异录》,卷下有《永息庵》:

右补阙正44岁致仕，预制棺，题曰永息庵。他将棺材放在睡觉的房间内，家人朋友都劝他移走，他说：我看见它就常想到死，可以消除贪欲、爱欲。他活到了78岁，无疾而终。

清代作家陆以湉的笔记《冷庐杂识》，卷七有《题棺》，举了好几个人的棺材名：德州程正夫自作一棺，题曰"休息庵"。萧山汪龙庄治寿木，题曰"汪龙庄归室"。秀才徐瘦生，终身不娶，自署其棺曰"独室"。作者老父亲从台州购得好木头，做成棺，题曰"止止居"，并写了一对联：一生倏忽少壮老，万事脱离归去来！

清代作家王应奎的笔记《柳南随笔》卷六：

佛氏云："是日已过，命亦随减。"而西方人见面问年纪，则问："你死过几年了？"

日日想到死，死了就是休息、止了、归了，就是回家，生是短暂的，死是长久的。

"你死过几年了？"不知是西方哪个国家的问候语，实在是警醒之钟，未来之岁月，无非是死过光阴也！

卷二十九

"贼开花"

贼马

"贼开花"

程次坡御史上书，揭露了四川一些州县差役的各种扰民法。其中有"贼开花"等名目。

民间如果有偷窃案上报，差役就会将被窃户的一些邻居抓来。这些邻居，都是家境富裕但没有背景的人家，将他们指认成同伙，交钱才能放人。每报一案，牵连数家，他们管这种方法叫"贼开花"。乡民没什么见识，又怕这些人，于是出钱七八千至十数千不等。负责案件的小官差役们收到钱后，将人释放，这叫"洗贼名"。

一家被偷，数家受累，几次下来，即便富裕的人家也被掏空了。有人用对联讽刺：若要子孙能结果，除非贼案不开花。

（清　姚元之《竹叶亭杂记》卷二）

我相信这极其真实。

每个朝代，都会有各种不同层次的贪腐，大官大贪，小官也大贪，各种胥吏差役自然也要学样。作为具体案件的承办者，他们有的是办法，将办法想到极致，米糠里也要榨出油来。

无辜的人胆小，自然助长了差役们的胆量。但他们如果反击，有一种结果是，上官主持公道，严厉惩罚，但也有一种可能是，上官根本不管，不想管，也不敢管，自己屁股上有屎，说不清，激起众怒，反而会将自己扯上。

所以，"贼开花"只是问题的冰山一角，也不仅是四川的问题，它有一个极为复杂的关系链，要动，只能动大手术。

贼　马

王春亭刺史说了一件马的事。

某人非常喜欢骑马。他曾经买了一匹马，骑着它出了广渠门。刚一出城，前方来了一辆大车，这马看见了，长嘶一声，就横在马车前。马车的群马见了它，都不敢前进。这马屹然而立，某人虽识马颇多，也不知所措，不知道什么原因。仆人却心里有数，就将衣物解下来，远远地抛给他的主人，主人接着衣物，更加莫名其妙。

那马见骑者已得到东西，迅速向前飞奔而去，深沟短壁，一跃而过，遇见推着小车的，也从他们头上跃过，一直飞跑，跑到旷野无人处，此马才停下，前蹄跪着，趴着不动，温驯无比，某人才得以从马上下来。

某人问了仆从，才知道他买的是一匹响马，就是盗贼用来劫人财物的，这马已经养成习惯了。

（清　姚元之《竹叶亭杂记》卷八）

我在《笔记中的动物》中写过《舞马的悲剧》。

唐玄宗时代，那些马是因为训练久了，会跳漂亮整齐的舞蹈，跳舞表演就是它们的职业。这些只会跳舞的马，流落到民间，被征召进军队，军乐响起的时候，舞马习惯性地起舞，士兵们没见过，吓得不轻，视为异端，用棍打，越打舞马就越认为是自己没表演好，跳得越起劲，一直打，一直跳，最终被乱棍打死。

龙生龙，凤生凤，老鼠的儿子会打洞。这虽说的是遗传，却也说明习惯的重要，跟着老鼠，只能练习打洞，打洞是它们生存法则。

动物训练久了，自然会养成习惯。

同书卷二写到象的礼节：

岁丁酉秋，入朝站班之象，行至西长安街，一象生病倒地，过了一会,此象尽全力撑跪着,向北方叩首三下,又转向西方,叩首三下,倒地死去。向北面拜,是谢恩,向西面拜,是不忘它的出生之地。

替朝廷站班的象,也是有级别的,级别不一样,享受的待遇也不一样,病象死去前,不忘礼节,除了说明象的聪明,也是习惯训练成的。

因此,良马成响马,近墨者黑,除了感叹,只能说,伙伴很重要,环境也很重要,千万要慎之又慎。

卷三十

读书和看戏
突然兴盛的尼庵
为何称物为"东西"
杭州地名雅对
乌合和蝇聚
物入肺管
读书如领亲兵死士

读书和看戏

我同乡龚海峰先生,他在平凉做官时候,四个儿子都跟着他在学校里学习。

有一天,客人来访,龚先生就在家里开了一场小型音乐酒会招待。四个儿子也一起参加,音乐响起,他们都很想看看表演节目。龚先生不失时机地开始教育了:我问你们一个问题,是读书好呢,还是看戏好?你们想怎么说就怎么说!

小儿子想也没想就说:看戏好。

龚先生很不高兴,要他退下。

长子对答:自然是读书好了!

龚先生笑笑:这是老生常谈了,谁不会说呀!

老二起来答道:书也要读,戏也要看。

龚先生又笑笑:你这种两者皆可的观点,很像你的为人啊。

最后一位,老三站起来讲:读书就是看戏,看戏就是读书!

龚先生摸着长长的胡子,大笑:真好,你是真正领悟了其中的道理!

甘肃当时有个谭半仙,能算出未来的事情,龚先生将他请到家中,住了好几个月,临走时,谭半仙送了四幅扇面给龚的四个儿子。

送老大的画面是:老梅数枝,略缀疏蕊;老二的画面是:一棵古柏,旁无他物;老三的画面是:牡丹数枝;老四的画面是:芦苇丛丛。

四幅送出,谭半仙对龚先生讲:您的四个儿子,将来的成就,大致如此!

龚先生四个儿子,老大做了郡丞,老二做了孝廉,老三做了邑侯,老四做了观察。

(清 梁章钜《浪迹续谈》卷六《看戏》)

读书好，看戏好，这个话题，拿到现代的大学课堂上，也有得一辩。

小儿子直爽，想怎么说就怎么说；老大会揣摩上意，迎合着说话；老二折中，就是骑墙，谁也不得罪，四平八稳；老三能将两者结合，看出了其中的门道，这样的人，进步空间最大。

再来解析一下老三的观点。

读书就是看戏。书是戏的生活还原。生活有多精彩，书就有多精彩，或者说，经过提炼的书，比生活更精彩。每一本好书，都是人类智慧的结晶，千姿百态，恰如一台台精彩的大戏。字的灵魂深处，就是活生生的戏，字是戏的华丽衣裳。

看戏就是读书。戏是书的片段呈现。各种各样的戏剧表达，哪怕是一曲乐，一段舞，都有它独特的结构，特殊的意义。戏中的苦乐哀愁，悲欢离合，都是一本本精彩的书。戏的灵魂深处，就是凝结成的字，戏也是字的霓裳羽衣。

读书看戏，书中有戏，戏中有书，互相幻化，共体共生。

四个儿子的表达和见识中，蕴含着丰富的不同性格，自然会影响他们的人生历程，千人千面，一点也不奇怪。

四幅画，用植物来比喻，形象活泼。

人生在世，草木一秋，即便牡丹独占鳌头，也只是花红三日而已。

突然兴盛的尼庵

我在江苏做官时，经常要经过丹徒，河岸边有一座尼姑庵，很冷清。

近来，我又经过这里，这尼庵却门户崭新，香火旺盛，前后也不过十年时间。

夜泊河边，向庵旁一位老人询问原因。老人年过七十，很有感慨，前前后后，仔细地将事情说与我听：

寺庙道观的盛衰，有多种因素，但人是很大的原因。这尼庵，当初极被人冷落，有一天，恰遇五月十六的"都天庙会"，这里热闹得很，庵前来赶会的船只不少。有美妇坐船，到此上岸，不想，一脚误踩进烂泥里，她急忙跑进庵中，这个场面，大家都看到的。过了一会，撑船人大叫：这个妇人给我的一百钱，是冥钱呀！他急忙跑进庵，要和妇人讨钱，但庵中并没有此妇。撑船人正和尼庵理论，忽然看见，殿堂上观音大士像的一只脚上，都是污泥，就是刚刚妇人踩上的污泥，他立即惊醒过来，倒地便拜，并将冥钱在炉中烧掉。

这件事自然产生了轰动效应，去尼庵观看的信众，将庵门都堵塞，去的人无不合声诵佛，他们认为，这是观音显灵。

过了不久，撑船人又向众人报告，庵里香气四腾，众人愈加惊奇，奇事越传越远。从此后，这尼庵香火就旺盛起来了！

而这件事的真相是：妇人和撑船人，都和尼庵一伙的，事先设计好，妇一入庵，立即卸装改容，并将污泥转移到观音的大脚上。

近年来知道真相的人渐渐多了起来，但庵的香火依旧旺盛。

（清　梁章钜《浪迹续谈》卷七，《尼庵》）

尼庵面对日益的冷清，一定很沮丧，为什么别的地方香火如此旺盛？

某一天，来了位脑子特别好使的尼姑，她走南闯北，见识了不少，她又细细考察了当地的民风民俗，终于，她想出了一个好法子。

这个想出法子的尼姑，实在具有领导才能，因为，她一下子抓住了问题的要害，信众为什么要来烧香？一个字：灵！如果求的什么事，一点也没有回应，如果大家都不去，那还有什么灵呢？

信众很现实，他们理解的灵，基本有两种，一种是许了愿，有效果；另一种就是显灵，偶像显灵，那真是千年不遇。

灵，必须制造！

似乎是天衣无缝，因为情节自然真实，却有多个场景相助。

为什么七十老翁知道了真相？为什么知道真相的人渐渐多了起来？

绝对因为利！

妇人，撑船人，甚至尼庵中的各个成员，都可能因为利的分配问题产生矛盾。你多了，我少了，我是功臣，我的作用大，没有我，不可能有尼庵的今天。谁都可以这样认为，因为在戏里，仅靠主角，还不能讲一个完整的故事。

这尼庵，指不定哪天就门可罗雀了。

没有永远兴盛的香火，因为不符合事物发展的规律。

为何称物为"东西"

伊墨卿太守和我说：以前听朱石君说，世俗通行之说法，都叫东西而不叫南北，东指的是我们国家的儒家，就是孔子的东家，西就是西方教派，说的是西方圣人。这两个，足以涵盖一切。但可惜，没有听说这种说法的出处。

我曾经私下问过纪晓岚老师，他笑笑答：朱石君自己很相信西方教派，所以有这种说法。

我也曾经听说过，明朝崇祯皇帝曾经问过他的下属，当今市面上交易，只说买东西，而不说买南北，是什么原因。周延儒这样回答：南方属火，北方属水，黄昏时跑到人家家里去求水火，人家是不会给你的，所以只说东西，东属木，西属金，木金，好物品！

我认为，周延儒的回答，也只是一个角度，也不见得有证据。《齐书·豫章王嶷传》有："上谓嶷曰，百年亦何可得，止得东西一百，于事亦得。"似乎当时已经将物品叫东西了。

物产四方，而简约举例东西，正好比历史记载四时，而简约说春秋一样。

（清　梁章钜《浪迹续谈》卷七，《东西》）

困扰的，远不止梁章钜。

他这里举的几个例子，只是"东西"的几种说法而已。

梁作家没法搜索，只能凭自己的阅读和交往，视野极其有限。

关于"东西"，至少还有以下两种说法，民间广为流传：

源于东汉。东汉有两京，西京和东京，西京是长安，东京是洛阳，到东京买物品，简称"买东"，到西京买物品，简称"买西"，久而久之，人们就将"东西"当作所有物品的指代了。

源于朱熹的小故事。这个故事，其实和周延儒的差不多，只不过有个完整的情节：据说，南宋理学大家朱熹，在未出仕前，在家乡有个叫盛温和的好友。一天，两人相遇于巷内。盛拿着一个竹篮子，朱熹问他去哪里。盛回答：我要去买点东西。朱熹的脑子向来异向思维：你说买东西，为什么不说买南北呢？盛答：东方属木，西方属金，南方属火，北方属水，中间属土。竹做的篮子，盛火会烧掉，装水会漏光，只能装木和金，我当然不会无聊地去盛土啦，所以叫买东西，不说买南北。

梁的简约说，似乎有点道理，反正例举不完，用借代，也是中国人的常用方法，但是，问题还是有。

小时候，我们常去弄堂里的小店打酱油，那店，就叫"南货店"。在中国南方，南货店遍地都是，它是童年的记忆。

这又糊涂了。为什么不叫北货店？为什么到南货店里买东西？真是有点绕。

《魏书·食货志》《旧唐书·李勉传》都有"南货"，专指南方的特产。

我刚刚读完的清人李斗的笔记《扬州画舫录》，《草河录上》有这样的记载：行货半入于南货，业南货者，多镇江人，京师称为南酒，所贩皆大江以南之产。

还是专指南方特产。

看来，南属火，篮子里装南方好东西的时候，不必担心火会烧篮。

"南货店里买东西"，我真想建议教育部考试中心，将这一句放入汉语水平考试经典试题中，不管哪个外国人，只要能清楚地读懂，那就真正读懂了中国。

杭州地名雅对

我以前读的汤春生《文章游戏》中，有杭州地名集对，但因为那些地方，我都没去过，所以也没有抄录下来。今年，我将居住杭州，已在三桥址那边租得一宅。我看房子时，跑了好多地方，看见那些名字，都很熟。今后，我将在杭州的街巷中来往，这些名字必须熟悉。这里抄录一些比较有文化的且成对子的地名。

二字对：

官巷；衙湾。泥坝；土桥。湖墅；山墩。仓巷；棚桥。古荡；新桥。马弄；车桥。

三字对：

五老巷；三元坊。黑亭子；红庙儿。芭蕉弄；葫芦兜。红门局；白井亭。草鞋岭；箬帽滩。珠冠弄；玉带桥。砚瓦弄；棋盘山。石屋洞；草桥门。金钱巷；元宝街。楚妃巷；越王山。狮子巷；猫儿桥。大仓后；小学前。助圣庙；兴贤坊。八仙石；三圣桥。十八涧；六一泉。佛慧寺；仙灵桥。浑水埠；清河坊。凿石巷；打铁关。里塘巷；后市街。六克巷；千胜桥。六和塔；四宜亭。祖庙巷；宗宫桥。金门槛；石牌楼。朱霞弄；青云街。祥符寺；淳佑（祐）桥。桐枝巷；松毛场。羊角埂；狗毛滩。塔儿巷；灞子桥。小娘弄；高士坊。十字路；八卦田。高银巷；文锦坊。黄泥岭；乌石峰。梅青院；柳翠桥。仓基上；饷部前。萧山弄；余杭塘。百福巷；万安桥。猪圈坝；鸡笼山。威乙巷；拱辰（宸）桥。新塘上；旧府前。火德庙；水香庵。八盘岭；九曜山。同安里；太平桥。海会寺；江涨桥。老东岳；赛西湖。城头巷；湖心亭。栖霞岭；登云桥。猪婆弄；鳖子门。林司后；薛衙前。扇子巷；靴儿河。猪头巷；鸭卵兜。虎跑寺；龙吟庵。延龄埠；流福沟。木屐弄；苕帚湾。夕照寺；初阳台。三桥址；百井坊。保俶塔；渡子桥。蝙蝠洞；螺蛳门。燕子弄；雀儿营。白马庙；青龙街。高丽寺；满州营。孩儿巷；丈人峰。

四字对：

张御史巷；王状元园。范郎中巷；李博士桥。胡打笞巷；嵇接骨桥。城南古社；梅东高桥。神霄雷院；天汉洲桥。

六字对：

二圣庵，三圣庙；十字路，五字桥。大方井，小方井；南高峰，北高峰。老龙井，小龙井；新马头，旧马头。义井巷，义门巷；孝子坊，孝女坊。多子街，多福弄；旌德观，旌功坊。严官巷，蔡官巷；成衙营，莫衙营。

（清　梁章钜《浪迹丛谈》卷七，《巧对补录》）

200多年过去，杭州的地名对，有相当多的还在，但好多也已经消失。

杭州的地名，就是杭州这座城市的骨骼经脉符号，有丰富的历史。

苏东坡《闻林夫当自徙灵隐寺寓居戏作灵隐前一首》诗的前两句是："灵隐前，天竺后，两涧春淙一灵鹫。"这里就有五个地名：灵隐，天竺，灵鹫，南涧，北涧。

地名中有厚重历史。

金银巷、元宝街、高银巷：南宋的时候，这些巷子里，真的成天流淌着白花花的银子，各类繁荣的市场，交易额巨大。

湖心亭：张岱的《湖心亭看雪》，篇幅不长，却和苏轼的"淡妆浓抹总相宜"一样，都是写西湖的杰作。

孩儿巷：以前叫泥孩儿巷，南宋时，这条不长巷中，有许多出售泥娃娃的小摊。

我住在拱宸桥边，走运河天天经过登云桥，上班开车要过哑巴弄，经湖墅，到达单位。单位边上有百井坊、梅东（登）高桥、莫衙营。双休日登六和塔、保俶塔，爬初阳台、栖霞岭，去南高峰、北高峰。

好多地名改了。

好多地名消失了。

杭州市地名办——地名的权威解释部门，有专门的地名系统库，朱文军处长帮我理了下，三字对中消失的地名如下：

五老巷、黑亭子、红庙儿、芭蕉弄、葫芦兜、白井亭、草鞋岭、箬帽滩、珠冠弄、砚瓦弄、草桥门、越王山、狮子巷、猫儿桥、大仓后、小学前、兴贤坊、八仙石、佛慧寺、仙灵桥、浑水埠、凿石巷、里塘巷、千胜桥、宗宫桥、朱霞弄、祥符寺、桐枝巷、新塘上、松毛场、羊角埂、狗毛滩、文锦坊、乌石峰、梅青院、仓基上、百福巷、猪圈坝、威乙巷、饷部前、萧山弄、瀶子桥、小娘弄、旧府前、火德庙、水香庵、同安里、海会寺、赛西湖、猪婆弄、鳌子门、龙吟庵、延龄埠、流福沟、木屐弄、夕照寺、三桥址、渡子桥、螺蛳门、青龙街、满洲营、丈人峰。

四字对中消失的地名：

张御史巷、王状元园、范郎中巷、李博士桥、胡打苕巷、城南古社、神霄雷院、天汉洲桥。

六字对中消失的地名：

二圣庵、二圣庙、十字路、五字桥、大方井、小方井、老龙井、小龙井、新马头、旧马头、孝女坊、多子街、多福弄、成衖营、旌德观、旌功坊。

消失的原因多种多样，但不外乎城市发展了、改造了，原有地名已经严重不符合新的需求，且还有许多文化上的因素。

我傻想，如果这些地名都能保留下来，那该是一件多有意思的事啊，"张御史巷、王状元园、范郎中巷、李博士桥"，每一个都有一长串丰富的故事。

但消失不等于消亡，而是融合，即便改造后的地名，也和原地名有着千丝万缕的联系。

乌合和蝇聚

各地州县衙，官员向上级长官汇报工作的情形，大致相同。桂林地方，有人分段编了个戏，让人笑得喷饭。

一曰乌合，二曰蝇聚，三曰鹊噪，四曰鹄立（站司道班），五曰鹤惊，六曰凫趋，七曰鱼贯，八曰鹭伏，九曰蛙坐，十曰猿献（谢茶），十一曰鸭听，十二曰狐疑，十三曰蟹行，十四曰鸦飞，十五曰虎威（各喊舆夫），十六曰狼餐，十七曰牛眠，十八曰蚁梦。

这都是我亲眼见过的，自己身在现场，不觉得可笑，退休回家后，回忆起各个场景，真可以将其写入《启颜录》啊！

（清　梁章钜《归田琐记》卷七，《上衙门》）

这十八个词，全是由动物名称组成的偏义复指词，重心是各种动作，却用动物来形容，给人极强的喜剧感。众官员汇报工作，情状犹如动物开大会。

仔细分析，又各有侧重。

二、三、四、六、七、十三、十五组，基本上是常态，台上主官威严一坐，台下官员及各行工作人员有秩序没秩序地聚集，形态各显。影视上常见，如果是审判，那一定要喊"威——武——"什么的，在气势上首先将原告被告压下去。

其他的，则是各个特殊场景显现。

蛙坐，像青蛙一样坐着，听领导训示。青蛙怎么坐？后脚坐立，前倾伸头，前腿似乎抬起，前脚短啊，这么短的腿抬起，实在有些不雅观，但能保持一种观察的姿势，瞪大双眼，望着领导，领导对着一群倾听的青蛙，感觉一定超好，本来半小时的报告，不知不觉就一个小时了。

狐疑,像狐狸一样疑问,听领导要求。狐生性多疑,尤其是今天,领导在台上讲了很多即将要推行的政策,不理解,一点儿也不理解!怎么可以这样?如果这些政策实行了,叫老百姓怎么活呢?但疑归疑,还是不敢发声,怎么可以发声呢?人家都很聪明,不管对错,只要照例执行就可以,你如果发声,不仅职务不保,弄不好还会使家人牵连受累,不值得,不划算,还是狐疑一下算了。

牛眠,蚁梦,像牛一样睁着眼闭着眼,像蚁一样做梦。牛发生眠的状况,要么是夜里,要么是吃草或者晒太阳很幸福的时刻。一边嚼着草,一边打着瞌睡,台上领导的报告,已经两个小时了,好像意犹未尽,台下开始作鸭听状,听着听着就牛眠了,如果再讲下去,那就蚁梦了,蝼蚁虽微,也是有梦想的,蚁的梦想很简单,就是好好工作,好好生活,累了睡,别折腾!

台上主要领导,讲着讲着,见台下听众,起先蛙坐,鸭听,忽然鹭伏,继而牛眠,再是蚁梦,突然生气了,大声虎威,众官员立即鹤惊,鹄立,但心里窃喜,报告总算要完了!

插一个"牛眠"的典故。

晋代的陶侃,他家里要举行葬礼,突然丢了一头牛,牛是重要财产,找啊找,谁也不知道牛跑哪里去了。碰到一个老人,他告诉陶侃:前面山头,看到一头牛卧着,那个地方,如果埋人的话,他的后代,一定会做很高的官。陶侃找到了牛,也看到了那地方,便把先人埋在那里。

陶侃的"牛眠",显然和上面"牛眠状"没有关系,但是,各级官员牛一样闭眼的衙门,一定也是风水很好的地方!

物入肺管

《一斑录》说：常昭城中，有巨姓人，他的儿子，刚七八岁，四月份的时候吃新鲜的蚕豆，他选了一粒最大的，含在嘴中，不料，突然吸进肺管。小孩当场倒地，喘不过气来。医生来了也束手无策，从傍晚一直到半夜，小孩死去。

这户人家只有一个儿子，他母亲悲痛不已，不久也死了。

真是可惜啊，当时他们不知道这样的方法：只要抓住小儿两脚，将人倒悬，肺中所吸之豆，一咳就出来了，这种突发情况，其实没有药可以治。

三十年前，珍门庙有小儿吃海蛳，误吸壳入肺管；又七八年前，我家仆的儿子，十岁，也是吸海蛳入肺管，一直拖了一个多月才死去。这些，都是不知道治疗方法而耽误了救治时间所造成的惨剧。

有人还告诉了这样一个有效方子：

小儿的鼻孔里如果吸进了豆，可以捏紧他的双耳与嘴，不让他通气，再拿笔管，朝无豆的鼻孔里吹气，豆一定会掉出来！

（清　梁章钜《浪迹丛谈》卷八，《物入肺管》）

古代笔记，留有无数的医学方子，这是古人生产、生活的经验总结，好多方子，现代仍然可以使用。但是，药性、人的体质、环境、气候，等等，都在发生重大的改变，因此，即便好方子，也不能随便乱用。

异物入肺腔，其实就是入气管，一颗蚕豆要了一个孩子的命。一颗螺蛳壳要了好几个孩子的命，这样的例子，一定还有很多，一直一直在发生。

初看作者这个"捉儿倒悬法"，挺管用。但我估计，作者只是根据以往发生的惨剧，加上自己的推理，想象而成，并没有成功的实践。

2016年12月17日，全球各大媒体，都报道了这样的新闻：96岁的美国外科医生海姆立克去世，他发明的急救法，挽救了十万人的生命。

这是什么急救法呢？巧得很，就是救治呼吸道被异物堵塞的急救方法。

20世纪70年代，被食物噎住或异物堵塞，一度是美国第六大意外死亡的原因，每年大约有4000人被噎死，其中很多是小孩。

海氏方法的精髓是：利用冲击腹部膈肌下的软组织，产生向上的压力，压迫两肺下部，从而驱使肺部残留空气形成一股气流。这股带有冲击性、方向性的气流，在气管中长驱直入，就能将堵住气管、喉部的食物硬块等异物驱除，使人获救。

我们的报纸还详细画了图解释，"独自一人在家，气管吸入异物这样自救"：

趁自己还有意识前，马上将自己的腹部趴伏在椅背上，向下快速挤压上腹部，通过产生气压，将异物排出。或者，一只手握空心拳，拳眼置于脐上2厘米处，另一只手紧握此拳，快速向上冲击腹部，至异物排出。

以此科学观照，将小孩双脚倒吊，拍打背部，是极其错误的方法，不仅无法将气管异物排出，还会增加小孩颈椎受伤的危险。

还要有区别。

医生告诫，海氏的方法，比较适用于大型异物堵塞，也就是说堵住了大气管，但花生、豆子之类的小型物，堵在肺的支气管上，还是要到医院，用镊子甚至气管镜取出梗阻物。

以此看来，古代的小孩（也包括大人）肺管里进了异物，就有很大的生命危险，倒足拍，如果侥幸成功，也是死马当作活马医的结果。

读书如领亲兵死士

读书要有记性,记性可以练,比如"精读一部书"就是一种比较好的方法。不管大书小书,都要将这部书背得烂熟,知道每个字的意义,还有,各家的笺注也要能辨出高下。这一部书就是你的阅读之母,其他的书就可以触类旁通了。

再打比方。比如领兵十万,全部一样看待,关键时刻,不会有一个兵替你卖命;比如广交朋友,全无亲疏厚薄,关键时刻,没有一个朋友前来相助你。领兵,必须有几百亲丁死士;交友,也必须有一二意气相投、肝胆相照的朋友。如此,其他兵也可用了,其他朋友也会帮你了,一顺百顺。

只是,这部书要是一部没有瑕疵的,内容和写法都完美的书才好。倘若是一部一般的书,没用。如领兵,一般能力的兵,你待他再好,如交友,一般能力的朋友,你待他再好,关键时刻,那也帮不到你。至于作奸犯科以及无赖之徒,那更不在我们的话题之内了。

(清 梁章钜《退庵随笔·读书法》)

半部论语治天下,熟读精读一本书的方法,古人早说过,但作者这里的比方,依然有些新意。领兵,交友,都要靠有用的人才行。

然而,世上让人能读一辈子的书,实在太少了。即便是公认的经典,也不是适合所有人,有的人读出了名堂,有的人却深受其害。同理,世上可以推心置腹的朋友,也绝对不会太多,人生得一知己足矣,而这一知己,还常常是异性。以心换心,但心哪里可以移动呢?

还有,严格考究起来,作者的比方,却有些偏颇,至少是不那么完善。都说宽严相济的治军,才能训练出战斗力强的部队,前提就是对士兵的一视同仁,长官关心士兵,士兵才会为你卖命。孟尝君养士数千，不挑拣，无亲疏，一律给予优厚待遇，所有宾客都认为，孟和自己亲近。而亲兵、好友的结果常常是这样的：遇有重大情况发生，那些不亲近者不由自主地想，这事儿，不用我冲在前，他信任的人会替他卖命的。

同理，精读一部书的好处很多，然而，明显的不足的是，你拿来和现实一结合，就会发现，仅这一部书根本不够用，无论写作、阅读，都是广和博的综合，才有了专和精的结果，死守一部书，不知变通，迂腐无知就会随之而来。

由此说来，精读熟读，只是阅读的一种良好方法而已，切不可死守。

卷三十一

活在监督中
乳花香
灰尘落在衣袖上
线量美人
上朝死
人品与文品
煤驼御史

活在监督中

雍正初年,防范的罗网织得很严密,官员有什么举动,事无巨细,都会报告给皇帝,所以,官员大都怀着敬畏之心,不敢肆意妄为。

举三个小例子。

有官员买了顶新帽子,路上碰到了熟人,互相寒暄,还谈了谈新买的帽子。第二天,官员上朝见皇帝,脱帽谢恩,皇帝笑着说:当心啊,不要弄脏你新买的帽子!

王云锦状元,元旦期间,和亲戚朋友一起玩牌,突然丢失了一张。第二天上朝,皇帝问他昨晚都玩什么了,王说和朋友打牌。皇帝笑着称赞:你还真老实,是个好状元。说完就从袖中拿出一张牌给王,王一看,正是昨晚丢失的那张。

王士俊制府出京城工作,张文和推荐了一个仆人给他,这仆长得健壮,服务周到细致。后来,王要回京城见皇帝,仆人事先来告辞,王问原因,仆答:你这些年都没什么大过失,我也要进京面圣,我为你打前站去。王这才知道,此仆原来是侍卫,皇帝派他来侦察王的行为。

(清 昭梿《啸亭杂录》卷一,《察下情》)

这也是没有办法的办法。

这种办法的好处是,官员生活在严密的监控中,小心翼翼,如履薄冰,做人行事就会规矩起来,保不定什么时候你的辫子就被皇帝揪住了。这可不是一般的监督,而是皇帝亲自监督,哪一级的官员都不例外。

坏处也明显。

就如明朝的东厂,为了某种利益,会无限放大被监控人的行为，无事变有事，小事变大事，最终害掉人性命的案例，数不胜数。

所以，多数为政者，都会选择两策并进的方法。

一策是，建立并完善良好的制度，用制度来管人，人人平等，王子与庶民同罪。

另一策是，对官员进行道德制约，处处行为要规范，要做表率，要成为人民的公仆，从内心深处管住自己。

即便上面两策都执行得很有成果，但制度有好坏，人的素质有参差，因此，期望众多官员和皇帝同心同力，也只是一种美好的理想，实际过程中，要打很多折扣。

要让官员生活在监督中，不要生活在惊恐中。

乳花香

于敏中做宰相时，许多官员都拍他马屁。某探花，也争着拍。他让妻子做于小老婆的干女儿，来往关系甚密。于死，梁瑶峰把持朝政，探花又让妻子拜梁为义父，并馈赠珊瑚朝珠。

纪晓岚做了一首诗讽刺：昔曾相府拜干娘，今日干爷又姓梁，赫奕门楣新吏部，凄凉池馆旧中堂。君如有意应怜妾，奴岂无颜只为郎。百八年尼亲手捧，探来犹带乳花香。

探花也知道了这首诗，感觉有点难为情，称病而回。

到了嘉庆己未年，朱文正做相，探花又屁颠屁颠，觍脸求投靠。当时又有诗讽刺：人前惟说朱师傅，马后跟随戴侍郎。

（清 昭梿《啸亭杂录》卷四，《三姓门生》）

有奶便是娘，此探花，堪称官场拍马之典型。

他的心里，总是不踏实，非常不踏实。无论从历史看，还是从现实看，在官场混，都需要找一棵大树，皇帝太远，宰相最好，拥有各项权力，也算另一种至高无上。

有了大树，自然可以乘凉，生活就会变得充实，再也不用担心这个事那个事。

当然，首要事情，是要将这棵大树抱紧抱牢。

珊瑚朝珠的延伸情节是，寒冬腊月，梁大人凌晨上朝，穿戴妥当，干女儿就会将在自己怀里焐得暖暖的珊瑚朝珠给义父挂上，那刚出怀的朝珠，自然带着探花夫人的乳香了。

做官做到这个份上，也真是难为探花了。他的骨头里，基本上没有钙质，见到比他大的官员，就想跪下来。

我没有读到更多关于这个探花怎么做官、怎么对待下属的描写。若有，我想他在对待下属方面，存在两种可能，一种是性格懦弱，做老好人，混日子；另一种，则极有可能，严厉，苛刻，吝啬，锱铢必较。一个人在多处长期压抑，总要寻找一个爆发口。

古今中外，类似乳花香之类的拍马，仍然以各种新鲜的形式滋生，不胜枚举。

灰尘落在衣袖上

洪承畴被俘后，（清）太宗派亲信——吏部尚书范建丰去劝降。

洪脾气大得很，咆哮如雷，范不急不躁，耐心劝说，不提招降之事，还与他谈古论今。谈话时，有一个细节，程仔细观察了：梁上有积存的灰尘落下，正好掉在洪的衣服袖子上，洪几次擦拭。

范尚书急忙告辞出来，回奏太宗：承畴不会甘心去死的，他对破袍子还这样爱惜，何况是性命呢？

（清　昭梿《啸亭杂录》卷八，《洪文襄之降》）

洪承畴，明朝大官，松山之败后降清，明末叛臣之一，但也是清朝定鼎中原的重臣。康熙四年去世，享年73岁。赠少师，谥文襄，赐葬京师，立御碑。可见荣耀。

洪被俘后，不肯投降，皇太极无计可施，特命范尚书去劝降，探一探洪是否真的有宁死不屈的决心。

梁上的灰尘，破旧的衣服，都可以借指外物。假如洪是一个意志坚定的赴死者，他才不会爱惜衣服袖子呢，一切都是外物，唯有气节存身，自然什么都可以不顾，但灰尘暴露了他的本质。

历史上，朝代衰落之前，众多的英雄，为前朝英勇就义，其基本特征是一样的，人生自古谁无死，留取丹心照汗青。但也有众多的变节者，这些贰臣，变节的原因多种多样，有一条是共性的，那就是怕死，惜命。

虽然，我们不能以此来全盘否定洪的功绩，那是狭隘的民族主义，但仕明降清，总不能说他是一块无瑕的白玉。

线量美人

侍郎蒋赐棨,好声色,他认为,妇女身材高挑且苗条,性功能就特别强。所以,他事先准备墨线,量一量,符合他的标准,才收为妾,当时人们都称线量美人。

(清　昭梿《啸亭杂录》卷九,《线量美人》)

《诗经》有"硕人其颀",说明身材修长,大家都喜欢,古人也喜欢。

这个蒋侍郎,本来也是显赫官家出身,但他一味拍和珅的马屁,名声不太好。

木工总是将线头钉子扎进木材的一端,然后,从墨斗里,拉出细线,一直拉到木材的另一端,拉紧了,用手轻轻地拉弹一下,木材上就留下一道清晰的墨印,沿着墨印,就可以进行处理了。《荀子》里的"木就绳则直",说的就是这个事情。

蒋侍郎不相信自己的眼睛,眼光总不是很标准,美女的嘴巴、鼻子、眼睛一勾,会看走眼,用墨线,又省事,又科学。

一味沉溺于某事,往往会做出有别于常人的行动,线量美人,似乎说的就是这个。

历朝历代,全国宫女海量选拔,不知道用不用线量,不过,那些太监也老有经验了,目测得不太会离谱。但我相信,随着选拔的不断深入,人数越来越少的时候,标准一定更加严格,极有可能比线量美人高多了。

身材和性功能不是一点关系都没有,但如蒋侍郎这般"孜孜以求",实在空前。

上朝死

刘武进相公,性格刚毅,曾授征西将军印,屡获功绩。

乾隆中,刘公已经七十来岁,他去养心殿汇报工作,长久地跪着,汇报完毕,站起身来,一脚踩到了衣角,迅速倒地。刘公身体肥壮,加上皇帝御坐位置比较高,就这样一跤摔死了。

(清　昭梿《啸亭杂录》卷十,《刘武进相公》)

这是一个小概率事件,实在不幸,皇帝也"甚惜之"。

但有人也说,刘公是死得其所,死在皇帝的面前,那也算因公殉职了,抚恤金什么的,一定不会少。

如果因为刘公年纪大了,皇帝让他坐着汇报工作,暴死事件也许会避免。

但君臣有别,君君臣臣,即便老臣少君,这样的规矩也是不能破的。

张之洞是个十足的夜猫子,他晚上十点起床办公,下属们苦头吃尽,因为汇报工作啊什么的,都是半夜求见。那些不知情的官员,常常白天求见,但张即便见了,也谈不了多久就闭目打盹。有人上奏本参他,一查,张只是生活习惯问题,工作能力、业绩都非常优秀,也就不了了之。

我一学弟,从一知名大公司高管辞职,问他原因,他说身体吃不消,老板常常深夜开会研究事情,研究完了,还要留下来陪他打牌,直到天亮,天亮后,老板睡觉去了,但他还有处理不完的工作,偶尔几次可以,长此以往,给多少钱也吃不消。

人非钢铁,需要合理的休息时间,每当有因公劳累殉职的新闻传来,我总是要感叹一番,爱社会爱家人,也要爱自己。

人品与文品

王西庄没有及第时，曾经住在某富人家里，他每进屋时，一定用双手作搂物的姿势。人问他什么意思，他说：想将他家财气搂进我的怀中嘛。

等到他做官后，办事不负责任，相互扯皮，却贪心得很。

有人不解地问他：先生学问渊博，但贪财小气，你不怕坏名声留给后世吗？

王西庄笑笑说：贪财小气只不过一时被讥笑，学问却是千古之业。我自信，我的文章可以传给后世，百年后，口碑已经没有，但著作常存，我的道德文章，一定在的。

他的著作中，多慷慨激昂之语，将自己贪财小气丑陋的一面掩盖。

（清　昭梿《啸亭续录》卷三，《王西庄之贪》）

这一则，说的是人品与文品的关系。

王西庄，又叫王鸣盛，上海嘉定人，1754年考中榜眼，历史研究专家。清代同时代一些作家的笔记中，他确实是这样的品性，文章好，人品差。

2015年，浙江省高考作文就出了这样的题目：

古人说："言为心声，文如其人。"性情褊急，则为文局促，品性澄淡，则下笔悠远。这意味着作品的格调趣味与作者的人品应该是一致的。金代元问好有《论诗绝句》却认为"心画心声总失真，文章宁复见为人"。艺术家笔下的高雅，不能证明其为人的脱俗。这意味着作品的格调趣味与作者人品有可能是背离的。

对此，你有什么看法？写一篇文章阐明你的观点。

我们的报纸，请我就这个题目谈点看法，下面是我当时写下的一点解读：

说实话，今年的题目还是有些难度的，一是难理解，二是生活少，不贴近。

这两则材料，综合起来，是说文章（或艺术）与人品的相互关系。我觉得可从主副两个角度去理解。

先说副角度：不能因人废艺。

林子大了，什么鸟都有，同样，作品和人，没有绝对正比例关系。这是因为，人性的复杂使人具有多样面孔，艺术，更多的是技艺技巧。

品行差，并不表示技艺一定就差。希特勒阅读也是如饥似渴的；李绅写"谁知盘中餐，粒粒皆辛苦"，可是自己有了条件后，却奢侈得很；有一种说法，宋体字的创造者是秦桧。

唐代作家张鷟的笔记《朝野佥载》，他这样说著名诗人韦庄的吝啬：韦庄读过很多书，但非常小气。他家里做饭，米都要一粒粒数过，柴火都要一斤斤称过，烧肉的时候，如果碗里少一块肉，他都会发觉。韦庄有个儿子，八岁就死了，夫人用漂亮的服饰装殓他，韦庄却将儿子的衣服剥下来，用旧的草席裹着尸体。葬完孩子，他仍然将旧草席拿回家。他一边走，一边哭，很悲伤。

韦大诗人是唐末花间派词人的代表，这样吝啬，好像与他的名气不相称。

但看一下他的生平，也不是不可能。他年轻的时候，孤而贫，59岁才考取功名。贫困一直折磨着他。如果反过来看，这样小气，可以解释为会过日子。他知道米来之不易，他也知道伐薪之艰难，他更知道金钱的重要，因此，难得吃肉，肉切成几块，当然是有数的，心里有数，不是想自己独吃，而是便于分配；至于光着身子葬儿子，那也是有道理的，人死了，就是回归自然，赤条条来，赤条条去，并没有什么不妥，想想看，庄子老婆死了，他还敲着盆子唱歌呢。

不是吗？该表达感情，他就怎么表达，一点也不少的，而且很真诚。人活得真，是很难很难的，一不小心，就会被人说成小气。这样的大诗人也不能幸免。

所以，我说，副角度，对这样不统一的要仔细分析。

再说主角度：言为心声，文如其人，德行要统一。出题者的主要意图，可能在这里。

基本规律是，什么样的土壤长什么样的花朵。

第一，仁义礼智信，温良恭俭让，中国传统文化注重培养健全的人格，有责任、守礼节、能担当的人。千百年来，一直这样遵循。在这种大环境下，为人处世，都要求高度统一，为文为艺，自然也不能超越这个道德大框架，这是起码的要求。所以，一旦有言行不一的人出现，就会被集体指责，纵观历史，副角度出现的例子，并不是很多。如果孔孟的德行有诸多缺陷，我们还能这样长久地尊崇吗？

第二，儒释道三家中，那些积德行善、迁善改过的观点，凡是教人向上向善的，也是一种倡导，一种补充，总之，它们也是大环境的营造者。这样的环境，也要求文如其人，艺如其人，一旦有背离，也会立即遭人谴责。那些诲淫诲盗的书籍，不管什么类型，都会长久遭禁。

第三，我们现在所倡导的社会主义核心价值观，要求为人为文为艺高度统一，这样的作品，才能教育人影响人。所以，现实社会中，一旦有影视明星涉黄涉毒，其影视作品就会被禁止播出。

土壤和花朵，应该是正比例关系，但是，大千世界，变也是规律，人无完人，何况现实社会本身就是个复杂体，良莠并存。

毒药和良药的区别，就在于剂量是否得当。

煤驼御史

雍正帝时,求谏甚切,要求各级官员都要提合理化建议。凡是满汉六科给事中、都察院的各道监察御史,都要轮班汇报事情,如果不提建议,立即罢官。

某御史,提出了这样一个建议:禁止卖煤人横骑驼背,以防颠越。皇帝当时就叱骂了这个官员,传出去后也成了笑话,一个新词,"煤驼御史"诞生了。

(清　昭梿《啸亭续录》卷三,《煤驼御史》)

皇帝想多方听取意见和建议,只有一个目的,让大清江山更加巩固。主观的愿望,加上客观上取得的效果,国家大益,百姓有福。

作为硬性规定,在其位,谋其政,水平高下立见。

于是,各路官员,根据各自的分管范围,对现实进行判断,会发现许多的不足,将不足补齐补全,就是好的建议。

自然,因了各自的立场,各自的利益,他们的建议意见,往往会朝着有利于利益集团的方向,相信皇帝会明察。

经常要提建议,那就需要全面的素质,如果是混官,时间长了,一定露腚,"煤驼御史"就是这样的例子。混官也要考虑老百姓的利益,如果坐姿不正确,或者驼受到了惊吓,掉下来怎么办?不仅摔坏了自己,也危及别人。

清代褚人获的笔记《坚瓠集·癸集》卷之一有《三朝建言》,也说到了官员向皇上提的所谓建议:

明朝成化年间,一御史提建议说,京郊地方,各种车辆拥堵,骡车力量大,驴车力量小,现在一并在道上行驶,容易出问题,亟须改变这种现象。弘治年间,一给事中提建议说,京城士人喜欢穿马尾衬裙,官马常被人偷拔鬃尾,有误军国大事,这一定要禁止。

嘉靖初年，一员外郎建议，各茶食店铺里的桌子，大桌省功费料，小桌省料而费功，功和料都要俭省，所以，桌子的格式要统一一下。

上面三条，不能说不是建议，但即便是建议，他们也只看到了问题的一面。骡和驴分道倒是可以，但你能有那么多的道吗？就事论事，头痛医头，都是简单化的做法。

所以，合理化的建议，一定是在充分的调查研究基础上才能产生的。换个角度，一个高高在上的官员，一个不懂得民生疾苦的官员，要想提出造福于百姓和国家的好建议，也实在是有点难。

无论哪个时代，"煤驼御史"都不是笑话。

卷三十二

秘　方
文字的理解
者番新试
打败年老
倒穿着鞋子
烧宝而贺
被"煮"者回家了
毛大可写作
彭泽的父亲
一刻千金

秘　方

杭州吴山有卖秘方的，生意不错。有一人花了三百钱买了三条："持家必发""饮酒不醉""生虱断根"。卖家将秘方用纸封好，慎重交给买者，并郑重交代：这方子极灵，请不要随便传人！

买者回家，小心打开，每条上面只有两个字：勤俭、早散、勤捉。大悔，想想人家说的也对，终究没有理由退钱。

（清　陆以湉《冷庐杂识》卷一，《秘法》）

所谓"秘方"，基本不可信，如果一定要有，那也只是一种技巧而已，或者说是人们长期实践积累而成，门内汉骗门外汉。

权且将上面六字当作秘方，但它们也只是达到目的之一种而已。比如，勤俭能发家，道理一万年不错，但是勤俭就一定能发家吗？不见得。中国人的传统之一就是勤俭，但自古至今，也只有少数勤俭的人才能发家。反过来，奢靡却一定会败家，因为坐吃山空，富不过三代。

举作文秘方。唐代就有了。

白居易和元稹曾经同窗，一起在复习班里努力学习，将科举作为自己终生奋斗的目标。他们中举以后，白写给元的一首诗这样回忆：

皆当少壮日，同惜盛明时。

光景嗟虚掷，云霄窃暗窥。

攻文朝矻矻，讲学夜孜孜。

策目穿如札，锋毫锐若锥。

白自己注释说：当时他们为了应付考试，想了许多的复习办法。其中一个办法是，他们共同收集考试的范文，各种各类的，历朝历代的，总共收了数百篇，每篇都用细锋细管的毛笔抄写，编扎成册，带在身上去参加考试。考试后，受益匪浅，两人于是相视而笑，称之为"毫锥"。

元白为了应付考试而编的范文，就成了后来考生们的秘方。

现代人为了各类考试，编的秘笈成千上万，汗牛充栋，大部分读书人都充分领略，效果呢，仿吴山卖秘方者，也是两个字：勤奋。

334　太平里的广记

文字的理解

陆俨山《豫章漫钞》载，其郡中有谯楼（瞭望楼），太守题匾额叫"壮观"，同知王卿，是陕西人，看到这个匾额很不高兴：为什么叫"壮观"？我们陕西念起来就是"赃官"！

绍兴郡斋厅事匾额叫"牧爱"，编修戚润对太守说：这两个字要改，我从下面看上去乃"收受"两字。

(清 陆以湉《冷庐杂识》卷一，《文字之鉴》)

汉语博大精深，音形声义，还有语境，非常复杂。

"壮观"变"赃官"，是因读音相近。做官的人，谁想听到赃官呢？即便真是贪官，他也不愿意听到这两个字。如果王卿不是陕西人，也许就没有这个意义产生了。而因形声相近，坊间就会有各色谐音谚语、顺口溜出现，栩栩如生，讽刺力也极强。

声音有时变得很有趣，杭州人不喜欢"62"，是因为杭州话谐音"落儿"，是傻瓜的意思。

"牧爱"变"收受"，是因字形相近。同样，收受虽是官场常态，但做官的人，也不愿意听到这两个字。字形相近，往往会因书法，而误读误解，尤其是草书篆书之类的匾额，极易读错。

话说回来，只要心地无私，"壮观"有什么不好？一览河山，确实壮观嘛！"牧爱"呢？让官员充满爱心，难道一定要收受才贡献爱心吗？

者番新试

咸丰壬子，浙江乡试第二场。绍兴某考生，在试场发狂病，拽着白纸跑出考场，卷面上题有二绝句：

记否花前月下时，倚栏偷赋定情诗。

者番新试秋风冷，露湿罗鞋君未知。

另一首是：

黄土丛深白骨眠，凄凉情事渺秋烟。

何须更作登科记，修到鸳鸯便是仙。

绝句的落款写着"山阴胡细娘"。没几天，考生就死了。

（清　陆以湉《冷庐杂识》卷二，《卷面题诗》）

考试失常，是经常的事。

当场在考场发病，还是少见。十年寒窗，怎么得也要熬过这一关，该生为什么发狂了呢？

精心准备，考题似曾相识，希望有了，希望有了，越急越乱，脑子顿时混沌，再无头绪，只有情人期盼的叮咛，往日情事，于是一挥而就。

或者，精神压力巨大，情人期望太高，考题全部陌生，一口血涌上来，什么也记不得了，恍恍惚惚，情诗写完后，拽着白纸逃出。

千年科举事，多少神经病。

者番新试，又害了一个！

打败年老

唐代柳公度年80余,身体还非常强壮。他这样说:我并没有什么方法,只是吃东西一定要熟吃,喜怒有度。

孟诜年纪虽大,神志气力仍如壮年,他的养生秘诀是:若要身体健康,必须善言不离口,良药不离手。

明代海宁贾铭,年百岁,太祖召见,问其平时养生之法,他只有一句话:饮食上要慎重!

张本斯《五湖漫闻》载:我曾经见过113岁的张翁,130岁的王瀛洲,103岁的毛闲翁,89岁的杨南峰,84岁的沈石田,85岁的吴白楼,82岁的毛砺庵,各位老寿星,精神不衰,行动自如,问他们的养生方法,都说不喝酒。

《松江府志》记载,李玉如耄耋之年,还能健步行走40余里。有人问他养生之法,他答:七情之中,只有愤怒难以控制,我能做到不怒。

我的老乡皇甫烺,年老时,精神矍铄,灯下能写细字,活到了96岁。我曾经问他养生法,他答:没有特别的方法,50岁后就不过性生活了,生平没有让肚子饥饿过,身上有一佩袋,装着食物,饿了就吃。

(清　陆以湉《冷庐杂识》卷三,《却老要诀》)

许多帝王追求长生,所以,养生之法历来受人重视。

古代对年长者,也都优厚有加,甚至授以官职待遇。康熙朝的千叟宴,场面宏大,皇帝深情发表演讲,全国人民感动。

陆以湉举了这么多老而体健的例子,总结他们长寿的原因,其实只有简单的两条:吃东西要注意,不生气。至于皇甫50岁以后就不过性生活,可能有些老人并不赞同,适当还是有益身体健康的嘛。

吃东西要适可而止，看着简单，其实也难，饿死的人有，但撑死的更多。现代许多疾病，基本都是吃出来的。

更难的是不生气。太难了，人生在世，每个人，每个年龄段，都会碰到不如意的事，即便至高无上的皇帝，他每天也有许多烦心事。即便闭关修道者，几年几十年甚至一辈子，也仍然会为气所伤。

人本来是可以活得比较久的，都是因为吃，因为气，还有别的一些无关紧要的原因，常常折寿许多。

我们报社采访过的一位百岁老人，还天天坐公交去数十公里外的贸易市场批菜，他的养生法也只有九个字：吃得下，睡得着，想得通。

九字真经，深奥，大家自己慢慢参吧，参透了才能打败年老。

倒穿着鞋子

《汉书·隽不疑传》：暴胜之做直指使（朝廷特派官员），隽不疑穿着正装上门拜访，暴胜之起身，鞋子都没穿好，快步迎接。

《三国志·王粲传》：中郎将蔡邕，在朝廷很有地位，听说王粲在门外求见，倒穿着鞋子跑出迎接。又：丙原去拜见魏太祖，太祖提着鞋子立即起身，跑出远远迎接。

（清　陆以湉《冷庐杂识》卷三，《蹁履倒屣揽履》）

这都是礼贤下士的著名举动。

倒屣而迎，这个成语包含丰富的意义。

有才能的人来了，鞋子都顾不上穿好，即便穿着，也不管正反，套上就跑出，注意，鞋子穿错的前提是慌张，关注点根本不在脚上，如果再急，则完全有可能像曹操一样，提着鞋子就跑出门。可见，这些来访者，在他们心中的地位。

对人才的重视，还有周公吐哺。周公求才心切，经常在进食时，有人来拜访，他立即停止，甚至将吃进嘴里的吐出。

曹操是学到了真精神，"周公吐哺，天下归心"，所以他才会赤着脚跑出去迎接人才。

现代也重视人才，但不太可能有倒屣相迎，或者周公吐哺了。对倾心的朋友，倒极有可能倒屣相迎的。

烧宝而贺

《韩诗外传》：晋平公藏宝之台烧，只有公子晏子，抱着一束帛（五匹为一束）去祝贺。

（清　陆以湉《冷庐杂识》卷四，《贺失火》）

比较详细的情节是这样的——

晋平公收藏财宝的仓库失火了，官员们立即救火，三天三夜才将大火扑灭。这个时候，公子晏却带着礼物上朝祝贺。晋平公勃然大怒：国库失火，损失重大，你不去救火，却来祝贺，你今天要说清楚，说不清楚，我立即杀了你！

晏子显然不是来送死的：我听说，王的宝贝应该藏在天下，诸侯的宝贝应该藏在百姓中，商人的宝贝才藏在箱子里。现如今，百姓衣不蔽体，食不果腹，赋税徭役却无休止，苦不堪言，以前，那残暴的桀就是这样的，所以，汤才将他灭了。现在，上苍降大火烧了您的藏宝库，是大王您的福气啊，但如果您不明白这个道理，那恐怕也会像桀一样，被人永远耻笑的！

晋平公不笨：好，从现在开始，请让我将财富藏在百姓中。

所以，这个祝贺，实际上是一封极好的劝谏书，从反面着意，看到事情的深处，失就是得，不是小得，而是大得。

苏轼也经常这样贺：《贺赵大资政致仕书》，《贺欧阳少师致仕启》，在《东坡志林》中，还专门写了《贺下不贺上》，祝贺老朋友光荣退休，可以安享晚年了。升官有什么好贺的？谁知道能不能善终呢？谁也不知道，官员自己也极有可能不知道，如果知道，为什么古今还有那么多的没有光荣到岗呢？

顺嘴再说一句，这个晏子，不是晏婴，那是春秋时期齐国著名的政治家、思想家、外交家。

被"煮"者回家了

霍丘的范二之，入赘到某老妇家做女婿。一年多后，人忽然失踪。范的父亲就到官府告状，儿子不见了。

县令王某，他儿子的奶娘恰好和老妇同村，就顺便问了范二之的事情，奶娘说：听别人说，是因为奸情，范才被害的。王县令相信了，他命令将有关嫌疑人抓来，严刑拷问，范妻招供：与义兄韩三私通，怕事情败露，和韩一起谋划杀了范二之，杀人后，将他碎尸，并将肉煮化，消尸灭迹。拷问韩三，口供一致。衙役在其家房后，挖出碎骨，定案，送上级机关。

在府衙，案犯翻供。知府责问：那么，这些碎骨是什么？案犯：是牛骨，不是人骨！知府认为案犯狡辩，不听，于是将他们送到臬司（提刑按察司）。

臬司的主管是少保李书年，他亲自审案，案犯口供如前。案犯也没有悲戚的表情，供词太熟，怀疑有冤情。他又反复阅读案卷，有了疑问：死者肉煮化，骨头锉碎，即便这些都是真的，那么，死者的肺胃肝肠等脏器在哪呢？于是再审，案犯都惊讶，是呀，那些内脏到哪里去了呢？范妻和韩三的口供，于是都不一样了。李少保说：这个案子，真有冤情！于是将案犯收监，停止审讯，以等待新的线索出现。

过了大半年，突然有人跑到臬司大堂哭喊，一问，就是那个范二之。怎么回事呢？因为他赌博输了钱，还不起债，跑掉了。听说因他的事情，家里有人受冤，特地跑回来解释。

（清　陆以湉《冷庐杂识》卷四，《煮人狱》）

这个案子，可以有很多的假如，每一种假如，都是一种提醒。

假如，案犯没有翻供，那么，此案就会丢掉两条人命。而且，范二之出现后，相关的府和县，一定会被追责。

假如，县令没有严刑拷问，事情就不会向后发展。许多冤案，都是在极度的刑罚之下才出现。

假如，王县令不轻信奶娘的传言，深入调查，范二之的赌博行为就极有可能被发现。可惜，他们急于结案，只是简单思维，简单推理。

其实，府衙完全可以重新调查，因为案犯全部翻供了。或者，他只要再做一些技术甄别，也许不难发现人骨和牛骨的区别。只注重表面，不独立思考，依赖已有的结果，府衙的行为，简直就是严重的渎职行为。

对李书年来说，毕竟是中央官员，经验老到，且细心，能发现疑点，对于一时陷入僵局的案情，静待机遇。这一切，都需要仁心。

李书年的仁心救了很多人。

千万别怪范二之的父亲，儿子失踪，自然要报案的。

清代笔记《在园杂志》的作者刘廷玑，他在卷三写道：余每于听讼后一更时，独坐公案，默祝所审事件有冤否，已决人犯有屈否，或神明警戒我，或鬼物责备我，我坐此静候，胡不速至耶？漏三下，终寂然，余方退寝。

这个习惯非常好，每次审案后都要独坐思考几个小时，想一想是否全部没有差错，毕竟人命关天。

再插一则上门女婿的案例，同书卷七的《马从龙》，审案不细心，最终出了人命：

余姚的史茂，因为文才好，被谷氏看中，做了谷氏的上门女婿。几天后，邻居宋思去谷家讨债，看见谷家女儿如此美貌，就硬将欠钱当作聘礼，告到官府，说是他早就下了聘金，谷女应该是他的老婆。知县马从龙一审，就觉得是宋思的问题，欠条怎么能作聘金呢？杖责完，让宋走人。

谷女下台阶时，史茂急忙去搀扶。估计因为没有正式举行婚礼，又见公堂人员众多，而史茂又贴着身子扶她，谷女很难为情，脸上发红，就将史茂推得远远的。马从龙看见了这个细节，他认为，这是谷女不愿意嫁给史茂，立即改判归宋思。宋思高兴坏了，马上将谷女弄进轿中，众人抬着闹哄哄而去，谷女却找了个机会上吊而死。马从龙听说后，大惊，派人去抓宋思，宋思早已逃跑。

因为害羞而推了一把丈夫，马县长误读，从而误判，教训实在深刻！

毛大可写作

萧山的毛奇龄太史，写作时，一定将书桌前的书排得满满的，每一条需要用的材料都核对仔细，这些都准备好了，才伸纸疾书。

毛夫人生性悍妒，加上毛有个非常漂亮的小老婆，于是经常在别人面前贬损毛：你们以为毛大可博学哪，其实他肚里没货，即便写个七言八句，也要獭祭而成（罗列书于桌前）。毛听了，也不生气，只是笑笑：我每动笔一次，展卷一回，则典故纯熟，终身不忘。日积月累，自然博学啦！

（清　陆以湉《冷庐杂识》卷五，《为学之道》）

古人作文作诗，讲究无一字无出处，自然需要博学，半吊子水平，很容易露馅。

毛大可也是大师了，他的这一习惯，很容易让人想起韩愈。韩大师作文，常常要读一下司马迁，为的是借势。

在文采、思想、趣味等条件都具备的前提下，文章的高低，其实在势，势足立意就深广，势弱等于人患了软骨病，没有精神，行不得，坐不得，想去远方，靠自己的能力，不太可能。

而毛自己的笑答，更是一种良好的读书习惯。展卷，纯熟，那些经典，都深深地刻印在自己的脑子里，不仅如此，熟了也能产生转化的能量，生变成自己的思想，像骨肉，牢牢地长在自己身上。

毛大可的写作产量极高，治经治史及音韵方面都有建树，还擅长骈文、散文、诗词，这应该得益于他良好的阅读习惯。

清代作家阮葵生的《茶余客话》卷九，有《诗文敏捷》，写到了毛大可的写作速度：毛大可自己说过，为文每日可以一万字，为诗每日可以一千句。为什么这么快呢？因为他腹中有骈体文千余篇，手都来不及写呀！

那个毛夫人，如果调侃打趣也就算了，没想到，还过分了，她实在忍受不了毛整天搬弄那些花花绿绿的古书，有次趁他外出，一把火烧了毛心爱的古书！

彭泽的父亲

明代兵部尚书彭泽,他做徽州太守的时候,女儿快要出嫁,他做了数十件漆器,派下属送回老家。彭泽父亲见此,大怒,立即将漆器烧掉,然后徒步到徽州。

听说父亲来了,彭泽惊讶地出来迎接。看到儿子连官服都让下属拿着,老父亲又大怒:我担着东西走路千里,你却不能走半步吗?回到家里,彭父用杖责打儿子,打完,带上衣物,直接离开。

(清　陆以湉《冷庐杂识》卷六,《彭泽父》)

彭泽的父亲,远行千里,进行了一次家教。

太守嫁女,置几件普通家具,应该不是什么大腐败。

廉洁的老父亲却不这么看。你是朝廷官员,靠纳税人养着,你必须为纳税人服务,不能徇私。这些家具是不是用公款办的不清楚,但派公家的人送回,这就是占公家的便宜。

看来,虽然儿子官做得不小了,但还是要进行一次必要的家教。言传身教,坚决不用公家的车辆(想必搭公家的车回,应属常理),徒步千里,我靠我自己!

儿子在官场久了,确实有些官家习气,迎接老父亲的时候,勤务人员都替他拿着东西,老父亲很不满意,我能走千里,你走几步都不行吗?

一脸怒气的父亲回到儿子的家,或者公堂,直接用棍棒教育。打完,目的达到,直接闪人。

老父亲难能可贵,儿子更加自律。儿子能主动脱下衣服,接受杖责,需要知错即改的勇气,更需要对父亲的孝心,子不教,父之过,这是中国传统家教的经典案例。

家教后的彭泽,果然更加自律,大有政声。

一刻千金

我家乡的陈太华,学识渊博,道德深厚,他的《惜阴说》这样说:

凡人如果以百年为期,那么,10岁以前,尚属童蒙时期,50岁以后,又属衰退期,中间只有40年的可用精力,而夜晚又占一半时间,岁时、伏腊、冠婚、丧祭等事务,大致又要花费10年,这样思考,人的时间真是一刻千金啊!

(清 陆以湉《冷庐杂识》卷八,《垂训朴语》)

关于时间,有各种算法。陈太华认为的十年,其实还要打折扣,每天八小时,一般人也做不到。

三万六千多日,夜夜当秉烛。我最喜欢李白这句诗了,做阅读讲座时,总要提到它,但是,即便你夜夜读书,纵然活到一百岁,又能读多少呢?

于是,有人就将时间计算成秒。秒固然小了,人可用的数字看着大了许多,可时间总是在滴答间溜走,快得只剩下叹息,老大徒伤悲,基本上是常态。

一刻千金,可很多人还是看不见时间里的金黄色,宁愿躺在沙发上,刷着屏、打着游戏过日子。

卷三十三

驴鞍式下巴
葫芦里的骨灰
不要脸的书生
圣物琵琶
宋代运筹学
破案的证据
一针救两命
苏轼的"日课"
著名小偷"我来也"
独睡丸

驴鞍式下巴

陕西户县，某赶集日，一汉子带着铜钱和绢帛去赶集。汉子边逛边看，样子傻傻的。几个市场无赖发现了他，他们仔细看了看汉子，见其下半部的脸比较长，就一把抓住汉子责问他：你，为什么偷了我们的驴鞍子去做你的下巴？几个人一道起哄，要送汉子去官府。

该汉一下子愣在那里，说不出话来：我的下巴这么长，原来是你们的驴鞍子呀。那怎么办呢？

无赖们齐口大声：赔钱！

汉子只好将带着的铜钱及绢帛全部给了无赖们，空着手回到了家里。

妻子忙问为什么空手回来了，汉子如此这般汇报了一下。

妻子大怒：什么样的鞍桥可以做你的下巴呢？即便送你去官府，你也可以据理力辩的呀，为什么要给他们钱财？

见妻子发火，汉子也不和她理论，只是教训了她一下：傻瓜，你以为我不知道呢，假如碰上个糊涂老爷，强行命令拆开我的下巴检查，那我不完蛋了？我一个下巴，难道就值这点儿钱吗？！

（隋　侯白《启颜录》）

这几乎是一部情景短剧。

无赖的凶相，汉子的无奈，妻子的责骂，汉子的庆幸，这就是古代社会的一个日常而已。

表面上，这汉子可以归为痴汉一类，愚昧无知，基本常识也不具备，自己脸上的下巴和人家的驴鞍子，有什么关系呢？

那几个市场无赖，可恶透顶。他们长着狗眼狗鼻，到处看着嗅着，伺机而动。这不，前面那个傻乎乎的痴汉，背着这么多的钱财来集市，上去好好敲他一顿。理由随便就可以找到。果然，痴汉那张长脸，让他们兴奋了，考考他的智力！

痴汉的举动，似乎有点出乎他们的意料。本来嘛，怎么有一场好斗，别看人家灰头土脸的，要真较起劲来，不见得会有什么便宜，他们有经验，这种敲诈，也不是十拿九稳，他们有心理准备。好在，他们套路熟，官府的老爷，衙门上上下下，他们都熟，诈来的钱财，平时也少不得孝敬那帮人。

那汉子面对突如其来的敲诈，心中其实门儿挺清，自己的脸怎么来的还不知道吗？但这帮人，就是得罪不起，谁知道他们和官府是什么关系。他又马上想起，他的一个朋友，就在这个市场上被敲诈而不服，一件很明白的小事，最后弄得家破人亡。罢罢罢，索性装傻算了，破财消灾！

显然，最后的矛头，都对准了昏官贪吏。

我们可以将此看作是一个笑话，不过，笑过之后，心里一定会赞同那汉子，人家不傻，外拙内聪呢。

葫芦里的骨灰

李德裕被贬广东琼山。

琼山东南的小山上,有一座小亭子,被贬到这里的人都叫它望阙亭,意思是,在这里可以远眺京城。李德裕每次登上亭子,都要北望京城许久,然后悲切地感喟一番。他还在亭上题了一首诗:独上江亭望帝京,鸟飞犹是半年程。碧山也恐人归去,百匝千遭绕郡城。

有一天,李德裕游到了一座古寺,里面有一禅院,他进去坐了好长时间。忽然,看见墙壁上挂着数十个葫芦,他就问老僧:那葫芦里都是药吗?我这段时间,脚不太好,没有力气,您可以给我一葫芦吗?老僧感叹地说:那些葫芦里的东西不是药,都是人的骨灰呢。这些人,都是太尉您在朝当政时,出于私仇而将他们贬到这里留下的骨灰。我是可怜他们,将他们的尸体收起来烧掉,然后,用葫芦保存好,以等待他们的子孙来寻找。

李德裕一听,心情一下子沮丧到极点。他返回的途中,心就疼痛不止,当夜就去世了。

(唐 王谠《唐语林》卷七)

唐文宗和武宗时代,李德裕都是宰相,权倾一时,在平定回鹘、加强相权、抑制宦官、裁汰冗官等方面,功绩也不小。牛李党争中,两党交替进退,一党在朝,便排斥对方为外任。牛僧孺就一路被贬,最后被贬到琼山,死在了那里。两年后,李德裕也死在了被贬地。

李德裕的登亭诗,其实挺感伤的:我每次上亭子,都要朝长安的方向望呀望,什么时候才能回呢?这路远得,连鸟都要飞半年。我被困在这崇山峻岭中,根本无法出去,再说,那些山也舍不得我离去呀!

都说生活是文学的源泉,还真是这样,这诗非常不错,配得上他诗人的身份。李德裕坐在长安高高的办公桌前,一张又一张地办理着被贬官员的签发令,他应该想到,那最偏僻的地方,活着回来的机会已经很少了。但他就是没有想到,自己也会被贬到最害怕的地方。

李德裕病死在琼山,但究竟什么病,史书上没有细说,数十个骨灰葫芦,这样的细节,是巧合,也许是杜撰,但合情合理。

历朝对李德裕的评价其实挺高,梁启超甚至将他和管仲、商鞅、诸葛亮、王安石、张居正并列为六大政治家。唐懿宗时,又恢复了他的官爵,加赠左仆射。

不知为什么,我读到这一葫芦骨灰细节时,依然唏嘘不已。

不要脸的书生

唐代尚书省的郎官李播,他在蕲州做行政长官时,有一姓李的士人(权称其为李无耻吧)自称去京城考试,特地前来拜访长官。当时,李播身体不太好,李的弟子接待了李无耻。

李无耻将所带的几卷诗文呈上,希望得到李大人的赏识和推荐。李无耻走后,弟子们将诗卷呈给李大人。李播一看,大惊:哎,这些诗,都是我第一次投献的作品啊,只不过,现在都改成了李无耻的名字。

李播要将这个事情弄弄清楚。

李播让他的儿子,去找李无耻对质。李公子拿着诗卷问李无耻:我老爸让我问问你,这些作品都是你自己写的吗?

李无耻一听,知道出了问题,非常紧张,但他依然神情镇定:是的,公子,这些作品,都是我平生花了功夫写成的。

李公子一脸冷笑:这是我老爸参加科考时的作品,你看看,这写诗的信笺和墨迹,都没有变,还是希望你不要乱说为好!

李无耻眼见冒伪被揭穿,急忙说:不好意思,不好意思,我昨天确实说了谎话,那几卷作品,是二十年前,我在京城的一家书铺里花了百来块钱买来的。我实在不知道是您父亲的作品,我现在很害怕。希望您和您父亲能谅解。

李公子调查完毕,回家和父亲一说,李播也笑了:这大概就是个无能之辈,也没什么好奇怪的,也许是饥饿和贫穷让他成这样的,实在是有点可怜。

这李播也是善良之人,他还让儿子给李无耻送去了粮食,并让儿子在书房请李无耻吃了一顿饭。

几天后,李无耻去李播府上告别,他要前往别的地方。李播于是又让人送他一些路费,并且,亲自接见了李无耻。

李无耻对前几天盗用李播诗卷的事情一再表示歉意，并一再感谢李播对他的帮助。然后，不慌不忙地提出了要求：

　　二十年来，我拿着大人您的作品，在江淮一带混饭吃，挺管用，谢谢您。今天，我厚着脸皮向您请求，您索性将这些作品送给我算了，我以后的旅途中，它们一定会为我带来好处的。

　　李播一听，哈哈大笑：好的好的，这些都是我初次应试投送的作品，现在我也做了州官，没什么用处，你尽管拿去用吧。

　　李无耻一听，高兴极了，一点也不羞愧，将诗卷从容地塞进袖中。

　　李播随口一问：秀才今天准备前往什么地方呢？

　　李无耻答：我准备去江陵，拜见我的表亲卢尚书。

　　李播于是很好奇：你那个表亲在江陵做什么官呢？

　　李无耻淡淡答：我表亲现在是荆南节度使。

　　李播一听，乐了：哦，他叫什么名呀？

　　李无耻落落大方：他叫弘宣。

　　李播一时没忍住，一拍大腿：秀才又错了，荆门的卢尚书，是我的表丈呢！

　　李无耻傻眼了，尴尬无比，脸一下涨得绯红，摸摸头，一时说不出话来，过了一会，他才慢吞吞地说：正如李大人您刚刚说的，卢大人并不是我表亲，我是借他来冒充的。不过，我再大着胆子提个请求，您好人做到底，索性将那荆南节度使的表丈，一并借给我用吧。

　　也不管李播答不答应，李无耻说完，头叩了再叩，双手拜了又拜，退出了。

　　李播一边摸着胡须，一边摇着头：世上竟然还有这样的读书人呀！

　　这个不要脸书生的故事，在蕲州一带迅速传遍。

　　　　　　　　　　（宋　李昉　等《太平广记》卷261）

李无耻本来不一定非要拿着诗卷去混饭吃，也许，他做个买卖什么的，这样的脑子，日子应该可以过得不错，可是，他偏偏要拿诗文去冒充。冒充是因为他心里有强烈的读书人情结，极羡慕别人的文章，自己写不好，弄些来争争脸。

　　都说夜路走长了，一定会碰上鬼，这一回，李无耻真的是碰上了。用事主的诗，去事主家求好处，此为一碰；被原谅后，再想借别的牌子招摇，又碰巧。情节不用编造，都是神来之笔。

　　一般来说，李播的原谅，是能让人有所醒悟的，自己没本事嘛，就算了吧，何况已经吃了人家20年，人家都没有追究，不仅不追究，还给自己不少帮助，稍有点羞耻心，都会住手。可李无耻不，如果幡然悔悟，那就不叫李无耻。李无耻得寸进尺，要求李播将知识版权直接赠给他。这是李无耻不要脸的精彩细节，这样的细节，显现了他骨子里丝毫没有对知识创造的尊重。

　　没有花费一文，就取得了永久的知识版权，按说，李无耻应该很满足了。凭着李播诗作的水平，他可以收手，下半辈子混饭吃应该没问题，可是，他不满足，他还要继续骗下去。

　　侵权，还厚颜无耻，李无耻这种行为，表面上看，只是落魄书生的不择手段，从深层上说，是一个社会的灵魂通病。

圣物琵琶

唐朝的时候,有个书生去吴地游玩,坐船途经江南西道,因当天风浪比较大,船就停下来避风。

书生上岸,信步闲逛,走进林子,只见一寺庙隐着,书生就进去访问一下。庙不大,转了一圈,老僧不在。房门外,有几条走廊,素壁,恰好有笔砚放着。这书生,平时专习画,一时手痒,就在白墙上画了一把琵琶,大小和真的一样。

琵琶画好,风也停了,书生就上船走了。

这老僧回庙一看,大吃一惊,但他不知道怎么回事,就告诉村人:极有可能是五台山上的圣琵琶。他说这话时,也是一时戏言,没想到,村人却越传越神,许多人都来琵琶像前烧香叩拜,据说还十分灵验。

自此后,圣琵琶就传开了,拜的人越来越多。

数年后,这书生又往吴地去游玩,他听说江南西道那边有个寺庙,僧房有圣琵琶像,极为灵验,拜的人很多。书生心里一惊,这不会是几年前我画的那个吧?书生回程,特地让船家在以前停船的地方歇息一下,他要上去看个究竟。

依旧是熟悉的林子、熟悉的寺庙,进了庙,转了一圈,依然没见到人,但看到他画的琵琶前面,有一张大供桌,上有鲜花、香炉和供品,香烟袅袅。书生心里发笑,弄来一盆水,将墙上的琵琶打湿、洗净。做完这一切,书生回到船上,他不急着走,晚上就住在船上,明天再去看看。

话说老僧回庙,一看墙上的"圣琵琶"突然不见了,更加吃惊。他叫来了好多村人,将这个事情前后渲染了一下,大家都在叹息,唉唉唉,圣琵琶怎么会不见了,圣琵琶一定是被上天收回了,今后我们无法祭拜显灵了!

第二日，书生又来到庙里，庙里依然人头攒动，书生故意问怎么回事，村民如此这般绘声绘色地给书生讲着故事，还特别强调，这琵琶神了，神奇得很。有一村民还大声地指责：一定是有人背着琵琶做了坏事，弄得佛祖不高兴，收回了琵琶！

书生听了哈哈大笑。听到一个陌生人的大笑声，七嘴八舌的人们反而一下静了下来，书生见此，就将他怎么避风、怎么上山、怎么画琵琶、怎么洗掉琵琶的事，都说了一遍，有鼻子有眼，不得不信。

自此，人们再也不说"圣琵琶"的灵验事了。

（宋　李昉　等《太平广记》卷315）

信手在白壁上作诗作画，古人常干的事，这也是一个比较好的传播场所，有许多经典诗文，最初就是以这样的方式流传开去的。

书生本来是不必将他的即兴之作洗去的，也许，他这幅作品，日后会成为人们描摹的经典，但他听不得那种胡乱编造的神奇。一般的人也听不得，要是我，我也将它擦去，我不愿意制造一个荒诞不稽的神。

神由人造。世上本无神，拜者自信之。强大的心理暗示，为灵验打下了坚实的基础，这已经被科学所证明，不应怀疑。

从众心理。别人都在拜，我为什么不拜？别人都灵验，我也会灵验，不灵也要说灵，即便非常巧合和偶然，也是必然的结果。

还要说一下那个老僧，如果他不去传播，就不会有琵琶的神奇故事。

因此，"圣琵琶"不可怕，擦掉，解释一下就清楚了，可怕的是对待"圣琵琶"的思维方式，以及推波助澜的推手。

自古至今，"圣琵琶"的影子，如那魍魉魑魅，防不胜防，一不小心，它们就会变幻各种各样的姿态作祟人间。

宋代运筹学

宋真宗祥符年间，宫中失火，烧坏不少房子。丁谓受皇命主持修复营建工程。

丁谓详细观察地形，计算工程所需要的各项材料和资金，想出许多省钱的好办法。

他担心取土太远，就下令将主街道挖开，从沟里取土。土取得越来越多，街道就变成了巨大的深沟，他就命令将流经开封城内的汴河挖开，引水进入深沟，汴水进入，立即成了一条河。说然后，他命令用船及竹排、木排装运各类建房材料，直接运到宫门口。材料运完，工程完工，就将汴河水原样封堵，再将各种造房子余下来的瓦砾灰土什么的，一股脑儿填进大沟中，街道就恢复了原状。

这一措施，取土、运材、处理废物三项任务，都以最经济的方式顺利完成，省下的钱，以亿万计。

（宋　沈括《梦溪笔谈·补笔谈卷二》）

作为科学的运筹学，利用统计学、数学模型和算法等，去寻找复杂问题中的最佳或近似最佳的方案，兴起比较晚，但这种方法，人们早就在运用了。

丁谓根本就不知道什么是运筹学，但他的这些方法恰恰是运筹学运用的典范。还有比他更早的田忌赛马，运用的也是这种原理。

我做一些家务时，常会想起小时候妈妈教的经济办法。比如，早晨匆匆起来，先将水烧上再洗漱，洗好，水也开了，面条下锅，几分钟就好了。有经验的人，一般都会精打细算，将几件同时要做的事，压缩在最短的时间内，而且，办事质量不打折扣。

这就是简单的效率。懂的人，办事又快又好。不懂的人，什么事也办不好。

如果只是自己的事，那也无所谓，你只不过花了比别人更多的时间和精力，却做了远不如别人多的事。但如果是一个部门，一个地方，那结果就完全不一样。丁谓就是这样为国家节约钱。

有些人确实想将事情办好，但一不小心，就会做出新挖一个梁山泊的土再填到另一个梁山泊中去的事情来。

破案的证据

福州人王平是侍御史,专门职掌监察事务。宋仁宗天圣年间,他在河南许州做司理参军,掌管州的刑事诉讼。

当时,发生了这么一个案子。

一妇,乘驴独行,在田间被杀,连衣服都让人剥光。驴跑了,被田旁人家捉住牵回了家。办案人员三查两查,就发现了田旁人家的驴,指控他是杀人犯。

案子审了四十天,田旁人家只承认他牵了驴回家,并没有杀人。

王平也认为可疑,就将事情原原本本都写入公文,报给府衙。州长官,从政时间长,是个资深官员,做事一向强悍,他完全不听王平的意见,催促尽快结案。王平依然坚持自己的观点,据理力争。州官发怒了:你是害怕吗?王平回答:我是有点担心。现在,我因害怕而被免职,不过就是一个职务而已,这同那种逢迎长官旨意而杀无罪之人,又使您陷于不义,两相比较,哪个后果更严重呢?

听王平这么一说,州长官也犹豫了,最后商量的结果,暂且将这案子搁下,等待新的线索。

没过多少时间,河南府将抓获的许州籍逃犯移送过来,照例要一一审讯,一审,那案犯就交代了上回在许州田间杀害骑驴妇女的事。

那个关了好几个月的田旁人家主人,被无罪释放。

在一次公开的州干部大会上,州长官向王平致歉:如果不是王司理,我就误杀了好人呀!

(宋 吴曾《能改斋漫录》)

王平是有眼力的，根据现场情况，仅凭妇女的驴，就定谁是罪犯，显然没有充分证据。试想，如果那田旁人家是杀人犯，他会傻傻地将证物留在家里吗？最起码，他会偷偷将驴杀掉或卖掉。

王平也是有原则的，他的原则就是，办案人员要以证据说话，唯有证据，才是案件的中心。对上司施与的强大压力，他并不惧怕，而是据理力争，大不了我不做这个官，但如果错杀一个好人，不仅无罪的人枉死，连州长官您的声誉也会受到极大的损失。

对这件案子，王平心里一定有个预判，假如一直找不到充分的证据，那么，就要苦了那个田旁人家，被长期关押，只有等若干年后皇帝大赦那一天了。

从现代的角度看，宋代的户籍管理和司法制度还是比较完善的，抓到的逃犯，及时送回原籍审理，这样，案子就迅速有了转机。

人死不能复生，记住了这一条，轻率断案枉杀好人的憾事就会少许多。

一针救两命

中书舍人朱新仲,租住在桐城的时候,目睹了一件紧急的事情:一妇人生孩子,七天都没有生下来,药啊符啊什么的全用了,就是生不下来,大家都说,这妇人和孩子的命恐怕保不住了。

此时,名医李几道正好在朱新仲家做客,朱就带李去产妇家看看情况,李几道说:百药都没有用,只有针灸可以试试,但我的针灸技术还不行,我不敢扎。两人只好回家。巧的是,这个时候,李几道的老师——名医庞安常刚好经过桐城,李几道就和庞安常一起拜访朱家。朱又把事情的前因后果讲了一遍:开始产妇家不敢请先生上门,然而,人命关天,还是要请先生屈尊上门。

一行人又到产妇家。庞安常一看到产妇,就连连说:你们放心,还有救,还有救!马上让人打来热开水,将产妇的腰部和腹部温热,然后,安常用手上下摩之,找准一个位置,立即下针,一会工夫,只见产妇肚子动起来了,呻吟间,生下一男孩。母子都平安。产妇家喜极拜谢,将安常敬为神仙。

但大家都纳闷,庞安常究竟用的是什么方法呢?

庞医生洗好手,笑笑解释道:这孩子已经出了子宫,但一只手将他母亲的肠胃抓住了,抓得紧紧的,脱也脱不掉,什么药都没有用。刚刚,我上下摸索,就是在找孩子的手,找到后,一针扎在他的虎口上,孩子突然感到痛,立即缩手,所以,很快就生下来了。

庞医生说完,大家还是不太相信,立即将孩子再抱来,一看,右手的虎口上,针扎过的痕迹还在呢。

(宋 洪迈《夷坚志》甲卷第十)

这是典型的一针救两命。

许多医典和笔记上,都记载有类似的神奇,小小银针,确实让人感到不可思议。

　　这里的情节交代相当完整。朱新仲是个热心且负责任的官员，本来也不是分内事，可救人实在是大事，但凡有希望，都要尝试。同样是名医，但通过李几道和庞安常的对比，就可以知道，银针救人，不是什么人都可以做到的，尤其是产妇在差不多耗尽体力的情况下，更是危急。

　　几位名医在一个地方的碰巧相遇，证明了古代的名医也常常在行走，通过行走，获得更多的实践经验。

　　针扎虎口，简单的技术，医生一般都可以，关键是要知道到底是怎么回事。庞安常信心十足，他就已经断定了问题的基本所在，似乎长着透视眼。

　　有段时间，我的左肩一直痛，以为是"五十肩"似的肩周炎，拼命锻炼，结果，越来越痛。后来去核磁共振，才发现是肌肉损伤。肩周炎治疗要运动，肌肉损伤需要静养，需要休息，最好用绷带吊着，而我完全弄反了。最后，去针灸，针灸师感觉不错，似乎什么都可以扎好。他说，你这个，很快的，结果，扎了20次，每次半小时，再加10分钟拔火罐，只是稍微减轻一点而已。一直到大半年后，靠热水泡加固定方法锻炼，才痊愈。

　　百病百因，唯有找准病因，才能对症下药。

苏轼的"日课"

朱载上曾经做过黄冈的学教。那时,苏轼正被贬黄州做团练副使,他们俩还不认识。有一天,苏轼听到一个人在诵诗:官闲无一事,蝴蝶飞上阶。他一惊,这诗不错,忙问:谁作的诗呀。那人答是朱载上,是本地的学教。苏轼称赏再三,认为诗写出了幽雅的趣味。

朱载上听说苏轼赞他,第二天,就去拜见苏轼,他们一见如故,此后,朱载上就经常去苏轼家里坐坐。

某天,朱载上又去了苏轼家,名字通报进去后,苏轼很长时间没有出来,朱载上左右为难,想走,却已经通报进去了,他只好干等着。又过了好一会,苏轼才出来见客人,他对朱载上连声抱歉:不好意思,刚才,我正在做"日课",就是每天要完成的功课,所以迟了。

两人坐下来,聊东聊西,朱载上就好奇地问了:刚才先生说的"日课",是什么内容呀?苏轼答:抄《汉书》。朱又问:凭先生的天才,开卷一看就可以终身不忘,哪里还用得着抄呢?苏轼笑笑:不是这样的。到现在为止,我已经抄过三次《汉书》了。第一次读,我是一段文章里抄三个字,第二次读,一段文章里抄两个字,这一次读,一段文章里只抄一个字。朱载上听此,立即起身,对苏轼作揖道:能不能让我看一看先生您抄的东西呀?苏轼回头,吩咐老兵从书桌上拿来一册。朱载上接过一看,都是各种字,不知道是什么意思。苏轼又笑笑:您随便说一个字。朱载上就说出一个字,苏轼立即背出那段文章的数百个字,无一字差错。朱载上又试了好多个字,苏轼都是极熟练地背出。朱载上感慨良久:先生真是天上贬到人间的神仙呀!

某一天,朱载上对他的儿子朱新仲说:苏轼天才,尚且如此发奋读书,我们才质居于中等之人,哪有不勤奋读书的道理呢?

朱新仲也曾以苏轼的事例教育他的儿子朱辂。

（宋　陈鹄《耆旧续闻》卷第一）

我这里不想说苏轼苦读的精神，说一下他的读书方法。

后人没看到过他摘抄的字，但我想，不外乎几种方法：一如《论语》之类的起首句章法，《论语》二十章，每章的章句，皆取起首句两字，如"学而""阳货"等，看到就能联想；二是摘取每一节文字里与主要情节、主要事件相关联的字，看到它们就能马上想起；三是记对他特别印象深的字，有实词，有虚词，有人名，有数字，反正，这些字和他的整体阅读有关。古人的书不分句读，要自己点，阅读的时候，哪一些字印象深刻，能串联起整体，就记哪些字。总起来说，他是提纲挈领，记关键词，他认为的关键词。

对照苏轼的"日课"，反观自己的读书法，实在惭愧。

我也做卡片，我也博览，但就是没抄过书（做学生时抄课文不算），蜻蜓点水式读书，大部分都忘了。即便读《论语》，也是两个月就读完，一段时间后，又忘了。苏轼的"日课"，特别适用于经典阅读，选一两本书，和它们耳鬓厮磨，日久生情，就能记忆深刻，永远不忘。

翻鲁迅日记，他也抄过不少书，《野草谱》《释草小记》《茶经》《五木经》《唐诗叩弹集》，他甚至还抄《康熙字典》。许多成功者，抄《古文观止》，抄《文心雕龙》，抄《史记》，抄自己心仪的经典。

日积月累，所蓄自富。苦功显示方法，方法寓于苦功，聪明人的聪明办法，往往遭人耻笑，聪明人的笨办法，常常让人惊叹。

著名小偷"我来也"

南宋都城临安，人来人往，热闹非常，小偷骗子也多，他们行迹诡秘，抓也抓也不完。

赵师睪做临安府尹的时候，有一贼，每次作案后，一定要用粉笔写"我来也"三个字在门壁上。赵大人虽然加大力度捕捉，但好久都抓不到，"我来也"的名气，传遍了京城。

有一天，下面单位押送一贼，说这就是"我来也"，急送有关部门审讯。那贼（我们还是称他为"我来也"吧）死活不承认，关键是没有赃物，这个案子于是就拖下来了，人嘛，不能放，送进监狱。

"我来也"一直关着。

有天，他悄悄对看守说：我确实是个贼，但真不是"我来也"。我知道跑不掉的，只求你对我照顾一些，我会回报你的。我有一些白银，藏在宝石山上的保俶塔的第几层上，你可以去拿。看守一想，保俶塔那边，游人不断，怎么拿得到呢？他认为，是"我来也"和他开玩笑。"我来也"说：你只管前去，装作做佛事的样子，在塔那边点起灯，晚上你要一直守在灯旁，就可以得到银子了。看守按照"我来也"说的，得到了银子，大喜。第二天上班时，就悄悄地带了好多酒肉给"我来也"吃。

又过了好多天，"我来也"对看守说：我有一瓦器的金银首饰，放在侍桥下的某处水底，你可以去拿。看守说：那地方是个闹市，怎么去取呢？"我来也"对他说叫你家老婆用箩装着衣物，去桥下洗，暗地里可以将瓦器捞起来，放进洗衣箩中，盖上衣物，拎回家就可以了。看守回家，和老婆一说，洗衣，捞器，事情进展得相当顺利。第二天，看守又准备了好多酒菜送给"我来也"。

看守心里极高兴，一下子得了这么多的钱财，但他不知道"我来也"葫芦里到底装着什么药，心里有些纳闷。

一个晚上，已经是二更天了，"我来也"忽然和看守说：我想出去一会，五更之前一定赶回来，决不连累你。看守坚决说道：这不行，不行！"我来也"说：我一定不会连累你的。你想想，假如我不回来，你丢失犯人受到的处罚，只是坐几年牢而已，但我送给你的钱财，你这辈子生活都足够了，你还怕什么呢？如果你不答应我的要求，恐怕要比答应我更加后悔！（明显是威吓，有举报的意思。）看守一听，有点害怕，还是答应吧。

脚镣打开，手铐打开，牢门打开，"我来也"立即消失在黑夜里。

这看守，在接下来的两个时辰里，坐立不安，心里七上八下。

看守正担心的时候，听到房上瓦檐有声音传来，"我来也"一下子跳进院子，立即又戴上脚镣手铐，睡觉。

天亮时，牢房外传来消息说，城中张富户来报案：昨晚三更，被盗失物，其贼于府门上书"我来也"三字。

赵大人接到报案，摸着桌子上原来那堆卷宗感叹道：呀，我差点判了个错案，难怪那"我来也"不肯承认。不过，那人确实犯了宵禁，按规定打十棍，打完放人，赶出临安城！

看守回到家，他老婆和他说：昨晚后半夜，有人敲门，我以为是你值班回来了，急忙起来开门，只见一个黑衣人朝我们房子里扔进来两个布袋，我急忙藏好了。看守打开一看，都是金银首饰。呀，这不就是那张府丢失的东西吗？

过了一段时间，那看守向上级打报告，说身体不好，要求退休回家。他在家安享快乐生活，一直到死。他死后，儿子不能守家，很快将家财浪费光，还将他爹得到"我来也"钱财的事也说了出去。

（宋　沈俶《谐史》）

"我来也"确实有心机，他出事之前，就想到了脱身之术并布好局，也就是说，外面还有他的同伙呼应配合。

保俶塔上的银子，真的藏在那儿吗？笔记里没有细说。我以为有两种可能，一是真藏在那，看守点灯拜佛，夜深人静时，发现了银子；另一种是，这塔一般晚上见不到灯，万一灯点了，却一直亮着，那就表示，那里有人在等，那么，"我来也"的同伙，事先准备好的银子，就悄悄地送上去，神不知鬼不觉。我觉得第二种可能性更大一些。

桥下的水底里真有瓦器吗？笔记里也没有细说，这个可能性，和上面的银子应该一样，要么是确实埋在水底某处，找到标记即可；要么是"我来也"同伙事先准备，临时放进看守家人洗衣处的水底。

两次送钱财给看守，这就埋下了"我来也"再次作案的伏笔，否则断无可能。

看守的胆子其实不大，但经不起财诱，更经不起威吓，只好依计而行。

赵府尹明察秋毫，后来官至尚书，但他偏偏犯了调查研究不细的毛病，痛快地放了真正的"我来也"。

看守的贪贿枉法，官府的破案无能，法制的不健全，在"我来也"的计谋中，全都原形毕露。

独睡丸

包宏斋先生，八十八岁时，以枢密使的身份，和朝中文武一起，陪同皇帝到郊外祭祀，登上高台行跪拜之礼，动作敏捷，精神康健，一点也不像老年人的样子。

有一天，贾似道突然问包：包先生高寿，步履轻松，一定有很好的养生方法，我们愿意听您讲讲。包宏斋捋捋胡须，慢悠悠地笑道：我倒是有一丸药，但是不能说。贾似道高兴坏了：说来听听看，您这个秘方！包再笑道：我吃的药丸是，五十年独睡丸。大家一听，抚掌大笑。

（元　吴莱《三朝野史》）

南宋时，包宏斋就是个名人，《宋史》第421卷有他的传。如此高龄，还在工作，且耳聪目明，步履矫健，确实让人羡慕，贾似道专权，颇有点要天下人都贡献好东西的意思，那老包我，就大方地贡献出来！

五十年独睡，这算什么方子？

古代许多养生法，都推崇这样的理论，男人养生，首先要养心。但我纳闷，皇宫里都有个养心殿，皇帝住在那，为的就是休息好，工作好，将天下治理好，可身边那么多女人，夜夜轮换，养得了心吗？养得了身吗？

显然，养生理论，都要求男人们的性事，要节制适度，适可而止。

那么，五十年独睡方，是不是真方子呢？

唐代孙思邈在《备急千金要方·养性》中说：晚而自保，犹得延年益寿。

《太平广记·彭祖传》云：服药百裹，不如独卧。

顾况琴客诗云：服药不如独自眠，从他更嫁一少年。

陆放翁诗云：焚香黄阁退朝归，道话时时正要提。九十老翁缘底健，一生强半是单栖。

清代褚人获《坚瓠集》引胡仲彝独宿吟云：孤鹤清寒，霜天独宿，紧摁肩，暖履足，被拥炉香香馥馥，心兵不起媚幽独，安眠到晓日烘窗，也算人生自在福。

看来，古人是相信独睡方子的。

我问了好几位专家，都说不好说，说不好。不一定有用，但有一点大家都肯定，就是保持平静的心态至关重要。没有那个心思，官再大，钱再多，也不要；静心，再加适当的工作，起了关键作用。我相信。

卷三十四

九字评海瑞
"杜甫阿姨"来了
动物犯事这样判
塔顶的鱼
状元十年放不下

九字评海瑞

　　海瑞在南京右佥都御史的官舍中去世，只有他的同乡，一起在南京户部做官的苏民怀一个人在场。苏检查了海瑞做官的积蓄，放东西的竹箱子里，有八两俸银，葛布两丈，几件旧衣服。苏民怀感叹：这样贫穷的都御史，真是少见！

　　南京刑部尚书王世贞如此评价海瑞：不怕死，不爱钱，不立党。这九个字，准确无误地概括了海瑞的生平，即便有千万言的赞扬，能胜过这九个字吗？

（明　周晖《金陵琐事·刚峰宦囊》）

　　1587年11月13日，海瑞病死在他的官舍。海瑞自号刚峰，意思就是要做一个刚强正直、不畏邪恶的好官。

　　我其实对海瑞很熟悉，我老家附近的淳安县，是他初入官场的重要一站。那里，流传着他做知县的很多故事和传说，千岛湖的龙山岛上，有海瑞祠。海瑞在官场起起落落，一生经历正德、嘉靖、隆庆、万历四朝，只要他在哪里，哪里就一定有正气弘扬。而如此耿介正直的官员，干的又大多是打击贪官污吏的事，可以想见，一定是和整个官场格格不入的，受排挤和打击，也纯属正常。

　　但一个朝廷二品大员，死的时候，只有八两银子，无论从哪个角度看，都是一种清廉的表现。也就是说，这点钱，买一副像样一点的棺材也不够，更不用说办丧事了。

　　王世贞的评价，精准到位。不怕死，抬着棺材死谏，还有更多得罪上官甚至皇帝的事；不爱钱，八两银子就是明证，那么高的位置上，稍微抬抬手，他就会有用不完的银子；不立党，不结党营私，死时只有一位同乡在场，也算见证。

　　盖棺论定，不在字多，而在让百姓信服，一个庸常之辈，也许有数百上千字的生平美文。

　　海瑞的死讯传出，南京百姓为之罢市。这是对清官最好的纪念吧。

"杜甫阿姨"来了

汉代南阳太守召信臣、杜诗，相继在那个地方为政，都留下了不凡的业绩和功德，被人称为"召父""杜母"，也就是父母官的意思吧。到后代，百姓立祠纪念，为他们各塑了一座像，左边的召公，穿着宽大的官袍，戴着大大的官帽，双手拿着上朝用的笏板；右边的杜母，披着色彩鲜艳的衣服，衣服上绣有翠鸟尾上的长羽，身上还有摇曳的玉佩，头上插着玉簪。立祠的人说：这是召父，那是杜母。还特别强调，他们的事，史书上都写着呢。

襄阳府至荆州府一带，先是有两座祠，分别纪念伍相国（伍子胥）和杜拾遗（杜甫），一个表彰孝行，一个表彰文采。后来，杜庙坏，伍庙存，当地百姓互相商量说：伍相公、杜十姨，原本就应该合起来纪念，将他们分开本来就不对，现在杜庙既然已经坏了，我们何不在伍相公身旁再塑一个十姨的像呢？假使他们的鬼神有知，也好了了相思之苦。大家都说好。于是，他们就在伍子胥的像旁边塑了一个女像杜十姨。

（明　江盈科《雪涛谈丛·名实》）

这是典型的以讹传讹。

先说两位南阳太守。召信臣，汉元帝时任南阳太守，曾利用水泉开通沟渠，灌田三万多顷，南阳的吏民赞其为"召父"。杜诗，光武帝时的侍御史，也曾任南阳太守，他曾创造水排，促进冶炼，征发民工修治陂池，广开田地，被南阳吏民赞为"杜母"。

时间一长，"召父"和"杜母"就成了一对，甚至将杜诗的性别弄反。

如果说杜诗成"杜母"还情有可原，"杜拾遗"成"杜十姨"却真是荒唐透顶，杜子美不仅变了性，还成了伍夫人。

杜甫变性为阿姨的主要原因是他的官职。安史之乱时，他和太子李亨一起逃到凤翔，唐肃宗封他做过左拾遗，七八品的小官，看看皇帝有没有决策失误。

以讹传讹的现象，历史上颇多，有的时候，传着传着，真相已经被严重湮没，而假象却以事实的样子，一直存在于人们的脑海中，以至真相大白时，人们还感觉十分别扭。

动物犯事这样判

朱宸濠的府中养有仙鹤，鹤的颈上系有"王府"字样的铜牌。某天，此鹤突然跑到老百姓家中，被一只狗咬了，差点被咬死。朱宸濠就命令府中的校官，将狗的主人家押送到南昌府刑厅处置，掌管刑狱的推官这样判道："鹤虽带牌，犬不识字。禽兽相争，不干人事。"朱家闻之，竟也没什么话说。

吉水县两农家牛打架，一牛死。死牛之家到吉水县官那里告状，县官胡鹿崖判曰："二牛斗争，一死一生，死者共食，生者同耕。"两家皆服。

（明　江盈科《雪涛谈丛·判词》）

朱宸濠，想必一般人都有所了解，宁王的玄孙，袭封于南昌。看看他反叛的势头：武宗正德十四年（1519）六月，起兵反叛，攻陷九江、南康，沿江东下，攻下安庆，准备夺取南京。

他家的宠物严重受伤，那是他的心爱之物，面对这样的气势，那审判的推官，不仅要有胆量，还要机智，一不小心，断送自己前程，弄不好甚至会丢命。这个判决，让人无话可说，您是有身份的官家，您的器量大，您不要和那不识字的畜生计较了。话都说到这个份上了，还能计较吗？谁计较，谁就畜生不如！

两牛相争，常有的事，动物也有强弱之分。一牛死了，对于靠牛生活养家的农户来说，确实是重大损失，这样的纷争，处理不好，真要出人命。而胡知县如此机智处理，两家都不吃亏，肉也吃到了，以后的田也有牛耕，坏事变好事，也许，这两家人，在以后的生活中，会因为牛而互帮互助，生发出许多美好的故事来，完全有可能。

作者在《雪涛谐史》里记录了某御史的机智，让那耍弄人的宦官哭笑不得。

　　嘉靖年间，有一御史，四川人，有口才。某侍从宦官想要讽刺他一下，就抓了一只老鼠来，让御史判案：这只坏鼠，咬坏了我的衣服，请御史判罪。御史笑笑，举笔判道：此鼠犯下重罪，如果只打几下显然太轻，但将它千刀万剐显然太重，不如判它腐刑，将它的生殖器割了，它就不能再害人了！那宦官一听，知道御史是在讽刺自己，难堪无比，但还是佩服御史判得妙！

塔顶的鱼

苏州城西有座瑞光寺，寺内塔高数十丈。我在长洲做县令时，有许多人在传播这样一则消息：塔顶的空处，以前放有一只缸，现在，缸里突然出现了长尺许的鲤鱼，大家都说神奇。

后来，寺庙有个姓林的看门人这样说原因：这其实没什么奇怪，这鱼是鹳鸟嘴里掉出来的。那些在塔顶做巢的鹳鸟，它们要经常抓活鱼来喂小鹳，塔顶年久失修，每每下雨，水就会渗进缸内，鹳鸟衔着小鱼，偶尔也有掉下来的，它们也不去捉，时间长了，那些掉到缸里的鱼就长大了。

派人上到塔顶一看，果然如此。

（明　江盈科《雪涛谈丛·塔顶鱼》）

塔顶的缸中，为什么会突然出现大鲤鱼呢？

面对突如其来的怪事，明白人也不少，关键是要弄清楚，任何事情都有原因的。假设，那个看门人，也添油加醋，添枝加叶，塔顶缸里的鲤鱼，就会成为事件，甚至大的奇异事件。

以前的笔记里，相类似的"灵异事件"经常出现：树洞里突然出现尺把长的大鱼，人们建了鱼庙；树上的草鞋挂了上万只，人们就建成了草鞋祠。后来，当事人再次出现，事实总算搞清楚，原来皆是人为，卖鱼的歇脚树边，见树上有大洞，就随手丢进了一条；草鞋穿破了，随手丢在树上，越丢越多，多得挂满了树。

头顶三尺神明，那是一种规则，一种畏惧，也是一种提醒，但许多时候，所谓的神皆由人造，有些是无意，有些是有意。那些有意的，往往裹挟着重重的私心，谋财谋利谋名，利用人们的单纯和善良，机关算尽，对神明实在是一种大大的亵渎。

不过，塔顶有鱼，可以当作一般的风景看，那些去寺里礼佛的信徒，或者去游览的游人，都可以去看稀奇，看看大鲤鱼，看看鹳鸟的巢，瑞光寺，多么有生活气息呀。

状元十年放不下

罗念庵中状元后，脸上经常有喜色。他夫人问他：状元几年一个呢？罗答：三年一个。夫人笑了：如果三年一个，那也不止你一个状元呀，你为啥这么长时间高兴呢？罗则自言自语道：我呀，状元二字，胸中十年都不能排解。

由此可以看出，罗念庵也是实话实说。功名利禄的吸引力，即便英雄豪杰，也都放不下，几乎没有例外。

（明　江盈科《雪涛谐史》）

江西吉水人罗念庵，嘉靖八年的状元，明代杰出的地理制图学家。从史料上看，罗中状元后，授修撰，但因看不惯朝廷的腐败而离开官场，隐居山间做学问，甘于淡泊。而淡泊之人，理论上不应该有十年不忘状元之事。

这则笔记中，江盈科后面的几句评论，其实已经点中要害了，面对功名利禄，一般人都放不下，不仅罗如此，其他人也是如此。

突然想起另一则状元笔记。

清代李调元《淡墨录》中，有一则"状元是何物"，妙趣横生。

吴县人陈初哲，是乾隆三十七年进士，这一年，他殿试中第一甲第一名，也就是头名状元了。这样的心情，我们应该体会得出来，即便如孟郊那样的贫寒学子，中年考中进士，那也是"春风得意马蹄疾，一日看尽长安花"。

在一个阳光和煦的日子里，陈状元请假南归。这是一种什么样的心情呢？一句话，锦衣荣归，连路上的花花草草都十分可爱。走到甜水铺这个地方，边上有个小村子。小村的生态环保极佳，农村建设搞得很不错啊，槐树浓荫，野海棠在路的两边盛开。他神情惬意，着迷了，一边走，一边看，越走越远。

忽然，村子的尽头处，出现一座农家小院。

只见竹扉半开，一漂亮少女，很休闲地倚门斜立，她手上拿着几根柳枝，在边搓边玩，嘴里还发出嗤嗤的笑声。

此情此景，陈状元魂飞色夺，一时愣在那里了。好长时间回过神来，状元鼓起勇气，和女孩搭讪。

女孩很淡定，只是喊她母亲出来。见到母亲，陈状元开始自我介绍了：我是状元。女孩母亲问：状元是什么东西啊？陈状元答：进士的第一名，皇帝亲自出题批卷，我们的名字都要登在金榜上的。陈见此对母女连状元也不知道，就结结巴巴不知道如何解释了。女孩母亲又问了：几年出一个啊？陈状元回答：三年出一个。那女孩子就在边上笑了：我还以为状元是千古一人呢，原来只三年一个。

陈状元确实是看中了这个女孩，也不管她们有没有文化，懂不懂状元了。他于是拿出两块金子给女孩母亲，想作为聘礼。女孩母亲拿着金子，摩挲再三，又好奇地问了：这个什么东西啊？闻闻没有香味，放在手上还冷冰冰的。陈状元心里大惊，这位母亲什么人啊，连钱也不认识：这个东西叫黄金，你们得到它，天冷了可以用它来买衣服穿，饿了可以买粮食吃。女孩母亲似乎恍然大悟的样子：我家有桑树百株，良田数亩，不会受冻挨饿，这黄金，还给你吧。说完就将黄金丢到地上，不再理陈状元了。

陈状元的心情一定很坏，好好的事情，怎么会变成这样呢？这个世界上难道还有不喜欢状元不喜欢金子的人啊？

这对母女，只靠自己的双手生活，不慕名，名对我有何用呢？管它状元榜眼，管它第一第二；不慕利，利我自有之呢。黄金冰冷，钞票是纸，与我何干？

状元是什么东西啊？一千年出一个吗？

这样的当头棒喝，虽不是晴天霹雳，却也振聋发聩，发人深省。

卷三十五

柳枝折不得

汝与秦桧通奸吗?

种　珠

"水尽源通塔平"

猫有五德

光福地

倭房公

柳跖告状

毒虫咬的后果

柳枝折不得

程颐任皇帝侍读老师的时候，有一天讲完课，还没有散开，皇帝站起来，似乎有些百无聊赖，他就斜靠着栏杆，很随意地折了一支柳枝玩。见此情景，程老师就放下面孔，很严肃地进言道：皇上啊，这柳枝，到春天才生长发育，十分不容易，请不要随便去折断它。皇帝一听，将柳枝丢在地上，很不高兴地走了。

（明　冯梦龙《古今谭概》迂腐部第一，《谏折柳》）

这里必须多介绍一下背景。

程老师的这位皇帝学生，就是少年天子宋哲宗赵煦。而在程老师以前，教授哲宗的是另外几位老师，多多少少都和变法派搭着关系，哲宗的奶奶——大权在握的高太后，一直反对变革，她不放心那些老师，最后听从司马光的建议，指定理学大家程颐做哲宗的老师。

程老师什么人呀，宋代大儒，什么都讲规矩，也自视清高，脾气也倔得很。他对学生的要求极严，讲完课，还要专门教育一番，皇帝怕他烦他。有一则轶事这样说，某天，他得知哲宗在盥洗时避开了地上的蝼蚁，很是高兴，如此表扬道：若能推此心以及四海，帝王之道也。

所以，当程老师看到赵煦随意去折断柳枝的无意举动时，忍不住又给皇帝上课了。道理自然十分正确，但为什么少年天子又不高兴了呢？还是教育方法问题，本身就厌烦老师，这样的教育效果肯定要打折扣。

冯梦龙在抄了这一段笔记后，也有自己的几句评论：遇了孟夫子，好货、好色都自不妨。遇了程夫子，柳条也动一些不得。苦哉苦哉！

寡人有疾。对孟子老师来说，齐宣王其实是个好学生，他在别人面前勇于坦承自己的毛病，好勇好货好色。但孟老师，看大局，看整体，教育得人家心服口服：你喜欢这些东西的时候，只要想到老百姓也喜欢，这就不算什么毛病啦。

汝与秦桧通奸吗?

　　常熟的秦廷善,性多憨怪,他读历史至不平时,一定要咬牙切齿地捶打着桌子,边打边骂。
　　有天,他正看到秦桧杀岳飞,又大怒,且拍且骂。他老婆实在看不下去了,就劝他说:家里十几张桌子,八张都被你捶坏了,这张要留着吃饭呢!秦廷善一听,立即转向骂老婆:汝与秦桧通奸吗?还狠狠地将老婆打了一顿。
　　(明　冯梦龙《古今谭概》痴绝部第三,《嗔痴》)

　　没有影子的事,为什么这么认真呢?
　　冯梦龙在讲这个因阅读生恨的事之前,其实还讲了另一个《吕氏春秋》里的故事,故事的主角有点类似,都是没有影的事,却十分较真。
　　齐庄公的时候,有个名叫宾卑聚的读书人,某天晚上做梦,梦见有个壮士,把他骂了一顿,还唾了他一脸的口水。宾卑聚醒来后,一直到天亮也睡不着,他郁闷。第二天,他告诉朋友们说:我自幼勇敢好胜,到如今,年过六十没有半点受辱过,现在居然有人夜间羞辱我,我一定要将他找出来,报仇雪恨,如果找得到就算了,找不到,我就去自杀!此后,他每天早上,都和朋友们一起站在十字路口等,三天过去,还没有找到壮士,宾卑聚就回家自杀了。
　　宾卑聚一认真,却送了性命。
　　秦廷善和宾卑聚的相同点,就是性子急,认死理,和历史较真,和梦较真,都有点傻。但两者相比,依然有许多不同点,我以为,秦的读书方法,还算可取,而宾的盲目,却要警醒。
　　作为一个读者,秦廷善的参与度极高,他并不认为自己是在读书,他是真实历史场景的参与者,他要和那些人物面对面交流,而借助捶击桌面的打抱不平行为,是他性情的自然流露,可笑之中尽显可爱。对作者来说,这其实是碰到了一个好读者,只有这样入情的读者,才真正读懂了书。
　　而宾卑聚,显然是书读多了,读傻了,读得梦境和现实不分,还非要和梦较劲,可笑之中尽显无知。

种　珠

　　陈继善从江宁长官的位置上又升迁到少傅（皇帝的参谋），他是在少傅岗位上退休的。陈家境富裕，资产雄厚，但性情吝啬，为人甚至还有点孤僻。

　　退休后，别墅林池等豪宅，陈继善一天也没去住过。他既不喜欢读书，又不喜欢交朋友，每天只是自己扛一把锄头，在小菜园子里刨菜畦子，将菜地整理得妥妥帖帖，再将珍珠种在地里，就像种菜撒菜籽一样。过一些时候，再弯着腰一颗颗从地里挖出来，再洗干净。周而复始，乐此不疲。

　　（明　冯梦龙《古今谭概》不韵部第八，《种珠》）

　　退休生活，百人百样，百官百样。

　　这个陈继善，却是别出心裁。他应该不是为钱，如果为钱，他就会去投资放债，利滚利，本越多，利越大。他什么也不为，他就是无聊，打发退休时间。如果真正种菜，有失他的一品大员身份，工序一道道的，实在太麻烦，他又不需要等着吃自己种的无机菜。而种珍珠，却要省力许多，只管平好地，种下去，然后收起来，然后再种下去，反正，不会变，变的只是他的心态，看着从土里挖出来的珍珠，也有一种满足的收获感。

　　冯梦龙从宋代郑文宝的《南唐近事》中抄了这一段笔记后，也忍不住评了一句：

　　种珠尚未得法，须用鲛人泪作粪灌之，方妙。

　　照冯作家的观点，这珍珠原本是可以种出珍珠来的，只是要用鲛人泪作粪便灌溉才美妙。

　　李商隐有诗"沧海月明珠有泪，蓝田日暖玉生烟"，珠泪滴在水里，痛在心里，成功的涅槃，蜕变的痛苦。

　　相比当下，许多官员退休依然忙碌，公的事私的事，都有，有极少数甚至还心安理得地吃起寻租权力的丰厚回报，只不过做得巧妙隐蔽罢了。

　　所以，如陈继善，不去妨碍人家，安静地过自己的生活，种种珍珠，也没有什么不好。

"水尽源通塔平"

杨用修在史馆的时候，有源广土官水尽源通塔平长官司来进贡。"水尽源通塔平"，是一个六字地名。有同僚看六字，以为是三个地名，就加上了"三长官司"。杨用修说：这是一处地名，不是三处！同僚以为他在开玩笑，杨找来《大明官制》翻给他们看。同僚挂不住面子，讪笑道：楚地蜀地靠近蛮夷，你四川人自然比我们知道得多，我们内地人不清楚这个。杨用修笑道：司马迁《史记》有《西南夷传》，班固《汉书》有《匈奴传》，讲域外的事非常详细，他们也是蛮夷吗？！

（明　冯梦龙《古今谭概》塞语部第二十五，《六字地名》）

杨用修就是杨慎、杨升庵，状元，著名文学家，才子，博学。经、史、文、诗、词、赋、散曲、杂剧、弹词，无所不通，天文、地理、军事、生物、医学等，也都有很深的造诣。

己亥三月，我去成都市的新都区采风，那里是杨升庵的老家。在杨的纪念馆里，我看到他被贬云南的三十多年里，不仅没有颓废，还关心百姓疾苦，关心国家大事，深入云南调查研究，写下了许多专著，有许多都是创见。《明史·杨慎传》说他"好学穷理，老而弥笃"。

"水尽源通塔平"，作为地名，确实有点怪。"水尽源"？"水尽源通塔"？一般人不知道如何解释，但是，它作为一个地名，且已经进入官家的地名，应该不陌生，因为那里是一个正式的官衙，有专门的官员管理，将其当作三个地名的官员，只能说是业务不熟悉。

就我个人的记忆经验看，越是古怪特别的东西，越是好记，因为特别，就要多一点关注和研究，弄明白了，也就记住了。

你孤陋寡闻也就算了，谦虚一点。那些同僚，不仅不谦虚，还要讽刺别人，你的博学是因为你——难怪杨慎忍不住反击了。

猫有五德

万寿僧彬师曾经招待客人,有一只猫蹲在他脚旁。他对客人说:人说鸡有五德,此猫也有五德。见老鼠不抓,仁也;鼠夺其食让它,义也;客人到了,好食品摆上桌,猫就跑出去自己玩了,礼也;我的东西藏得再好,它都能找到,智也;每到冬天,它就跑到灶下取暖,信也。

(明 冯梦龙《古今谭概》雅浪部第二十六,《猫五德》)

宋代罗愿《尔雅翼》写的鸡有五德是指:头戴冠者,文也;足傅距者,武也;敌在前敢斗者,勇也;见食相告者,仁也;鸣不失时者,信也。

文武双全的鸡,唐肃宗就将陈仓改为宝鸡。

明代江盈科的《雪涛谈丛》里有一则"羚羊"这样写:五岭以西地区的山间,有兽叫羚羊,它的角弯曲别致,是价值极高的药。羚羊不喜欢人争斗,每每看见有争斗的人,它则跪在人的旁边相劝,等相斗者结束才离开。后来,人们想得到羚羊的角,就假装相斗来诱捕它,一抓一个准。再后来,羚羊也明白了人类的坏心眼,也就不再去劝相争斗了。

羚羊不会无缘无故跪在人们的旁边,我宁信其有,只是,两相比较,人就显得太没品了。

这里说猫。

猫的五德,我却看到了万寿僧概括里面的半真半假。

仁和义条,不抓老鼠,鼠夺其食,是能力不足而不敢,还是居食无忧而不屑?看着满桌的好东西,它自己跑出去玩,也许,以前它不是这样的,在遭到人不断的斥骂后,它就学乖了,出去吧,省得眼馋,眼不见为净。智条,一间禅房,除了各类经书,并没有多少东西,哪能有多少机关?转几圈就知道了,所以,这个智,也算不得什么高明。信条,冬天冷,难熬,灶下面暖和,这是本能,本能的东西,比如吃喝拉撒,能算品德吗?

或者,是我的浅陋,那只猫,确实具备五种品德,如人一样,知礼节,又懂事,还聪明,让万寿僧喜欢得不得了,每来一个客人,都要如此三番地表扬一下。

当下养猫成风,朋友圈里,不时会有各类猫图晒出,甚至是比着晒,有的还不止养一只,好几只。不过,基本都是宠物,只是人类的消闲果,一般的人不会从五德上去衡量它。

鸡五德,猫五德,这为我们认识动物打开了一个思路,所有的动物,都会有一种或数种这样的品德,即便十恶不赦,也给人类以借鉴意义。

动物如此,植物亦如此。

光福地

　　袁了凡喜欢谈地理风水，曾访地到光福，他问一村农：听说此地墓葬风水很好，真的是这样吗？村农答道：我从小就生长在这里，三十多年来，只见戴着纱帽的人来寻地，不见戴纱帽的人来上坟。袁听了后，什么话也没说就离开了。

　　　　（明　冯梦龙《古今谭概》微词部第三十，《光福地》）

　　我研读过袁了凡的《了凡四训》，那是他生前写给儿子的家训式的书。我觉得袁就是个传奇的人物。按命运推算，他原本只能活五十几岁，命中也没有儿子，还要到偏僻地方做官。自他听了"命由天定，福由己求"后，立即开悟，记功过格，每天都做好事善事，警惕坏事，一切都在改变，他活了七十几岁，也生了儿子，到京城边上的县做官，改变的原因，是他做了许许多多的善事。

　　而能给人以向上向善的东西，是不能随便以迷信概括它的，袁了凡的经历，对人生的成长就有非常积极的警戒意义。不过，在光福地，村农的话让他警醒，真有福地吗？人死后还知道什么？

　　光福也许是个地名，因为有吉祥的寓意而被人们追崇，袁了凡也来了，但他终究是个明白人，知道怎么回事。福禄，其实都是通过自己的努力而得来的，做好事善事，给人以力所能及的帮助，人就会增添许多的正能量，精神饱满，做其他事的成功可能性就大，而不做坏事，心无忧，身体健康，则让人心神安定，各项创造力都强。这一切，都是袁自己的亲身实践，并享受到巨大好处的。

　　从现代角度讲，一般的差地，通过科学改造，都能让它成为好地，沙漠变绿洲就是典型的例子，而以色列的沙漠简直就是他们的宝贝，沙漠里蜘蛛网上的露水滴，都能收集起来。

　　因此，福地和人生并没有多少联系。至于那些通过弄虚作假的手段而营造出来的所谓福地，只能骗骗死人而已。

倭房公

万历初年，有姓房的御史做督学，他很喜欢收人钱财。有轻薄学子，就将杜牧的《阿房宫赋》改编成《倭房公》讽刺他。

开头句就是："沙汰毕，督学一。文运厄，倭房出。横行一十三府，扰乱天日。"中间写道："米麦荥荥，乱圈点也。枷锁扰扰，假公道也。湖流涨腻，苞苴行也。批挞横斜，门子醉也。雷霆乍惊，试案出也。人人骇忧，漫不知其所谓也。孔方先容，虽媸亦研。十目所视，而莫掩焉。有不可闻者，遗臭万年。"

（明　冯梦龙《古今谭概》口碑部第三十一，《倭房公》）

杜牧的《阿房宫赋》，名篇，赋词优美，立意高远，六国是借鉴，秦国更是借鉴，灭六国者六国也，非秦也，亡秦者亦秦，非天下也。归根结底的原因，是不把百姓当人，过分奴役百姓。

《阿房宫赋》句式大家极熟，仿的效果立即显现：

我们经过辛辛苦苦的考试，才进了这个学堂。本以为通过奋斗和努力，会有好日子了，却不想厄运连连，祸首就是这个房督学。他的权很大呀，十三个府的学校都要听他的。

你看，那些发光的财物，都是他乱录取而得到的贿赂；他家那些财物堆得满满的，像河流涨水满出来一样；面对那些不送他财物的学子，他也假装严肃，他也假装公正，该骂的骂，该打的打，该罚的罚，毫不留情。总之，只要有钱，什么都好通融。

通过仿写，我们得到这样一个坏督学形象：矮胖子，一脸横肉，动辄打骂责罚学生，平时板着个脸，只有见钱才会露出笑脸。人见人恨。

这样的仿写，几乎就是明代的网络语言，生动有趣，讽刺入木三分，被讽者苦水只能往肚里咽。

无论古今，这类仿写，本体都要为人们熟知，越熟越有效果，否则，讽刺效果达不到。如某新闻人物诞生，马上会出现仿《史记》人物列传的《某某列传》，常常让人喷饭拊掌。

柳跖告状

海瑞在南国做巡抚期间，意在打击恶霸豪强，但乱告状的人也特别多。

某天，海大人收到了这样一封告状信，信内告状人是柳跖。

柳跖告状的缘由是，他辛辛苦苦创起来的产业被人抢走了。告状信这样写：

恶徒伯夷、叔齐兄弟，他们依仗父亲孤竹君的权势，挖掘许由的坟墓，被许由的亲戚告发，他们又用钱向奸臣鲁仲连贿赂而释放。今年的某月某日，他们又冤枉了我的兄弟柳下惠，把我们兄弟俩一起关进孤竹国的水牢，还日夜对我们施以炮烙之刑，逼我们交出首阳山的三百亩豌豆苗田。那三百亩地是祖传，只有地契，只是地契上并没有我家的名字，但这个，有崇氏的国君崇侯虎可以替我们做证。这两兄弟的势力极大，连周武王都被他们羞辱，何况是如蝼蚁般的我们俩呢？我们告海大人递交诉状，望海大人为我们做主！

海瑞将状子反复细看，思考了许久，调整了策略，告状的人才少了下去。

（明　冯梦龙《古今谭概》口碑部第三十一，《海公》）

借古人之名，无中生有，不过，这状子的思维也真是奇特：

原告的身份特殊。柳跖是史上著名的大盗，强势得很，孔子很有信心地去见了他，想感化他，却被他弄得灰头土脸，差点命也丢了。

被告身份更特殊。伯夷叔齐兄弟俩，史上典型的与世无争型，他们俩连王位都不要，哥让给弟，弟让给哥，最后两人一起让，跑到首阳山去采薇。

奇特的事还有一连串：

原告顺带告了高风亮节的鲁仲连；扯进了周武王、崇侯虎；杜撰首阳山三百亩豆苗田的产权，要说这产权，怎么也是伯夷叔齐他们自己的呀？！

总之，将古人复活，虚构大量不搭界的事实，目的就是告诫海大人，您的打击面太大了，牵连的人太多了！

查历史，隆庆三年（1569）夏，海瑞曾外放应天巡抚，辖区包括应天、苏州、常州、松江、徽州等十个府，兴利除害，打击豪强，这则笔记，反映的估计就是这一段时期的事。

人非圣贤，孰能无过？这则奇葩诉状，从另个角度给人一种警醒，犹如舞台上的哑剧，颇具讽刺力量。

毒虫咬的后果

天顺年间，吴与弼因学问被征召到京城，明英宗在文华殿接见他，英宗问他问题，吴居然默然不答，只说了句：还是让我写成奏折上疏吧。众臣都惊异，不知道发生了什么事，英宗也非常不高兴，起驾离开。吴出了左顺门，脱下帽子一看，有一只蝎子在他头上，已经将他的头皮蜇得红肿。这才知道，他刚刚说不出话来，是被蝎子咬的缘故。

宋代淳熙年间，史寺丞也被召对答。当时，正说到宋高宗的一件什么事，史忽然流下眼泪，皇帝问他原因，史答：因为感念先帝的旧恩而流泪。孝宗于是也陪着流下了眼泪。第二天，皇帝命令升史为侍郎。而当时，史的头上正被蜈蚣所咬，痛得流泪。

唉，同样是被毒虫咬，敬君者不遇，欺君者蒙恩，这难道是定数吗？

（明　冯梦龙《古今谭概》杂志部第三十六，《恶虫啮顶》）

毒虫盘旋在头顶，这件事，是小概率事件。

先说吴与弼。他是明代著名的理学家，江西崇仁学派的创始人，提倡"人性之本善"，一生不应科举，在家乡讲学，明英宗曾三次下诏，他都称病坚辞。

也许，这蝎子咬的事实是杜撰。天顺元年（1457），吴与弼被征召到京，第二年五月，授官予他，他请辞。英宗问他原因，他答"浅陋之学，衰病之躯，有负期待之重，岂敢窃禄为官"。吴与弼的意思很明白：我这样一个又老又病学问又浅陋的人，怎么敢占据国家的重要岗位呢？万万不敢！

至于另一个史侍郎，则用假话骗取了皇帝的同情，显然属于品德问题。

我好奇的是，毒虫钻进帽子里的可能性。纱帽常年戴，估计没有备用的轮流，汗渍味重，尘垢腻多，毒虫生长旺盛，这些都大大增加了毒虫进帽子的概率。

疑问是，难道毒虫进帽，先隐身，只待皇帝召见不可脱时再咬？

卷三十六

吃烟高手
"仁慈"的庸官
道德考验
聪明的乞丐
意尽了

吃烟高手

皖成的石天外,讲了个吃烟高手的故事。

有一大官,推荐一人去高官家献艺。数日来,此人并没有献一技。有天,他要离开了,高官替他饯行。这人说:我有一个小小的技艺,愿意献给您看,希望您召集府中的全体宾客一起来观看。高官先是很惊讶,随即就招集人。

高官问:你有什么技艺呢?

此人答:我能吃烟!

众人大笑,再问:能吃多少烟呢?

此人答:多多益善。

于是拿来烟一斤。此人一口气吸完,一点烟也没有吐出,众人已经惊奇了,吸烟怎么可以不吐烟呢?

高官又问:还可以继续吃吗?

此人答:可以。

于是,又拿来若干烟,此人也是一口气吸完。

这时,他开口了:各位,请欣赏我的吐烟技艺!

只见,此人嘴中,慢慢吐出先前吸入之烟,一会儿工夫,这些烟就变成了神奇的图像:或者像山水楼阁,或者像人物,或者像花木禽兽,或者如海市蜃楼。总之,图形极其复杂微妙,无法用言语描述。

众人从来都没有看到过这种技艺,不禁叹服,大家都劝高官,要重奖吃烟者!

(清 张潮《虞初新志》卷十六,周亮工《因树屋书影》批语)

烟抽久了,于是有了这样的技艺。

也不一定,有些人吃一辈子的烟,只是将肺抽黑,牙齿熏黄,人吃得瘦成皮包骨，好多吃成了绝症。

我见过不少吃烟者，能吐圈，水平高一点的，还能大圈套小圈。再复杂的图形，我没有见过，也没有听到人家说哪里有高手能吐成这样的。

此人不简单，在他那个时代不简单，就现代来说，也不简单。

对此人来说，那些烟，就是他手中的笔，笔上的墨。袅袅而出的烟，经过他的嘴，粗细紧密，朝着预先设定的方位聚集，一脉山，一片水，一座城，一栋楼，一个院，无数花卉，数个行人，胸中有图，一气呵成。

虽然，这些都成瞬间，过眼云烟，却让人无限留恋，这就是我们美好而向往的生活啊，尽管是用烟绘成的。

大多数吃烟人，将自己吃穷了，吃死了，而此人，却将烟吃成了艺术。

不要小看任何一个人，说不定，平凡的他，就有着让人惊叹的技艺。

当然，拿性命练就的技艺，并不值得效仿。

"仁慈"的庸官

德清人陈端庵，是清朝顺治己丑年（1649）的进士。他考上进士后，授新城县令。

陈端庵性情仁厚，见不得别人痛苦。每次对犯人用刑，他都要对着犯人哭泣，流下同情的眼泪。

有个姓王的书生，房子被人抢夺，抢房的人却久久不肯给钱赔偿，王书生就到县衙告状。审来审去，陈县令审不出个所以然，他只好慢吞吞地对王生说：《诗经》里有"维鹊有巢，维鸠居之"。王秀才呀，你难道就不能做一做喜鹊吗？

众人听到这样的判决，都笑了。

（清　王士禛《池北偶谈》卷二十一，《引经》）

面对有错有罪的犯人，按照律令责罚，同情的眼泪，也许会引起犯人的自责，都是自己不好，自己犯了错，还连带了别人，看着陈县令红红的眼睛，真是不好受呀，必须改过自新。

众人的笑，是善意，更是一种无情批评，这笑，应该伴着摇头的表情，这是什么官呀，犹豫不决，是非不分，老百姓能指望他公平公正吗？

而恰恰是这位陈县令，性情宽厚，待人和善，是个老好人。

老好人有错吗？没错，社会需要老好人，大量的老好人，息事宁人，得过且过，不与人争，但老好人也是有原则的，百姓笑陈县令判糊涂案，就是笑他没有原则。

有法令而不会灵活运用，要么是能力问题，要么就是畏于对手的威势，或来自权，或来自钱，总之，他怕强势的一方，于是对弱势方进行再压制，反正是弱势方，他也掀不起什么波浪。

就我个人选择，我宁要板着面孔、六亲不认、办事却公平公正的官员，我不要你的同情眼泪，犯了错活该。

陈县令这样的判决，说轻是糊涂，说重就是拿百姓的利益当儿戏，这还是财产纠纷，如果是人命案呢？无法想象。

道德考验

乾隆时的进士董曲江,讲了一个假道学的故事,虽是圈套,却也让人深思。

某道学先生(权称其为道先生),性格古怪,对学生极为苛刻,动不动就责罚打骂,学生们苦不堪言,但道先生在社会上以正直著名,学生们奈何不得他。

私塾的后面,有个小花园。某个晚上,月光朦胧,道先生在园子里散步,突然,他见花丛间隐隐有人影,当时刚雨过天晴,土墙有些地方倒塌了,道先生怀疑是邻居来偷花的。走近一看,只见一漂亮女子躲在树后,跪在他面前怯怯地讨饶:我是个孤女,因为害怕您,白天不敢来,所以夜里来折花,不想被您看见,请您宽恕我吧。这女子说话的声音柔柔的,温婉可人,两眼直盯着道先生看,明显的有一种挑逗的神态。道先生哪经得住女子直射的目光,立即心旌荡漾,一来二去,两人就明白了对方的心思。这时,女子不失时机地安慰道先生:我会隐形术,我走来走去,都不会留下痕迹,即便我站在别人身边,别人也看不到我,我们行好事,不会被您的学生看见的,放心吧。

于是,道先生和那漂亮女子,就宿在学堂的宿舍里,尽享鱼水之欢。

天快要亮了,道先生看着那睡着的女子,有点急:你快走吧,学生们快要来上早课了。女子伸了个长长的懒腰:您别着急,外面有人来,我自会从窗户的缝隙中离开的。

过了一会,天大亮,太阳升起,照在学堂的窗户上,亮亮的,背着书包的学生陆续走进学堂上早课,而那女子,仍然睡在床上,虽然外面挂着帷帐,但道先生还是心急如焚,他只是在祈祷:千万不要被学生看见,千万,千万!

突然，外面传来了老妇的声音，这是附近妓院的鸨母呀，她来是找人的。床上女子一听老妇声音，立即披衣跑出来，坐在道先生讲课的案桌上，理好头发，提着衣襟向道先生告罪：不好意思，我没带梳妆盒，我还是回家梳洗吧，有空的时候，我再来拜访您，不过，昨天晚上的费用，您还要付给我的！

原来，那女子是妓院新来的艺妓，是学堂的学生给了她钱让她来的。

道先生极为沮丧。

待那些学生早课上完，回家吃早餐，道先生就卷起铺盖逃跑了。

（清　宋荦《筠廊偶笔·假道学》）

故事生动，是因为道先生太假、太笨又太色。学生们呢，也有点坏，拿这种事来考验先生，他们明明知道，先生经不起考验的嘛。

道先生太假。如果真的一本正经，也好，他就不会受到诱惑，可惜的是，他的强大，只是表面，内心里却空虚得很，三下两下，就被那妓女拿下了。

道先生太笨。那女子谎话连篇，什么会隐形，什么别人看不见，是狐狸精吗？如果真是狐狸精，他不害怕吗？世界上有会隐形的人吗？显然，是色字让他糊了心，撞上来的好事，不要白不要。

学生们呢，也有点坏。这样的圈套，显然是有点恨之入骨的意思，让你出丑，让你待不下去。

道先生自命清高，有点过分，违反常情了，其实，他的内心里是虚空的。

不能怪学生，只能怪道先生自己，是他自己没有修炼好而让圈套勒紧了脖子。

聪明的乞丐

嘉靖年间，严嵩一人之下，万人之上，巴结他的人，排成了长队。

严宰相夜坐在自家内厅，那些所谓的义子，纷纷来拜见求官。严宰相让他们一个个进来，这些人都是跪着行进，进来后，头不断地磕地，嘴巴里还吐着各种各样的甜言蜜语。严宰相心情大好，坐在上面，开始分官了：那个什么部的侍郎缺一个，你，对，就是你，去补吧；那个中书省缺一个谏议大夫，你，对，就是你，去补吧！那些人又千叩头万感谢，作揖了又作揖。

过了一会，屋顶上传来悉悉索索的声音，大家都嚷嚷着要抓小偷。一人突然从瓦背上掉了下来，用灯一照，此人穿着破烂的衣服，神情木讷，站在那一句话也不说。严宰相怀疑是个小偷，吩咐让人抓去问罪。那人立即跪下告饶：我不是个贼呀，我只是个乞丐。严责问：你既是乞丐，为什么会在这呢？那人答：我是有隐情的，假如你不罚我，我就说出原因。

那人于是说道：我叫张禄，郑州人。和我一起做乞丐的，叫钱秃子。春天的时候，市场里做生意的人很多，那钱秃子，总是能讨到钱和米，而我呢，只有米，一点钱也讨不到。我问他原因，钱秃子说：我们做乞丐的，应该有媚骨，还要能说会道，而你呢，显然没有掌握这个窍门，你还想和我比呀！我请钱秃子指点我，他坚决不肯。我听说，严大人您的门下，从白天到夜晚，来往求官的人员不断，而那些人，他们的媚骨和巧舌，应该十倍于钱秃子，我于是就从大老远的地方跑来，躲着听，从瓦缝中朝下看，我已经看了三个月，我在心里也揣摩得差不多了，不想今天被你们发现。我希望能借您的大恩，宽恕我。

严嵩一听，有点惊讶，过了一会，对着那些干儿子大笑起来：看来，做乞丐也有窍门啊，你们这些人，媚骨和巧舌，都是一流顶尖的,你们是乞丐的老师!这样吧,你们带他走,轮流教他学习,不得有误!

一年不到,乞丐张禄学成而归,乞讨功夫远在钱秃子之上。

(清 沈起凤《谐铎·贫儿学谄》)

这似乎是一个喜剧,为的是讽刺那些趋炎附势严嵩的钻营者,自然,严嵩大肆卖官及专门重用媚佞之徒的行径也原形毕露。

为什么张禄伏在瓦背三个月没有被发现?一切皆因屋内的人太专注。大家都在演戏。钻营者求见是用膝盖行进的,你们说男儿膝下有黄金?扯淡,只要有利,管他什么骨气志气。至于这些人嘴巴里说出来的话,应该不会重复,他们早就想好了一套说辞,不,一套远远不够,应该是数套,精心揣摩,巧妙构思,反复演练,官帽子就在严嵩手上捏着呢?而严嵩呢,高高在上,很享受这样的过程,他俯视众人,心里却有许多的鄙视。忽然,这些鄙视转瞬而逝,他想到了他自己的过往,于是,他就心安,大大心安。

不过,这些都只是表面,钻营者如果不用足够的银子打底,那么,就连用膝盖进见的机会也不会有的。严大人并不缺少恭维话,他还不至于庸俗到听了恭维话就丢出一顶官帽子,我坚信。

讲完这个故事,作者沈起凤如此评论:

张禄以严嵩的门人为师,那些门人又以谁为师呢?一句话,向严嵩学的。明朝一部百官公卿书,就是乞丐张禄等学习的教科书。不过,这个张禄,也算奇人,他又将媚骨和巧舌的内涵和外延,大大拓展了。

意尽了

　　祖咏年轻时去长安应考,试题是《终南望余雪》,他略略思忖,写下了四句:终南阴岭秀,积雪浮云端。林表明霁色,城中增暮寒。写完后他就交卷了。主考官认为他写得少了,没有按要求写满六韵十二句,他答:意尽了。王士源说:孟浩然每有制作,伫兴而就,宁复罢阁,不为浅易。黄山谷也说:吟诗不一定要多少字,只要意思说到就可以了。古人写诗,有的四句,有的两句,便成一首,大概说的就是这个。

(清　王士禛《池北偶谈》卷十三,《意尽》)

　　四句诗很多,五绝已经成为典范规则。两句诗则极少,"风萧萧兮易水寒,壮士一去兮不复还",荆轲的《易水歌》只有两句。不过,两句足够,环境、心情、意志、决心,全在里面了。这个时候,还要多说什么呢?有什么可说的呢?坚定地去做就是最好的诗了。

　　祖咏说的"意"是什么?应该是意思,意象。外界事物映射大脑瞬间主观成像,这种像,往往深刻,如刀刻在脑子里一样。看,我现在坐的考场里,窗口望出去就是终南山,高山上都是雪,那些雪,就像浮在云端一样,这山因为靠北面,太阳光少,积雪难化,因此有着别具一格的秀丽景色。再看,高山上那些树林的表面显现出红红的亮光,那是太阳照射下的余晖。所有的地方雪都化了,唯有高高的终南山还有那么多的积雪,在这积雪的反衬下,傍晚的长安城中,寒气似乎也逼了过来。自然,祖咏只能看到终南山的一个模糊轮廓,终南山离长安城有六十里地呢。这完全是诗人的瞬间想象。祖咏也知道功名的重要,否则他就不会来参加考试,但是,诗意已经完全表达,再硬写就是多余,两相比较,功名于他就如终南山的浮云。果然,这场考试,那些考取功名的,并没有留下诗,唯祖咏这首为人千年称道。

　　再说这个意。

　　我读汉乐府,一直纳闷,好多诗,似乎并没有说完,为什么突然就结束了?随便举几首。

比如《江南》：江南可采莲，莲叶何田田。鱼戏莲叶间。鱼戏莲叶东，鱼戏莲叶西，鱼戏莲叶南，鱼戏莲叶北。

回旋反复，画面感也极强，采莲船东西南北，就这样结束了？

比如《木兰诗》：开我东阁门，坐我西阁床……雄兔脚扑朔，雌兔眼迷离，双兔傍地走，安能辨我是雄雌？

从军十二年，去见同营小伙伴，同伴辨不出木兰是男是女，和兔子跑起来分不出雌雄是一样的。就这样结束了？

再比如《陌上桑》：盈盈公府步，冉冉府中趋。坐中数千人，皆言夫婿殊。

太守一见漂亮的采桑女秦罗敷，就和那些行人一样，挪不动步了，行人只是欣赏，而太守却一心爱慕。罗敷根本看不上太守，还虚构了一个有才华的夫君来打退太守。但是，介绍完优秀的夫君，就这样的结束了？

我百思不得其解，这些诗的意，似乎未尽呀。

现在，看着祖咏的例子，我觉得可以解释那些意犹未尽的乐府诗了。

音乐有教化民风的重大作用，古代就有专门掌管音乐的官府称"乐府"，负责搜集、整理民间歌谣，也创作新声乐调。汉武帝时，汉乐府一时繁荣无比。宋代郭茂倩整理了自汉至唐的乐府诗，他编辑的《乐府诗集》，共收5000多首，分郊庙歌辞、燕射歌辞、鼓吹曲辞、舞曲歌辞、琴曲歌辞等12大类，其中又分若干小类。乐府诗的作者，大多无名，也就是说，大多为民间创作，不断传唱，不断改编。乐府诗被人们广泛吟唱，是因为通俗易懂。喜乐与悲伤，情爱与怨恨，是一种共同的情感表达，所以，重要的是缘事而发，而对诗的结构什么的，很少考虑，因此也就有了我所理解的意犹未尽。

如上《江南》，闻一多认为，它是男女相悦之诗，鱼象征男性，莲花象征女性，鱼绕着莲花穿梭而行，一会儿东，一会儿西，一会儿又南，一会儿又北，不就是男追女吗？

意尽了就尽了，否则就是画蛇添足，而多了足的蛇，极有可能会杯弓蛇影的。

后记：且待小僧伸伸脚

1

我特别喜欢张宗子——张岱。

《陶庵梦忆》显现了他的才情，明代的大量日常，被这个没落的贵族弟子，以诗意的力量灵活描写，也是他血与泪的情绪表达。《夜航船》，则显示了他的博学，20部，120余类，4000余个词条，那是他经年阅读、功不唐捐的硕果。

《夜航船》序言中，结尾的小故事，我想拿来作本书的后记：

从前，有一个和尚与一位读书人同宿于夜行的航船中。读书人高谈阔论，和尚非常敬畏和慑服，睡觉时，也将脚蜷缩起来，害怕碰到读书人。

然而，和尚听出读书人的话里有破绽，就问他了：请问这位相公，澹台灭明是一个人还是两个人？

读书人答：是两个人。

和尚追问：那么尧舜呢，是一个人还是两个人？

读书人答：自然是一个人啦！

和尚听此，笑笑说：这么说来，就让我小和尚先伸伸脚啦！

2

漫漫黑夜，运河那样悠长的河流，水稳浪平，河两岸时有渔火闪烁，一条小船，载着两个旅人在赶路。船工吱呀吱呀努力地撑篙，船舱里的人半睡半醒，如果一路默默无语，那会让人受不了的，读书人，正好可以显摆一下。

读书人的优越感，在踏上船板的那一刻就显示出来了。

他占据了好大的位置，因为他有个大行李，还有个书箱，他还要将书箱里的书拿几本出来晒晒，而和尚，简单得很，只有个贴身的小包袱。

书生是有底气的，虽然考了若干次，到现在也只是个秀才，但也算饱读了诗书，而和尚，不过就念了几本经嘛，能有多高的文化？从他那样子就知道，大字不识几个的。

既然读书人这么厉害，那么，你们读书人的祖宗孔子老师的事情，总知道得一清二楚喽。澹台灭明其实是一个人，我故意设的小圈套，看你知道不知道。

澹台灭明，战国时期鲁国武城人，澹台为复姓，灭明是名，字子羽，他是孔门七十二弟子之一，应该还是比较有名气的。澹台曾经南游至南昌，进贤县就是纪念他取的名。杭州也有块澹台灭明的石刻像，南宋绍兴二十六年（1156）刻绘。有一个成语，"人不可貌相"，说的就是澹台灭明，因为他长相丑陋，孔子老师差点都不愿意收他为徒。后来，澹台融会贯通，学习成就巨大，孔老师深刻反思："以容取人乎，失之子羽！"我差点失掉这么好的学生啊！

而这个自以为是的读书人，连著名的澹台灭明都不知道，难怪，和尚要射出第二箭，这一箭，甚为快意。如果说孔老师的七十二弟子你弄不清楚的话，那么，著名的贤君总应该知道的吧，普通人都知道，你一定知道的！这个如果你答对了，我就不追究你了，反正，人不可能全知。

3

秀才的洋相，源于几个方面。

阅读不扎实。

他未必不知道"澹台灭明"和"尧舜"，他从七岁启蒙时就念了，不断地念，只是没往心里去，先生让背就背了，背得滚瓜烂熟，先生还多次表扬。先生就是不解释，他也从来没想过要问。字都认识了，都会写了，还要问什么呢，多此一举。或者，他确实不知道，从来没看见过背诵过，人名大多不都是两个字构成的吗？那就想当然了，关键是，没文化的和尚，他也肯定不懂，懂了何必问我？

封闭式读书。

有些人读书，不太和人交流，自顾自，如果方法得当，那也不会有多大的危害，但好多情况是，书海无涯，知识无边，弄不好，就在汪洋大海中翻船，就是弄错了，有的甚至一辈子弄错，至死也不知道。相信该读书人，经历过此，他一定会举一反三，深刻反省，要和人交流，要多疑问，多将问题消灭在未知状态。

喜欢臭显摆。

孔子老师一直教导我们，没有扎实和过硬的知识，不要随便开口，尤其是在公众场合，慎将"诲人不倦"搞成"悔人不倦"。但秀才不是，在明显"患病"（前面两种毛病）的基础上，他还一路阔谈，他以为是高头讲章，和尚起初也认为是宏言大义，不想，不久就露出了病态，和尚虽不是医生，但他望闻问切，已经掂出了秀才的斤两，一诊一个准。

4

我有点怀疑，张宗子这个故事，似乎有编造的痕迹。

他编这个故事，是为《夜航船》找理由。

这部书，其实就是碎片化的大词典，但又比一般的词典来得有趣味。词条的选择和写法，明显带有文学家的眼光。天文、地理、人物、考古、政事、文学、礼乐、兵刑、日用、宝玩、容貌、外国、植物、方术、物理，包罗万象。

这就是一部中国古代社会的综合文化读本啊。

这样的读本，又是凭一己之力的阅读和积累，一人智难敌万人智，他作为一个资深的读书人和写作者，心里很清楚，难免会出差错，于是借用这样的故事，给读者来个心理预设，我这里记的，都是眼前非常浅俗的事，我们这些写作者，姑且听一听这个故事，只要别让小和尚随便伸伸脚就满足了。

看来，他对自己是相当自信的，不太会有差错，这是自己多年的心血。

5

　　我在这个故事里，磨蹭这么久，用意却相反。

　　我没有张宗子那般博学和自信，我的心里，犹如和尚初上船时般惶恐。自己对历代笔记的阅读浅见，实则极有可能如那秀才。您在披卷展玩时，若有错了偏了，您多包涵，我一定会在狭窄的船舱里，让出足够的位置，让您伸伸脚的！

丁酉二月杭州壹庐初版
己亥腊月廿三修订